Madrid tiene los ojos verdes

Lauren Izquierdo

Madrid tiene los ojos verdes

Papel certificado por el Forest Stewardship Council®

Primera edición: abril de 2025

© 2025, Lauren Izquierdo
© 2025, Penguin Random House Grupo Editorial, S. A. U.
Travessera de Gràcia, 47-49. 08021 Barcelona

Penguin Random House Grupo Editorial apoya la protección de la propiedad intelectual. La propiedad intelectual estimula la creatividad, defiende la diversidad en el ámbito de las ideas y el conocimiento, promueve la libre expresión y favorece una cultura viva. Gracias por comprar una edición autorizada de este libro y por respetar las leyes de propiedad intelectual al no reproducir ni distribuir ninguna parte de esta obra por ningún medio sin permiso. Al hacerlo está respaldando a los autores y permitiendo que PRHGE continúe publicando libros para todos los lectores. De conformidad con lo dispuesto en el artículo 67.3 del Real Decreto Ley 24/2021, de 2 de noviembre, PRHGE se reserva expresamente los derechos de reproducción y de uso de esta obra y de todos sus elementos mediante medios de lectura mecánica y otros medios adecuados a tal fin. Diríjase a CEDRO (Centro Español de Derechos Reprográficos, http://www.cedro.org) si necesita reproducir algún fragmento de esta obra.
En caso de necesidad, contacte con: seguridadproductos@penguinrandomhouse.com

Printed in Spain – Impreso en España

ISBN: 978-84-10257-97-9
Depósito legal: B-2.740-2025

Compuesto en Punktokomo, S. L.

Impreso en Black Print CPI Ibérica
Sant Andreu de la Barca (Barcelona)

SL 57979

*Casi algos,
sed bienvenidos a vuestra historia*

*A mi madre y mi madrina,
por la fe ciega y el amor eterno*

*Candela, Alexis,
lo hemos conseguido.
Os quiero*

Prólogo
De mariposas, ilusiones y corazones rotos

Nunca pensé que llegaría este momento, pero necesito poner palabras a toda esta confusión, ira y congoja que siento. Empezaré por lo fácil: me llamo Rocío, Rocío Velasco, y, aunque al principio no tenía claro que fuera capaz, soy escritora de novela romántica. Ahora podría daros unos datos que os harían más sencillo imaginarme. Podría deciros que tengo veintiséis años, que soy tauro y que, aunque adoro beber unos vinos con mi amiga Candela en la plaza de los Austrias en Madrid, mi verdadera pasión es pasar una tarde sentada frente al mar. Pero lo más importante es que me han roto el corazón y mi ruptura se ha hecho viral. Puede que necesitéis más contexto, y, ojo, lo tendréis, pero lo primero que debéis entender es que desconozco cómo he acabado aquí. Supongo que sigo sin saber marcharme a tiempo. Ojalá escuchara a esa voz interna que te grita: «Por ahí no, amiga». ¡Ojalá yo la tuviera! Me parece una de las mayores virtudes del ser humano, ¿a vosotras no? Cuando sabes irte, descubres lo que es el amor propio. Descubres lo fácil y, sobre todo, lo sano que resulta anteponerse frente a todo y frente a todos. Algo muy útil cuando te enamoras, porque, cuando lo haces, la teoría es fácil, pero la práctica se vuelve una yincana para expertos profesionales, por no decir que te vuelves completamente gilipollas.

Saber cuándo marcharse es controlar tus mariposas y tus ilusiones. Porque vamos a dejar las cosas claras: las ilusiones son como los macarrones, siempre te haces de más. Y es cierto, porque tú, en el fondo, no quieres, pero piensas. Y te ilusionas y haces lo peor que puedes hacer cuando un barco parece dirigirse a un puerto: proyectar. Y si el barco se hunde, si la marea te desvía hacia otro puerto o, por qué no, hacia otro océano, el dolor que sientes cuando las mariposas mueren es desgarrador. El camino de baldosas amarillas se vuelve un acantilado puntiagudo, tus mocasines de plataforma se convierten en unas sandalias *stiletto* altísimas demasiado estrechas para tu pie, y tu corazón, iluminado por el poder de la oxitocina, se desboca cuando el entrenador le comunica la triste noticia: otra vez se queda en el banquillo sin la oportunidad de ganar este partido. Tías, que te rompan el corazón es lo putopeor.

Para más inri, no es la primera vez que me siento así. Seguro que vosotras también habéis tenido un amor adolescente. Cómo no. El mío se llamaba Germán, y crecimos juntos porque nuestros padres eran vecinos y mejores amigos. Vivíamos en un pueblo muy cerquita de la playa, en Alicante, y salíamos mucho con mi mejor amiga de la infancia, Claudia, y su mejor amigo, Alexis. Parecía que todo estaba predestinado para nosotros, pero sin darnos cuenta nos convertimos en un «casi algo» para el otro, y esa fue nuestra perdición. Nuestros caminos se separaron cuando él se mudó a Valencia, y yo, a Madrid. Nos reencontramos cuando en el primer año de carrera mi padre murió por un ataque al corazón. ¿Salió bien? Claro que no. Ni siquiera nuestro vago intento de ser amigos. Nosotros no podíamos serlo, no sabíamos, y tampoco teníamos interés.

Años más tarde se me pasó. Chicas, os lo prometo, el primer amor se supera. Conocí a la que hoy es mi mejor amiga y agente, Candela, y me hice muy amiga de sus amigos que ahora son parte de mi familia madrileña: Fran, Celia, David, María, Paula... Desde que estoy con ellos, Madrid es tecnicolor. Y he de decir que le debo mucho a esta ciudad, porque esta ciudad me ha dado alas y la posibilidad de cumplir mi sueño, que es ser escritora a tiempo completo. Además, conocí a Álex y, aunque pensaba que era el amor que llevaba buscando toda la vida, el acertado, el pleno, el verdadero..., no podía estar más equivocada. He compartido con él toda mi vida, y él se ha reído de mí y me ha humillado en la puta cara.

No estaba preparada para esto. No estaba preparada para que el titán que las nuevas generaciones (esas que no van a pagar mi pensión ni de broma) llaman TikTok traspasara los límites de mi intimidad. Hacía tiempo que Álex y yo no estábamos bien, y mis amigos me lo advirtieron. Me dijeron que estaba jugando conmigo, que no me merecía, que yo debía aspirar a algo más... No sé qué deciros. Pensaba que era una mala racha, que lo solucionaríamos. Siempre he querido un amor como el de mis padres. Un amor de verdad, el que dura hasta que la muerte los separa. Soy escritora de novela romántica, por Dios. Eso habría de jugar a mi favor, recordarme que el amor, a veces, simplemente se exagera, que se trata del momento, el lugar y las ganas. Quizá por eso me convencí de que debía esforzarme y mostrarme vulnerable a la par que valiente. Pero no sirvió de nada, ¿y sabéis por qué? Porque le dio igual. Y porque yo ahora estoy en el punto de partida de siempre, escondida en mi pueblo, con la mente hecha un lío y el corazón roto, ahogando mis penas resquebrajadas y teñidas de odio, orgullo y decepción en una botella de vino barato.

La historia no acaba aquí. Mi casa de toda la vida ya no es nuestra, ahora me la alquila el puto Germán de los cojones. Sí, mi *casi algo* oficial o, bueno, no exactamente... Es demasiada información, y os juro que os lo explicaré todo, pero vamos a empezar por el principio. Será más fácil para todas. Dicho esto, bienvenidas a mi historia de (des)amor con quien no fue el amor de mi vida. Poneos cómodas, porque voy a derrochar intensidad y no pienso pedir perdón por nada.

1
Colapso mental

Me encanta el drama. Y supongo que a vosotras también porque, si no, no estaríais aquí. He de reconocer que un buen *gossip* da para muchas tardes de conversaciones banales con amigas en la terraza de cualquier bar de Malasaña. Lo que sucede con el drama, y lo que he acabado aprendiendo (por las malas), es que lo divertido es la parte ajena, la que comenta, la que raja e incluso la que lo provoca, porque cuando te toca protagonizar un drama... Oh, amigas, cuando tú eres la prota os aseguro que no es para nada divertido.

Por eso empezaré esta historia en Milán, una ciudad que ni siquiera me gusta. No sé por qué Candela escogió este destino, pero ya llevaba diez días en el Hotel Palazzo Pariggi. Mejor dicho, fuera de él, porque, desde que entré por sus puertas huyendo de una realidad surrealista y catatónica y me crucé con ese puto piano que sonaba en cuanto me veía, evitaba pisar su suelo. Eso sí, me había dado tiempo a perderme por los callejones más recónditos de la ciudad, a pasear bajo los balcones antiguos a la hora de cenar y a comer en las mejores *trattorias*, cuanto más pequeñas y destartaladas mejor: *pappardelle, risotto alla* milanesa, *gnocchis* y *gelato*. Perderse, comer y follar. Todo en cantidades desmesuradas. Aunque todo eso no importaba porque lo único que necesitaba era una máquina del tiempo que me ayudara a olvidar todo lo que había vivido. Eso o una lobotomía. O la amnesia. No sé. A esas alturas cualquier cosa me valía. Me sentía ridícula, absurda, y no sabía cómo salir de ese bucle.

—¿Qué quieres, Candela?
—Simplemente saber cómo estás.

Teatro, política o periodismo. Esas eran las tres opciones que puse sobre la mesa cuando mandé las solicitudes a las universidades. Al final, me acabé decantando por Periodismo porque siempre me ha gustado escribir. La idea de pasar la vida contando historias me sedujo. Claro que mis años universitarios no fueron muy convencionales que digamos. Al principio, bajaba todas las semanas a casa. Quería estar con mis amigos, no quería convertirme en una de esas chicas que abandonan el pueblo para dejarse seducir por la capital. Tenía mis clases, mis prácticas en redacciones casposas y mis tequifresas con mi amiga Claudia en el pub del pueblo los fines de semana. Cuando cumplí veinte años nuestra existencia cambió para mi madre y para mí. Papá se fue sin despedirse por culpa de un ataque al corazón. No nos lo esperábamos y no quise dejar a mi madre sola. Sin embargo, un día decidimos que ambas debíamos cumplir nuestro sueño por él. Ella se fue a dar la vuelta al mundo y yo dejé atrás todo lo que me recordaba a mi pasado, sobre todo, tras saber que Germán no iba a seguir los pasos de su padre, sino los de su hermano mayor. Se iba al Ejército y yo no quería convertirme en Amanda Seyfried en *Mi querido John*.

Conocí a Álex, publiqué la novela y poco después de aceptar que Álex, además de mi editor, iba a ser mi novio, me encontré a Germán en la Feria del Libro de Valencia. Fue curioso y triste al mismo tiempo, porque nuestros ojos gritaban lo mismo que nuestras ganas, pero creo que nos habíamos vuelto adictos a ese tira y afloja constante. Soy fiel defensora de que a veces el momento no es el momento, pero es que en nuestro caso nunca lo fue. Así que aposté por Álex e intuyo que Germán también rehízo su vida.

Candela vivió conmigo todo el proceso. Coincidimos en clase de Teoría de la Comunicación Cinética y se convirtió en mi ángel de la guarda y mi agente. Era la persona que velaba por mí en todas mis facetas profesionales y personales. Que viniera a Milán para alejarme de la noticia que me chafó la presentación de mi quinta novela fue idea suya. Claro, y también me encomendó la tarea de escribir una puta sexta historia y me convenció de hacer más presentaciones, de conceder entrevistas y de asistir a premieres y eventos. ¡Como si eso me apeteciera después de todo lo que había pasado!

Decidí complicárselo un poco. Estaba eludiendo la responsabilidad de responder, porque no me apetecía. No estaba bien y no quería reconocerlo, tampoco que todo el mundo me recordase cómo debía mostrarme, sobre todo por el bien de mi carrera y de este nuevo libro que con tanto esfuerzo había escrito.

—Depende de lo que quieras saber.
—Rocío... —Su voz sonaba a súplica—. ¿Qué tal el Duomo?
—Es bonito, pero está sobrevalorado.
—Que no te escuche Celia. —Se carcajeó.

Celia es una amiga que tenemos en común que había vivido un par de años en Milán. A ella le encanta, pero yo no estaba en el mejor momento para valorarla.

—Bien, Candela, estoy bien —mentí—. Milán no está mal; hay buena comida, buena moda y buenos hombres.
—Suena a inspiración para una nueva novela.

Aquello me hizo poner los ojos en blanco.

—Ojalá entendieras que no necesita una segunda parte.
—Toda historia necesita una segunda parte, y no es que yo la quiera, es que la quieren ellos. —Por ellos se refería a mis editores.
—Ya. —Solté un bufido.
—¿Qué necesitas?
—¿Tienes una máquina del tiempo?
—No, lo siento.
—¿Puedes darle a Álex una patada en los cojones?
—Puedo conseguir que alguien lo haga si es lo que quieres.
—Se ha llevado todas sus cosas, ¿no?
—Sí —suspiró—, así que puedes volver a Madrid cuando quieras. Ya no hay moros en la costa.

—¿Cómo que no? ¿Has entrado en TikTok? —Mi voz se volvió aguda.

¿Que no había moros en la costa? Si hasta unos turistas me habían reconocido, por Dios.

—¿Sabes lo que necesitas?

—Si me vas a decir que follar con un milanés, ahórratelo —le pedí—. No soy como tú. Un clavo no saca otro clavo.

—No iba a decir eso.

—Entonces ¿qué? —captó mi atención.

—¿Y si te dijera que hay un lugar donde te sentirás como en casa?

—Te acabo de decir que no estoy preparada para volver a Madrid, Candela. Aún no —quise dejarlo claro.

—No estoy hablando de que vuelvas a Madrid.

—¿Y entonces adónde quieres que vaya?

—Según tu agenda, este finde tenías una boda. Creo que es una buena excusa para bajar a tu pueblo.

2
De Guatemala a Guatepeor

Conocí a Juan cuando Marga y él comenzaron a salir. Nunca di un duro por esa relación, pero eran la prueba de que quien la sigue la consigue. Allí estaba yo, en su boda, veinticuatro horas después de dejar Milán atrás. Yo, Rocío Velasco, de veintiséis años, con un vestido horroroso que me había comprado a última hora en la zona de rebajas de Massimo Dutti, reencontrándome con mis amigos de la infancia, familiares y vecinos que un día me conocieron como la niña de Raquel, la del Ayuntamiento; la que demasiado pronto se despidió de su padre Luis con lágrimas y entereza y a la que tiempo después encontraron en las marquesinas de los autobuses y en los escaparates de la librería del pueblo. Mi vida era ridícula. Iba de Guatemala a Guatepeor. No tenía nada que ver con esta gente. ¿Cómo me había convencido Candela para estar allí?

Además, todo el mundo me miraba de reojo, y, francamente, no me sentía cómoda. Ya no tenía nada que ver con ellos y nadie se estaba esforzando por intentar integrarme. Ojalá mamá estuviera aquí y no perdida en alguna aldea remota sin cobertura. Me encantaría que me hiciera alguna broma, que se metiera con doña Carmen o que bailáramos abrazadas y borrachas sin movernos del sitio. Dios, cómo la echaba de menos. Supongo que podría haber saludado a los padres de Germán, seguro que me habrían acogido como la hija que siempre he sido para ellos, o haber buscado a Alexis y Claudia. Los había visto de reojo en la iglesia, aunque ellos no se habían acercado, e imagino que querrían una explicación de por qué los había ignorado todo ese tiempo. No era el momento ni el lugar. No merecía la pena el esfuerzo, y tampoco tenía ganas de ser simpática, joder. La cabeza me latía con fuerza y la ansiedad me hacía sentir inestable. El Orfidal no me había hecho nada. Lleva sin hacerme nada desde aquel maldito día. Solo quería encontrar la barra libre y beberme todo mi peso en alcohol.

—Rocío, cariño.
—Hola, doña Carmen. ¿Cómo está?
—Bien, preciosa. —Me sonrió—. No sabía que ibas a venir.
—No sabía si me iba a dar tiempo... ¿Qué tal están? —quise desviar el tema—. Mi madre me contó que iban a operar a Ernesto.
—Sí, sí. Lo operaron la semana pasada, pero ya ves... —Dirigió mi mirada hacia su marido, que jugaba con sus nietos.
—Me alegro de que estén todos bien. —Y fui sincera—. Felicidades por la boda. Está siendo preciosa. —Eso..., eso ya no lo dije tan en serio. No se puede ser tan hortera. Odio las bodas provincianas.
—Gracias, cariño. —Ella parecía satisfecha con la boda de su hija—. ¿Tú no tienes novio todavía?
—No, doña Carmen. —Negué con la cabeza—. De momento, me las apaño bien sola.

«Más teniendo en cuenta que hace quince días el último me humilló y se hizo viral», pensé para mí misma.

—Eliges muy mal a los hombres, querida.
—Eso dicen todas las revistas que no debería leer. —Alcé las cejas.

Ella se puso colorada, y yo no pude reprimir un pensamiento: «Venga ya, que se joda».

—Dale un beso a tu madre cuando la veas. No sé por qué, pero las dos nunca estáis donde deberíais estar.

«Espero que eso no haya sido una indirecta». Estaba sintiéndome bastante incómoda.

—Lo haré.

Doña Carmen siempre había sido una de esas personas que, en teoría, eran muy simpáticas, pero que tenían un don para hacer sentir mal a los demás. Probablemente no era con mala intención, pero, joder, cuando no hay nada bueno que decir, lo mejor es no decir nada. En cuanto se fue, dejé de fingir cordialidad. No pude evitar un intenso bufido y me bebí la copa de champán de un trago. Vamos, aquella era la tercera boda de su hija. Si alguien elegía mal a los hombres era ella, no yo.

—¿A ti también se te está haciendo esta boda infernal?

Al escuchar aquella voz, me giré sorprendida. Acababa de colapsar por dos motivos. Primero, porque creía que estaba siendo igual de invisible que los dieciocho años que había pasado en el pueblo. Segundo, porque reconocí la voz y las piezas del engranaje de mi memoria comenzaron a encajar.

—Germán. —Sonreí.

Pensé en abrazarlo, y hubiera sido lo suyo, pero en lugar de eso me quedé estática sin saber muy bien qué me frenaba. El tiempo, quizá, o cómo acabaron las cosas entre los dos. Él tampoco tomó la iniciativa de acercarse a mí. Nos quedamos de pie, sorprendidos e incómodos a partes iguales, protagonizando un reencuentro que en cualquier *romcom* dejaría mucho que desear.

—Cuánto tiempo.

—Lo mismo digo. —Quise decir algo con gracia, pero me había bloqueado—. No sabía que ibas a venir.

—Es la boda de una hija de doña Carmen. Ha venido todo el pueblo... —Se acercó a mí y me susurró—: Porque pobre del que no lo haga.

—Mi madre ha podido escaparse. —Esbocé una sonrisa tímida.

—¿Dónde está ahora? Hace tiempo que le perdí la pista.

—Solo ella lo sabe. —Me encogí de hombros.

—¿Sabes? Ahora mismo me da muchísima envidia.

—A mí también.

Sonreí y nos miramos fijamente. No sé cuántos años llevábamos sin vernos. ¿Seis? Germán fue mi eterno *casi algo*, y, a pesar de que siempre pensé que estábamos hechos el uno para el otro,

la vida separó nuestros caminos. En ese momento, mi móvil comenzó a sonar. Candela. Siempre tan oportuna.
—Perdona, es mi agente. —Me aclaré la garganta—. Tengo que cogerlo o no parará hasta que lo haga.
—¿Te has metido en problemas? —Alzó las cejas con tono socarrón.
—Con ella nunca se sabe. —Sonreí y salí a los jardines.
—A la primera, vaya. ¡No me lo creo! —exclamó mi amiga.
Puse los ojos en blanco.
—Y yo no me creo que me llames. Me mandaste a una boda, ¿recuerdas?
«A una boda en la que me he encontrado a mi *casi algo*, joder, que, por cierto, esta pibón. Candela, pilla la indirecta y cuélgame».
—Sí, y me dijiste, cito textualmente, que «iba a ser una boda aburridísima llena de provincianas horteras con una anfitriona gorda que caga dinero y que te cae de gordo el triple de su peso».
—¿Sabes? A veces, soy cruel...
—Ya te digo, pero bueno —suspiró—. Traigo buenas y malas noticias.
—Empecemos por las buenas. —Me senté en un banquito.
—Tú lo has querido: *No sin París* ha llegado a la quinta edición.
—¿Qué? —No podía creerlo, si no hacía ni tres semanas que se había publicado.
—Pues ya ves. Ser la víctima vende.
—Sigue sin hacerme gracia, Candela —le advertí.
—Ni a mí, créeme, pero eso nos hace más ricas y te recuerdo que somos dos chicas con gustos caros y de alto mantenimiento. —Su comentario hizo que sonriera.
—¿Cuál es la mala? —pregunté.
Candela volvió a suspirar antes de decir:
—He luchado por tu *no* segunda parte —remarcó el «no».
—¿Y?
—Y he perdido —confesó. Bramé entre dientes—. Lo sé, pero quieren que la escribas. Y, pensándolo bien, no tiene por qué ser

algo malo. Hay series malísimas que se han estirado hasta ocho temporadas. ¿Por qué escribir esta segunda parte tiene que ser algo tan horripilante?

—Porque es un libro que no tiene segunda parte —insistí.

—Puede tenerla. No seas cabezota —me suplicó—. Nina decide que el verdadero amor de su vida es ella misma.

—¿Y no sería muy hipócrita que escribiera la segunda parte de algo así para que conozca a un tío que resulte ser un gilipollas? —Me dolía que no lo entendiera.

—No soy quién para dar consejos de amor, pero quizá deberíamos superar ya lo de Álex —espetó—. Al menos, dejar de ponerlo como ejemplo para todo lo demás.

—Ya, pero es que no puedo, Candela —suspiré—. No puedo.

—Pues tienes que empezar a poder, Rocío. Te he mandado quince días a Milán para que comieras pasta y follaras. Ahora estás en una boda de provincianas. Cariño, dime qué necesitas, pero ayúdame un poquito.

—La terapia de choque no está funcionando.

—Vaya por Dios. ¿Y eso por qué?

—¿Te acuerdas de Germán? —Cerré los ojos, lista para escuchar su reacción.

—¿Qué Germán?

—Candela, Germán.

—Ger... ¿Germán? —Le había costado, pero por fin había caído.

—Sí. —Me mordí el labio.

—No jodas que le has visto.

—Estaba hablando con él cuando me has llamado.

—Mira lo que te voy a decir —levantó la voz—: ¡ese tío tiene una jeta de aquí a Lima!

—Ya —resoplé, y lo hice porque no lo quería reconocer, pero me había gustado volver a verlo. Estaba guapo, había pasado mucho tiempo y éramos adultos.

—Vale, volvemos a esto después, porque necesito seguir con mis noticias —anunció—. ¿Estás sentada?

—Eh, sí. —Levanté las cejas—. ¿Por qué?

—¿Recuerdas a Bárbara, verdad, esa periodista con la que se ha liado Álex?
—Cómo olvidarla. —Puse los ojos en blanco.
—Vale, pues están dando entrevistas.
—¿Cómo? —No entendía nada.
—Álex y Bárbara, la tía con la que se lio públicamente en la presentación de *No sin París*, están dando entrevistas que te aconsejo no leer porque te están poniendo verde.
—No hacía falta tanto contexto. —Me presioné las sienes para tratar de aliviar la ansiedad.
—Lo siento.
—Joder, Candela. —La frente me latía.
—¡Y ahora la mala noticia! —Fingió entusiasmo.
—Ah, pero ¿que no era esta? ¿Ni la anterior? —Os juro que quería ponerme a llorar.
—Ya lo creo que no. —Hizo una breve pausa—. ¿Recuerdas cuando te he dicho que quieren que escribas una segunda parte de *No sin París* o rescinden el contrato?
—No me has dicho que rescinden el contrato si me niego. —Estaba a punto de salirme una risa nerviosa o de darme un ataque, no lo tenía claro.
—Bueno, pues te lo estoy diciendo ahora —espetó—. El caso es que tienes seis meses para hacerlo.
—¡¿Seis meses?!
—Sí, colega. Seis meses.
—Pero ¿esta gente quién se cree que soy? ¿ChatGPT? —Estaba flipando—. Candela, es una historia que no tiene segunda parte y no quiero escribirla.
—Pues no lo hagas y los mandamos a tomar por culo.
—Candela.
—¿Qué?
—Que no es una opción —sentencié.
—Mira, he conseguido que no tengas entregas, y eso quiere decir que dispones de seis meses para averiguar si quieres escribirla o rescindir el contrato. Ahora te dejo. Sé buena y aléjate de Germán y de TikTok.

—¿No podrías haberme dicho esto mañana?
—Deberías darme las gracias. Solo quería darte un motivo de peso para emborracharte en esa mierda de boda —soltó—.
—Ah, bueno, pues gracias —ironicé.
—De nada. En serio, te dejo, que voy a entrar a un masaje.

Le di un poco más de drama al asunto permitiendo que los pitidos sonaran en mi oído. Suspiré y me pasé las manos por la cara. «O me han echado mal de ojo, o estamos en Mercurio retrógrado y Esperanza Gracia no me ha avisado. ¿Esto va en serio? Vaya puta mierda».

—Te he visto dos veces en menos de media hora y es la segunda vez que suspiras como si quisieras dejar de respirar. Me veo en la obligación de preguntarte si va todo bien.

—¿No deberías estar en una boda quitándote la corbata y gritándoles a los novios que se besen? —Lo miré de reojo.

Germán siempre en medio.

—No voy a negarte que haberte vuelto a ver después de seis años me parece más interesante que esta mierda de boda.

—Ay, no. Créeme que no soy para nada interesante. —Negué con la cabeza.

—Perdóname, pero pensé que tendrías algo que contarme teniendo en cuenta que mi equipo espera bajo una marquesina que tiene tu cara —ironizó.

—¿Tu equipo? —Alcé las cejas sorprendida.

—Ah, sí. Entreno al equipo de fútbol del instituto. —Se rascó la cabeza nervioso.

—Oye, ¡felicidades! —Le golpeé el brazo con cariño.

—No me dirías eso si los vieras jugar. Somos el peor equipo de la zona.

Su franqueza me hizo sonreír.

—Entonces, yendo a lo verdaderamente importante, ¿en serio yo te parezco una señora?

—Solo una muy joven y muy profesional —soltó, y volví a enseñar mi dentadura.

—¿Y el Ejército? —Fruncí el ceño.

¿Lo había dejado? Era su sueño, o al menos eso decían las cientos de peleas que habíamos tenido al respecto.

23

—La verdad es que es una historia muy larga…

—Bueno, pues qué bien, Germán. —Le sonreí. Él me imitó.

No quise presionarlo. Tampoco quería que retomáramos el contacto, mucho menos después de cómo acabó todo entre nosotros.

—Yo me voy a ir ya…

—¿En serio? —Parecía decepcionado—. No ha sonado «Sarandonga».

—Yo también estoy aquí por una historia muy larga, me acaban de dar varios motivos para emborracharme y esta gente me saca mucha ventaja. —Los miramos.

—Ya.

—Me alegra mucho haberte visto, Germán. —Le di una palmadita en la pierna—. Estás muy guapo. —Y me levanté.

—Oye, ¿tienes hambre?

—Pues, ahora que lo dices, sí, un poco.

La tripa me rugía como si no hubiera comido en todo el día. Un momento, ¿lo había hecho?

—Vamos. —Se levantó también.

—¿Adónde?

—Conozco un sitio que está abierto.

—¿Te vas a ir de la boda? —Estaba impresionada.

—Tú te vas.

—Ya, pero yo no vivo aquí. Tú sí.

—Como bien has dicho, nos sacan varios gin-tonics de ventaja. —Alzó los hombros—. No creo que noten mi ausencia.

—Pero…

—Pero ¿qué?

—¿Tú y yo?

—¿Por qué no?

—Se me ocurren cientos de motivos…

—Oh, vamos, Velasco, por los viejos tiempos.

Me dejé liar. Siempre me dejaba liar por Germán. Hacía que me contradijera, tenía un poder sobrehumano en mí. Acabamos en la hamburguesería del pueblo. Estábamos prácticamente solos. Así que sí, doña Carmen había invitado a (casi) todo el pueblo… Vaya tela con la tía.

—Mmmmmm... —Puse los ojos en blanco y noté cómo Germán sonreía—. No reconoceré cuánta hambre tenía.
—Ya somos dos.
—La comida de diseño está sobrevalorada —opiné—. ¿A quién le pueden gustar esas piruletas para celiacos con esa salsa verde sospechosa? Tienen que estar de broma.
—Hablando de lujos. —Dejó su trozo de pizza en el plato—. ¿Qué te cuentas, escritora de éxito?
—Yo no diría «escritora de éxito». —Me metí una patata frita en la boca.
—¿Cuántas ediciones llevas ya del último libro? ¿Tres?
—Cinco. —Puse los ojos en blanco.
—¿Cuándo se publicó?
—Hace dos semanas y media, pero...
—No, no, no, pero nada —me interrumpió y añadió—: Escritora de éxito. Acepta tu título con honores, soldado.
—Lo que tú digas...
—¿Cómo estás, Rocío? —insistió—. En serio.
En circunstancias normales, hubiese hecho lo que siempre solía hacer: mentir. «Ah, estoy superbién, pero Álex, mi ex al que dejé antes de la presentación de mi último libro, me está poniendo verde con la zorra de la periodista con la que se lio durante la fiesta de lanzamiento. Además, pese a que el libro lleva cinco ediciones en dos semanas y media, me obligan a alargarlo, porque mi final de empoderamiento femenino, al parecer, no es suficiente. Pues me cago en la puta. Pues me cago en la puta porque no, no estoy bien».
—Pues la verdad es que estoy como la mierda, ¿y tú? —Pegué un trago de cerveza.
—Guau. —Curvó los labios en una sonrisa.
—*C'est la vie, mon ami* —resoplé.
—¿Quieres hablar del tema?
—Oh, no.
¿Hablar con Germán? Oh, no. Claro que no. Os aseguro que aquello era lo único que NO necesitaba. Una cosa es que me hubiera dejado liar para comerme una hamburguesa. Otra muy

distinta es que compartiera mi mierda y le permitiera entrar en mi vida. No iba a cometer ese error. Otra vez no.

—Necesitas mucho contexto —me excusé.

—Vale —no insistió.

Yo lo miré de reojo, y lo miré de reojo porque no quería hablar con él de mi ex, pero necesitaba gritárselo a alguien. Necesitaba maldecir al imbécil de Álex Castro y que alguien me dijera que no estaba loca y que el karma le devolvería todo lo que se merece. Él estaba aquí.

—¿Te lo puedo resumir a lo bruto?

—Algo me dice que no vas a ser capaz de hacerlo de otra forma. —Sonrió—. Así que adelante.

—¿Recuerdas la última vez que nos vimos en Valencia hace ya seis años, que te conté que estaba conociendo a alguien y que pintaba bien?

—Sí.

—Pues esa persona ahora es mi ex.

—Ya veo.

—Y fue mi editor. Desde que me cambié de editorial, me la tenía jurada en silencio. —Me llevé la cerveza a los labios—. Yo pensaba que se le iba a pasar, pero se lio con la periodista que vino a entrevistarme durante el lanzamiento de mi libro, la gente los vio y se hizo viral. No el hecho, sino mi cara. Mi puta cara porque, por si no te ha quedado claro, empezaron a liarse en medio de la presentación, y Dios me ha dado esta expresividad gestual que no sé controlar.

—Ya.

—¿Cómo que ya? —Alcé las cejas.

—Te he visto en TikTok.

—Claro. —Chasqueé la lengua—. Es que me cago en todo —enterré la cara en las manos—, esto va a ser mi peor pesadilla y lo peor es que no va a acabar nunca.

—He de decir que estabas muy guapa —trató de consolarme—. El verde te sienta genial.

—Verde es como me están poniendo, Germán. —Negué con la cabeza—. Joder.

—Si te sirve de consuelo, esa relación no tiene futuro.

—No, claro que no tiene futuro, pero me lleva derechita a ser la receptora de mensajes como «eliges muy mal a los hombres» —imité a doña Carmen—. Pero te juro, te juro, Germán, que cuando me enamoro de ellos no son gilipollas.

—Te creo.

—Encima mi libro ha vendido cinco ediciones en dos putas semanas y media.

—Pero eso es bueno, ¿no?

—Estoy vendiendo libros porque soy la víctima —le expliqué.

—Estás vendiendo libros —me corrigió—. El motivo no lo sabes ni debería importarte.

—Me han pedido una segunda parte.

—¿Y no quieres hacerla? —Parecía bastante perdido.

—No.

—Pues no la escribas. —Alzó los hombros.

—Si no lo hago, rescinden mi contrato y me quedo en la puta calle. Aunque eso no es lo peor. —Chasqueé la lengua.

—¿Qué es lo peor?

—Que tengo seis meses para hacerlo.

—No sé lo que conlleva escribir una novela, pero eso son más de ciento ochenta días.

—Germán, tengo una vida que ya compatibilizo con escribir. Sin hablar de que me paso gran parte de mi día en eventos, giras, firmas o fiestas —traté de explicarme—. Sé que suena fatal quejarse de estas cosas, pero quitan mucho tiempo.

—Pues no vayas.

—¿Sabes qué es el FOMO? Pues si lo buscas en el diccionario te sale mi puta cara.

—Estás exagerando... —dejó caer.

—No. Claro que no estoy exagerando. —Me puse seria—. No lo entiendes.

—Pues explícamelo.

—Si estás y te invitan, no puedes faltar a la fiesta.

—¿Por qué?

—Pues porque, si no, te vetan. Desapareces y te conviertes en una don nadie. Quiero una serie, Germán; tengo que currármelo.

—Entonces desaparece.

—Ah, qué fácil, ¿no? —Me crucé de brazos—. ¿Y dónde quieres que esté estos seis meses, eh?

Me estaba mosqueando. No era fácil entender lo que me pasaba, mucho menos si no compartías mi mundo, pero tampoco era tan complicado. Aunque no debería sorprenderme. Si nunca pilló mis indirectas, ¿por qué iba a comprender ahora mis rutinas? Al final, me había alejado de toda la esencia de mi vida anterior por algo.

—Si tu problema es que necesitas seis meses para escribir el borrador de una novela y no quieres estar en Madrid para no distraerte, es fácil, escríbela desde aquí.

3
Amor, ruptura y literatura romántica

A los dieciocho empecé a vivir entre dos mundos, como Hannah Montana. Por un lado, seguía aferrada a mi vida en el pueblo, a los vermuts de los domingos con mis padres, los cotilleos con Claudia y las miradas fijas de Violeta, la novia de Germán. Adivinad: no me podía ni ver. Siendo sincera, nunca entendí cómo pudo acabar con una chica como ella. No pegaban ni con cola, y, aunque Germán y yo tratábamos de ignorarnos, nuestras miradas cómplices se terminaban encontrando sobre un hilo fino de tensión que amenazaba con romperse en cualquier momento.

Luego tenía mi incipiente vida en Madrid. Las clases aburridas de la universidad, las noches eternas en los bajos de Nuevos Ministerios y las resacas con Candela al día siguiente, que acompañábamos con comida grasienta y películas románticas. También tenía mis líos amorosos, no vayáis a pensar. Aunque todo se quedó en unos cuantos besos. No conseguía conectar con nadie y quería que mi primera vez fuera especial. Ahora eran todo anécdotas graciosas que me servían para divertir a mis invitados en algunos de los saraos que organizaba en mi casa. Siempre me he debido a mi contenido.

Sin embargo, a pesar de que tenía las semanas completas y una agenda social bastante diversa, todavía sentía una espinita clavada de la que no conseguía liberarme. Llevaba varios años queriendo ser fiel a mi pasión. Siempre he sido de las que devoran libros. De hecho, fui una de las primeras en tener Goodreads para asegurarme de que no me repetía. Pero lo que de verdad me enamoraba era escribir historias, y la carrera no me estaba estimulando para contar relatos interesantes. No recuerdo muy bien cómo pasó, pero un día empecé sin más y, en cuestión de unos meses, escribí mi primera novela. No obstante, una cosa es escribir un libro y otra muy distinta es atreverme a llamar a la puerta de una editorial. Supongo que siempre he sido bastante insegura, de esas a las que les cuesta creer que han nacido para esto. Porque ¿eso quién lo decide? ¿Cómo podía saberlo realmente? Así que el resumen es que llevaba dos años estudiando Periodismo sin tener nada claro mi futuro. También hacía prácticas en una agencia de comunicación. Era buena en mi trabajo y, aunque obviamente todavía estaba muy verde, deseaba volar cuanto antes. No sabía si quería trabajar en una revista como *Vogue*, no era mi estilo; pero me gustaba la moda, controlaba el tema y era sarcástica. Odiaba *El diablo viste de Prada*, pero amaba a Carrie Bradshaw. Por lo que, sí, trabajar dentro del mundo de la moda parecía un sueño hecho realidad. Además, lo único que me interesaba en ese momento era engordar el currículum. Era consciente de que no era nadie y de que carecía de contactos. Acababa de perder a mi padre y tenía muchas promesas que cumplir con él y conmigo misma. Estaba dispuesta a hacer cualquier cosa, como aprenderme sesenta y tres datos inútiles sobre un hotel a los que mi jefa le llevaba la comunicación. También a soltarlos de manera aleatoria durante el breve *speech* que me tocó ofrecer a un grupo reducido de periodistas durante un *brunch* que organizamos un sábado del mes de noviembre. Tras el protocolo inicial, mis invitados hablaron de banalidades y cosas cotidianas. Sin comerlo ni beberlo, la conversación se desvió hacia mí. Inteligente, interesante y, anda, ¡con una novela! Terminé revelando todos los detalles sobre mi historia, pero una de las periodistas mostró demasiado interés.

—¿Y todavía no tienes editorial?
—No, la verdad es que sigue en un cajón.

—Pues ya la tienes.

Mi cara de circunstancias hizo que se llevara la copa a los labios y que el resto de los presentes quisieran aplaudir como si fuera una película con final feliz. Pero, como siempre he sido una persona a la que le gusta tener las cosas bajo control, me obligué a no ilusionarme. Me obligué a recordar que era una señora que se había tomado cuatro bloody marys en dos horas. No iba a alucinar. No iba a dejarla jugar con mis ilusiones y con un sueño del cual desconocía aún su dimensión.

A los dos días salí con Celia y Candela a celebrar que Eidan, un australiano con el que apenas había empezado algo que pudiese llamarse relación seria, me había dejado tras prometerme que la distancia no iba a cambiar nada entre nosotros. Salimos a un *bingo drag*, nos pusimos hasta el culo de vodka y, cuando ya estaba decidida a lanzarme al escenario y cantar «Escondidos» de David Bisbal y Chenoa, recibí un wasap.

> Hola!
> Soy Álex, el hijo de Rosana.
> Creo que comiste con ella el otro día.
> Lo primero, siento esta intromisión (y las horas),
> pero no tenía tu e-mail y siento que, si no te escribo ahora,
> se me va a olvidar. Mi madre dice que tienes una novela
> que puede interesarme mucho

> Hola, Álex.
> Por curiosidad,
> qué más dice tu madre de mí?

En condiciones normales no hubiese contestado así. No era atrevida. Nunca había sido una chica loca, más bien todo lo contrario, pero en mi defensa diré (y con la cabeza bien alta) que el australiano me acababa de dejar, estaba borracha y encima rodeada de *drags*. El ambiente no jugaba a favor de mi cordura. Para mi sorpresa, Álex no me bloqueó, sino que me respondió segundos después:

> También dice que eres muy inteligente, y guapa. Pero, por el momento, creo que me conformo con tu supuesto talento. Si estás interesada, por favor, mándame tu manuscrito a a.castro@edicionesgrace.com

A la mañana siguiente me quería morir. Primero, por la resaca evidente; segundo, porque estaba resacosa, pero igual de jodida porque yo ya me imaginaba una vida a lo Elsa Pataky; y, tercero, porque había ligado (o había hecho un intento penoso de coqueteo) a las dos de la mañana con mi posible editor. ¿A quién se le podía ocurrir algo así? Pero de perdidos al río, porque le mandé la novela sin pensarlo. Si esta era mi oportunidad, iba a aprovecharla con todas las consecuencias.

Después de una semana, tuve noticias. Álex quería publicarla y además tener una reunión conmigo para hablar de los detalles. Salté de la cama, literalmente. El libro que estaba leyendo voló por los aires y llamé a mi madre para contárselo. Se encontraba en los Alpes escalando. La conversación fue entrecortada, pero estoy casi segura de que me dijo: «Cariño, felicidades, estoy muy orgullosa de ti». También llamé a Cande, que se ofreció a fingir que era mi agente para que me tomaran en serio. A ver, nos conocemos, también lo hizo porque sabía que habíamos coqueteado y no quería que aquella reunión acabara en una peli porno o que se aprovechara de mí.

El día de la reunión estaba nerviosa. Me vestí como si fuera una actriz amateur que se presentara al casting de su vida —de hecho, lo era— y me planté en la editorial con mi mejor amiga del brazo. Una chica con el pelo corto nos dijo que el señor Castro nos recibiría en unos minutos, y las dos nos sentamos en un sofá de pana verde que el señor Castro tenía frente a su despacho. Cande ni siquiera tuvo la oportunidad de preguntarme cómo estaba porque mi futuro editor abrió la puerta.

—Oh, vaya. Veo que traes refuerzos. —Quiso sonar agradable.

Yo sonreí todo lo que me dio la dentadura.

—Álex, te presento a Candela Sánchez...
—Su representante. —Le estrechó la mano antes de que pudiera terminar la frase.
Álex sonrió y yo ladeé la cabeza.
—Presentaciones hechas, será mejor que paséis. Tenemos muchas cosas de las que hablar.
Si estaba nerviosa por si saltaban chispas entre nosotros, lo cierto es que no había motivos. Lo primero que descubrí de Álex es que siempre era muy profesional en el trabajo. Bueno, la segunda. La primera, que era muy sarcástico e ingenioso cuando quería. Su despacho tenía las paredes blancas, los techos altos y el suelo de madera. Entraba mucha luz y había una pared llena de libros, y de todos ellos hubo uno en concreto que me llamó la atención.
—¿*El principito*? —Alcé las cejas, quizá sorprendida.
—Es la mejor historia que se ha escrito jamás.
El principito era mi libro favorito. ¿Sería aquello una señal? No quise desvariar, aunque Álex tenía razón. Aquella era la mejor historia que se había escrito jamás.
Pasamos a hablar de mi libro. Candela hizo preguntas que yo ni siquiera me había planteado: derechos audiovisuales, giras, un posible audiolibro... Álex la escuchaba con atención, aunque de vez en cuando me dedicaba una mirada que duraba un microsegundo. Parecía que intentaba memorizar mis facciones sin que yo me diera cuenta. Yo, la verdad, trataba de hacer lo mismo.
Después de aquella reunión que duró una hora y media, firmé. Nos despedimos con un apretón de mano, y Candela y yo nos fuimos a celebrar que, a partir de aquel día, además de ser Pili y Mili, tendríamos una relación profesional. ¿Era buena idea? Era la mejor.
Cuando llegué a casa, me dejé caer bocarriba en la cama, como en las películas. Solté un largo suspiro. No podía creer que hubiera firmado un contrato con una editorial. A papá le habría encantado. Entonces me giré y vi en mi estantería la edición especial de *El principito* que mamá me envió desde París. Tuve la tentación de enviarle un wasap a Álex, pero no lo hice.

Todos los mensajes que nos intercambiamos después de aquel día fueron meramente profesionales. Y casi siempre correos. Contratamos a una amiga mía para que me hiciera la portada y decidimos que la presentación fuese el fin de semana que coincidía con San Valentín. Desde la editorial encargaron a una agencia para que organizara el evento más guay que yo nunca hubiese podido imaginar y… ¿qué queréis que os diga? Fue un día de diez. Desde el minuto uno que empecé a hablar de cómo escribí el libro hasta la firma.

No sabéis lo mágico que fue ver cómo la gente compraba un libro con mi nombre en la portada. O que amigos, conocidos y auténticos desconocidos hiciesen cola para que les estampase la firma y una dedicatoria improvisada. Ellos estaban llenos de ilusión. Yo, de esperanza. Y todos, de ganas. Fue una emoción que no puedo describir con palabras. Tendríais que vivirlo para entenderlo. Pero os aseguro que fue extraordinaria.

Después del evento, un par de amigos de la universidad, Cande, Álex, su madre y yo fuimos a cenar. La verdad es que la distancia profesional entre nosotros se redujo, y él se pasó toda la noche diciéndole a mi mejor amiga que tenía talento y potencial. Lo decía convencido y yo tenía una sensación extraña en el estómago que hacía que me brillaran los ojos. Tras la cena, mis amigos, Álex y yo decidimos despedir la noche en el Marta, Cariño! Nos dispersamos nada más llegar. Pasadas unas horas, Cande estaba tonteando con un chico guapísimo que se parecía bastante a Timothée Chalamet y yo fui a la barra a pedir una copa para dejarles espacio.

—Ah, estás aquí —me dijo Álex.

Me volví hacia él.

—He decidido darles a esos dos un poco de intimidad.

Giré la cabeza hacia mi amiga y su ligue, acto que Álex imitó para después sonreír. ¡Oh, Dios, qué sonrisa! ¡Qué sonrisa, maricón!

—Has hecho bien.

—Sí, ¿verdad? —Sonreí—. He de confesar que hacer de sujetavelas no es lo mío.

—¿Y qué es lo tuyo?
—Al parecer, escribir.
—Oh, ya lo creo. —No pude ocultar una sonrisa al oírlo—. ¿Te lo has pasado bien?
—Sí, ha sido muy especial —dije sincera—. Gracias por este evento.
—Vas a recordar este día siempre, Rocío —captó mi atención—. No te mereces menos...
—¿Lo piensas de verdad? —le interrumpí.
—¿El qué? —me preguntó con el ceño fruncido.
Otra de las cosas que con el tiempo confirmé es que Álex siempre frunce el ceño. Por sorpresa, confusión o abatimiento.
—Lo de que tengo talento y potencial. —Quería que mi voz sonara segura, pero, entre el mezcal y mi inseguridad de fábrica, no sé muy bien si lo conseguí.
—Rocío, por Dios, claro que sí. —Se irguió—. Tienes veinte años. Veinte putos años. —Que se saltara la formalidad me gustó—. Lo único que tengo claro es que vas a llegar tan lejos como te propongas.
—«Cuando el misterio es demasiado impresionante no es posible desobedecer» —solté una de las mejores frases de *El principito*. Álex esbozó una sonrisa con cierta sorpresa en los ojos—. Sí, yo también pienso que es la mejor historia escrita nunca jamás.
Nos fuimos del bar. Paseamos por las calles de Madrid hasta que se hizo de día. Me acompañó a casa porque su madre jamás le habría perdonado que hubiera dejado volver sola a su nuevo fichaje, y justo en el portal...
—Gracias por traerme —dije.
—Descansa, te lo mereces —respondió.
Yo iba a irme, lo juro, pero entonces me volví hacia él y me envalentoné a favor de un pensamiento intrusivo, quizá provocado por el alcohol, la adrenalina y el romanticismo de mis propias novelas.
—¿De verdad que no vas a besarme?
Esa fue la primera vez que vi a Álex descolocado. Yo no sabía si él tenía novia. Oh, Dios, ahora que lo pienso, ¡a lo mejor tenía

novia! Pero me trataba tan bien, nos mirábamos tan bonito y nos admirábamos tanto que una tensión sexual no resuelta se desató:

—Estaba intentando ser un caballero —respondió a los segundos.

—Ser un caballero todo el rato debe ser agotador... —dejé caer. Él soltó una risa contenida—. Álex...

—Qué.

—Bésame.

Y así empezó nuestra relación. Me gustaría contaros más detalles, porque junto a él viví unos años en los que verdaderamente sentí que era un hombre que me valoraba, apreciaba y apoyaba. Con Álex no había *red flags*. Al menos hasta que algo cambió entre los dos. Y algo cambió entre los dos cuando una de las editoriales más relevantes del país me fichó y yo decidí apostar por ella, porque él mismo me dijo que eso era lo que hacían todos los grandes escritores. Entonces ¿cuál fue el problema? ¿Qué hice mal?

Nos distanciamos, y yo tuve parte de culpa, porque con la nueva editorial me fue bien, conseguí llegar a más público, me embarqué en una gira con muchas paradas y siempre estaba cansada. Pero Álex no remó a mi lado. No vino conmigo a los viajes exprés, aunque se lo pedí. Dejó de mandarme flores de forma esporádica, de abrazarme por las noches al dormir y de acariciarme la tripa al despertarse. Dejó de cuidarme y yo asumí que eso es lo que pasa cuando se lleva tanto tiempo con una persona, que era lo normal, que el amor se muere. Y, sí, tenía razón. El amor muere, pero muere cuando se da por hecho, cuando no se protege ni se valora. Ahí es cuando muere y cuando nada tiene solución.

No sin París iba a ser mi próxima novela, la gran apuesta de la editorial para el verano. Ellos estaban contentos, yo estaba contenta, y decidí preguntarle a Álex si quería leerla, porque necesitaba contar con su apoyo incondicional. Lo hizo. Solo que el muy gilipollas me dijo que había perdido mi esencia. Así. Sin anestesia.

No me conformé. Quería que me mirara a los ojos. Quería que se atreviera a ser cruel, a hacerme daño. Quería... No sé qué quería. Supongo que deseaba que se diera cuenta mientras hablaba de que estaba siendo un imbécil. Así que le pregunté que a qué se refería y me dijo que era una historia plana, que había dejado de ser divertida y que, en resumen, mi nuevo libro, que se iba a publicar en dos meses y que a mi editorial le encantaba, era una auténtica mierda. Lo miré con la cara más flemática posible, le di las gracias y me fui al baño a llorar en silencio. Estuve treinta y cinco minutos encerrada tratando de controlar mis sentimientos y buscando un motivo que explicara por qué se estaba comportando así conmigo, por qué quería hacerme daño de verdad. En todo ese tiempo tampoco fue a comprobar que estuviera bien. Entonces aprendí otra cosa de Álex que no vi o que quizá no quise ver porque pensé que no sería un problema: necesitaba constantemente ser valorado. No sé si se sintió amenazado o si su editorial estaba pasando por un bache y no me lo quiso decir, pero, en vez de alegrarse por mí, intentó hundirme, aunque yo no iba a dejar que lo consiguiera.

Mi forma de actuar no fue la más inteligente. Me volví hermética. Incluso le mandé la invitación a la presentación del libro por WhatsApp, mensaje al que él respondió con un escueto «confirmo asistencia». La relación se moría, y nosotros parecía que ya lo habíamos aceptado.

El día que presenté el libro hacía exactamente dos meses y trece días que no follábamos, que no nos mirábamos y que apenas habíamos intercambiado un par de onomatopeyas y frases fortuitas. Acabábamos de aparcar el coche y entonces decidí tratar de suavizar las cosas en el peor momento posible:

—¿No vas a decirme lo guapa que estoy?

—Ese color no es el que más te favorece, pero sí, supongo que estás guapa.

Alcé las cejas. Si quería el premio a novio gilipollas del año, se lo había ganado con creces.

—Álex —capté su atención.

—Qué.

—Creo que es mejor que lo dejemos aquí.

No respondió. Caminamos juntos hasta el hotel donde iba a hacerse la presentación. Ya en el *roof top*, Candela y mi nueva editora, Miranda, me abrazaron al llegar. Álex se fue a la barra, mi amiga me preguntó qué me pasaba, porque se dio cuenta de que estábamos más raros de lo habitual, y yo asentí. Por fin había tomado la decisión (como os podréis imaginar, llevaba un tiempo volviéndola loca con el tema). Ella me arropó con los brazos y yo prometí que no iba a llorar más. Mi vida a partir de entonces sería otra, pero llevaba seis años con ese tío y habíamos vivido muchas cosas. Joder, yo lo quería. Al menos, la versión que estaba dispuesta a recordar con cariño.

Diez minutos después, la terraza estaba rebosante de caras amigas y prensa nacional. Mi editora y yo nos subimos al escenario que habían montado para la ocasión y hablamos de la historia de Nina en *No sin París*, esa que, al parecer, no estaba a la altura, pero que la había definido ya como mi obra referente. No recuerdo nada de lo que dije. Había encendido el piloto automático y me permití evadirme en una sala de mi cerebro que no sabía muy bien dónde estaba exactamente.

Entonces alguien soltó un grito de sorpresa y acto seguido las cámaras dejaron de apuntarme. Miré a mi editora un poco confusa. Al levantarnos, vimos cómo Álex y una chica (que horas después descubrí que se llamaba Bárbara y que era una periodista que me podría haber entrevistado tan solo unos minutos después) se estaban morreando. Mi cara fue un poema. El tío al que acababa de dejar, porque me trataba mal y no me valoraba lo suficiente, se estaba liando con una completa desconocida (o eso quería pensar) en medio de la presentación de mi nuevo libro. Es que es fuerte el tema. Pero supongo que *El principito*, una vez más, tenía razón. El error que cometí fue confiar en que lo solucionaríamos, porque cuando «se trata de una planta mala, debe arrancarse inmediatamente».

4
Sushi, vino barato y cientos de «y si...»

Supongo que ahora querréis saber lo que pasó después de esa boda a la que fui obligada. Pues pasó que volví a Madrid y todo el mundo sacó el móvil para grabarme mientras subía a un taxi una vez que llegué a Atocha; y pasó que el taxista me miró y me dijo: «Eso no se le hace a una señorita». ¡¡¡Es que no se iban a olvidar nunca de lo que me había hecho mi ex o qué!!! ¡¡¡Habían pasado ya unos cuantos días!!! Así que la decisión que tomé a continuación puede que no fuera la mejor, pero tampoco sería la peor.

Estaba dolida. Dolida y triste. Pero que hubiese quedado como una pobrecita me repateaba. Y me repateaba muchísimo, porque llevaba seis años esforzándome en ser la mejor novia del mundo. Me había pasado toda nuestra relación tratando de valorarle en todo momento y remando a favor de sus intereses mientras intentaba no dejar de lado los míos. Él no me apoyó y, en cuanto vio su ego amenazado, en vez de alegrarse por mí, le dio la vuelta a la situación. ¿Qué manera era esa de querer, joder? Me fue minando poco a poco y, al ver que no me hundía y que no permitía que su opinión me cambiara la perspectiva, me abandonó. Tendría que haberlo dejado ahí, cuando esa intuición me decía: «Por aquí no, Rocío», pero esperé. Y no sé por qué esperé, pero lo hice. Y, cuando por fin me lancé a tomar la decisión más importante de nuestras vidas, ¿se morreó con la puta Bárbara de los cojones en la presentación de mi libro? ¿Ese era el amor que siempre me había tenido? ¿Ese era el valor y el cariño que le guardaba a nuestra relación? ¿Eso era ser un caballero? Álex Castro era un gilipollas y un cabronazo. Tías, ¡estuve a punto de regalarle un trío por nuestro próximo aniversario! ¡Para matarme!

Candela apareció en cuanto terminé de deshacer el equipaje. Le conté por encima la boda y la propuesta de Germán. Mencionar su nombre hizo que cogiera su teléfono y pidiera un Glovo. La noche iba a ponerse movidita. Tras una noche larga (y tortuosa), cargada con posibles «y si...», sushi y vino barato, resolvimos que sí, que escribir la novela en mi casa de siempre no era tan mala idea.

Cuando papá murió, yo todavía estaba estudiando. Tenía veinte años y llevaba dos años de carrera. Fue repentino y un golpe muy duro para mi madre y para mí. Era hija única y estábamos a unos quinientos kilómetros la una de la otra cuando me llegó la noticia. Bajé mucho de peso, no conseguía dormir bien, el insomnio se instaló en mi vida y lo echaba de menos todo el rato. Tampoco es que tuviera la relación más increíble con él, no voy a ir de santa, pero era mi padre y lo quería. Lo quería mucho.

Después de su muerte, un día en la casa del pueblo, mamá y yo acabábamos de comer y me serví un café mientras ella fregaba los platos.

—¿Podemos hablar de papá? —le pregunté.

Ella dejó de trajinar con los cacharros, se sirvió un café y se sentó frente a mí.

—Podemos. —Me cogió de las manos.

—Lo echo de menos.

—Claro que lo echas de menos —suspiró—. Echar de menos es humano, Rocío. Y, aunque ahora no lo veas, ese sentimiento es lo que va a hacer que siempre lo lleves contigo.

—¿Por qué?

—Porque mientras haya recuerdos esa persona seguirá viva en ti.

—Mamá, ¿cómo consigues llevarlo con tanta entereza? —le pregunté con desesperación. No la entendía y la envidiaba a partes iguales.

—Porque la vida sigue, Rocío. —Alzó los hombros—. Y, aunque tu padre se haya ido, nosotras tenemos que seguir.

—Ya, pero sin él... —Hice una breve pausa—. Yo...

—Escúchame —me interrumpió—, vamos a hacer un pacto y lo vamos a hacer por papá, ¿vale? —Me miró a los ojos. Yo guardé silencio, expectante—. Vas a empezar a mover esa novela que me contaste que tienes encerrada en un cajón y yo voy a recorrer el mundo, tal y como me prometió tu padre que haríamos cuando te graduaras.

—Mamá...

—Lo vamos a hacer por él, ¿te parece?

La vi tan convencida que no pude negarme. Ella dejó su trabajo en el Ayuntamiento y se fue a dar la vuelta al mundo sin fecha de regreso, y ya sabéis lo que hice yo y lo que estaba por llegarme. Solo que, para poder hacer ese viaje y yo poder cumplir mi sueño, mi madre vendió la casa. ¿Y a quién se la vendió? A Germán, mi amigo, mi vecino y mi amor... Menudo giro dramático de los acontecimientos. En cuanto mi madre puso el anuncio, Germán vino corriendo e hicieron un trato. Nos dijo que no podría soportar la idea de que alguien desconocido se quedara con ella.

Entonces, durante la boda, cuando me propuso escribir la novela en mi casa, nuestra conversación se prolongó un poco más...

—Si tu problema es que necesitas seis meses para escribir el borrador de una novela y no quieres estar en Madrid para no distraerte, es fácil, escríbela desde aquí.

—¿Desde aquí? —le pregunté atónita.

—¿Qué pasa? —Se encogió de hombros—. Somos los que te hemos visto crecer. La gente en los pueblos habla, pero nadie se va a atrever a sacar el móvil y humillarte.

—Ya, pero...

—Pero ¿qué? —Se echó hacia atrás en su silla—. ¿Somos muy poco para ti?

—Venga, ya, Germán —resoplé—. Sabes que nunca diría eso.

—Esto es justo lo que necesitas —trató de convencerme—. No hay eventos que puedan distraerte. Es una buena alternativa.

—No sé si recuerdas que mi madre vendió la casa.

—No sé si recuerdas que *tu* madre *me* vendió la casa —remarcó los pronombres. Yo lo miré a los ojos—. Está libre.

—¿Cuánto me cobrarías por el alquiler? —¿De verdad iba a hacer esto?—. Tengo que consultarlo con mi asesor financiero. —Saqué el teléfono.

—Venga ya, Rocío —soltó un bufido—, no te pienso cobrar.

—¿Cómo que no? —No entendía nada.

—Le compré la casa a tu madre porque adoraba a tu padre. Él nos enseñó a mi hermano y a mí a montar en bici y a jugar al baloncesto. Siempre se portó bien con nosotros, Rocío. Además, ya sabes que tus padres y los míos eran vecinos, pero también mejores amigos. Yo también perdí a Luis, crecí con él, con tu madre y contigo.

—Ya, pero...

—Cuando vuelva tu madre, pienso devolvérsela. Es decir, que no me va a tener que pagar nada para vivir en ella —me explicó, y ante aquella confesión solo pude abrir los ojos mucho—. Está tal y como la dejó. No se la he alquilado a nadie desde que se fue.

—¿No vives ahí? —Seguía sin entender nada.

—Claro que no.

—¿Y entonces...?

—Olvídalo, Rocío —me pidió—. Simplemente, quédate y no le digas nada a tu madre de lo que te acabo de decir. Es algo que resolveremos entre ella y yo.

—Pero tengo que pagarte algo.

—Paga la luz, el agua, el wifi, y deuda saldada.

—Germán —le reñí.

No quería aceptar su propuesta porque me sentiría en deuda con él, y no me apetecía. No me apetecía porque ya teníamos muchos asuntos pendientes.

—¿Te he dicho ya que llevo unos años siendo el entrenador de fútbol del instituto? —cambió drásticamente de tema.

O eso pensaba.

—Ah, entonces por eso lleváis tanto tiempo sin ganar la liga, ¿no? —bromeé.
—Cuidadito, Velasco. —Sus labios dibujaron una sonrisa socarrona que yo imité. Le había dado en su punto débil—. También soy el coordinador de las actividades extraescolares.
—Qué bien. —Y lo decía de verdad, aunque seguía sin entender por qué me saltaba con esas ahora.
—Nos vendría muy bien una asignatura de escritura creativa... —dejó caer.
—Pues hazla —respondí despreocupada.
—¿Te animas?
—¿A qué? —Y ahí estaban mis cejas sobrevolando el Everest otra vez.
—A impartirla.
—Ni de coña. —Mi subconsciente habló por mí.
—Vale. —Alzó los hombros.
—Si esto es un problema para que me quede en mi casa, no te preocupes.
—No digas tonterías, Rocío. No es ningún problema.
—Puedo irme al hotel... —insistí.
—Vete donde te sientas más cómoda. Pero te recuerdo que el hotel pertenece a mi familia, y, lo siento, pero las condiciones son las mismas.
Me pidió que lo pensara.
Estaba entre la espada y la pared, y no tenía muchas más opciones. No sé en qué momento tomé la decisión de que empezar a escribir la segunda parte de *No sin París* en mi pueblo era buena idea, pero lo era. Al final, tras mucho meditarlo con Candela en esa cena de sushi y vino barato, decidí que mi casa de siempre me ayudaría a enfrentarme a algo que en absoluto me entusiasmaba. Desbloqueé el teléfono.

> Lo he estado pensando

> Y qué has pensado?

> Si te parece bien,
> me gustaría quedarme en mi casa

Me parece bien.
Es tu casa

> Creo que cuando vendes una propiedad
> dejas de poder llamarla "tuya"

Las historias que hay ahí dentro te pertenecen, por lo que
sigue siendo tu casa

> Déjame pagarte

Da la clase

> Germán,
> me estás haciendo chantaje.
> No es justo

No te estoy haciendo chantaje.
Vuelvo a decirte que no quiero
que me pagues nada y que
mi oferta de que te quedes en tu casa
es libre de compromisos.
Estoy siendo generoso
porque me apetece, y por todo
lo que hemos vivido.
Si quieres pagarme,
cosa que te he dicho ya que no hagas,
simplemente da la clase

Me quedé pensando con el móvil en la mano. ¿Quería dar esa clase? Claro que no. ¿Qué tenía que enseñar? Nada. Si yo no era nadie, por Dios. No seguía un orden a la hora de escribir,

44

no era disciplinada y cambiaba de idea ochenta veces. Encima era una inestable de mierda y me acababan de dejar públicamente en medio de la presentación de mi último libro. ¿Cómo coño iba a enseñar yo algo?

> Rocío, es una extraescolar.
> No hay que "enseñarles".
> Esos niños solo necesitan a alguien que crea en ellos y que les diga que sí se puede.
> Te suena de algo?

Claro que me sonaba. Mi adolescencia fue un poco complicada porque me di cuenta pronto de que el pueblo se me había quedado pequeño. No tenía nada en contra de él ni de la gente que disfrutaba de su estilo de vida, pero yo no encajaba. Tenía ambiciones más elevadas, y el pensamiento fuera del rebaño siempre genera rechazo. Me lo decían de muchas formas, pero al final el mensaje se resumía en lo mismo: «Te vas a comer una mierda». Mis padres, Alexis, Claudia y Germán fueron los únicos que creyeron en mí.

> Vale. Lo haré

> Genial, cuándo vienes?

> Probablemente mañana

> A qué hora?

> Cogeré el primer tren. Como la gente va más dormida, estará menos pendiente de mí

> Estás bien?

45

> Sí

> Si te sirve de consuelo, le pegaría una patada en los cojones

> Me sirve. Gracias

> Mañana espérame en la estación.
> Iré a por ti

> No es necesario

> Ya, pero es el servicio de taxi del hotel.
> El protocolo es ir a recoger a los clientes

> Germán, no madrugues por mí. Ya bastante haces con dejarme quedarme en mi casa

> Nos vemos mañana. Descansa

> Tú también

Volví a bloquear el móvil y me fui a dormir. Algo me decía que el día siguiente iba a ser largo.

5

Nunca tuve el mismo gusto para los hombres que para vestir

Me encantaría decir que no es cierto o que no es para tanto, pero, al comparar mi armario con el rastro (infernal) de los dos hombres que me habían roto el corazón, de nada servía disimular: las diferencias estaban ahí. Ya os he hablado del imbécil de Álex, pero, como ya os he anticipado, Germán y yo tuvimos una historia que no acabó bien. Bueno, mejor dicho, una *casi* historia. Ah, sí, Germán fue otro de esos onvres que te prometen que van a cambiar, que te embelesan con la mirada y te seducen con esos labios carnosos dispuestos a hacerte reír, te regalan la luna y llegas a sentir cosquilleos en lugares donde ni siquiera sabías que podías temblar.

Germán y yo nos remontamos a nuestra adolescencia. Todo el mundo juraba y perjuraba que estaba predestinado para mí, mejor dicho, que estábamos predestinados el uno para el otro, que es muy diferente. ¿Y qué hizo el muy imbécil cuando la vida nos juntó? Me dejó ir cuando yo no me quería ir, joder. Así que cada uno teníamos lo que nos merecíamos: Germán, un hotel familiar y varias fincas (entre ellas, mi casa de siempre en el pueblo donde nos criamos, cosa que ya sabéis) y yo, un armario digno de Carrie Bradshaw. ¿El marcador estaba igualado? Según cómo lo miréis. A simple vista, no. Pero tened en cuenta que los bolsos cuestan menos de mantener y se revalorizan con el tiempo. Amigas, sí, la inteligente era yo.

No quiero hablar más de Germán porque el pasado pisado, y ya tengo bastante con ser un puto meme de TikTok. Me cago en todo, joder, pero no voy a negar que mi vecino se había portado bien con la propuesta que me había hecho en la boda. ¿Que se aprovechó de mi momento de vulnerabilidad para *animarme* a hacer algo que no me apetecía? Efectivamente, pero era un hombre de negocios, como su padre. Le iban los «tratos justos», y eso siempre me pareció una cualidad muy sexy, aunque en aquel momento me tocase los ovarios.

Cuando subí al tren en Madrid, nadie reparó en mí. Que me pusiera mis gafas de miope, me vistiera con un chándal y me hiciera un moño bajo ayudó bastante. Sin embargo, a pocos kilómetros de la estación del pueblo, la gente ya se había tomado un café y estaba mucho más despierta. Demasiado despierta diría yo. Me di cuenta de los cuchicheos que se habían formado a mi alrededor. Y si pensabas hacerme una foto, Juana, ¡¡¡comprueba antes que has quitado el flash!!! Mira que la gente es tonta. ¡Pero de remate! Intenté hacer como que no me enteraba, pero a los segundos vinieron dos chicas a que les firmara una servilleta, y me agobié. Me agobié porque no podía entender por qué querían mi autógrafo si parecía que no sabían quién era yo. Aun así, lo hice, quizá por temor a que me gritaran y eso causara más revuelo. No quería llamar la atención y no me estaba saliendo bien. Cambié las gafas de miope por unas de sol y recé por que llegáramos cuanto antes. Puse interés en bajar la primera fingiendo que hablaba por el móvil y que me había retrasado. Divisé a Germán en medio de la estación. Tenía una actitud desinteresada, pero lo conozco lo suficiente como para saber que estaba preparado para lo que pudiera pasar. Al verme, quiso quitarle hierro al asunto:

—Vamos —le pedí.

—Lo siento, creo que se equivoca de persona. Yo estoy esperando a una amiga. Creo que a la Pantoja la esperan en otro sitio.

—Germán, no tiene ni puta gra...

—Tía, ¿esa no es la de TikTok? —Las voces de dos chicas llegaron a nuestros oídos—. ¡Tía, qué fuerte!
—Germán, por favor, vamos.
Estaba muy tensa, lo confieso. Además, con todo ese jaleo del que también se nutría mi editorial, no me había permitido llorar lo suficiente. El ego me dolía, me dolía mucho. Odiaba quedar como una pobrecita. Escribía buenos libros, había sido buena novia, era buena persona, y ¿por qué me reconocían por la calle como la del meme de la nueva novela turca que se había montado en TikTok? No me lo merecía. Vale que había mucha gente que me defendía, pero también había comentarios que me escocían, mucho. Nunca quise ser famosa, ¡solo que me dejasen en paz!
Al ver que no exageraba y que la situación me agobiaba bastante, Germán tiró de mi maleta con una mano y con la otra me rodeó los hombros hasta que llegamos a su coche. Sí, ese Ford Ranger que odié desde el día que lo compró. No dijo nada en todo el camino y yo se lo agradecí. Deseaba llegar a mi casa y dejarme caer en la cama, llorar y ya luego seguir con mi vida maldiciendo a Álex Castro. Me daba miedo la ouija, pero a lo mejor metía su nombre al congelador. Había oído que congelar a personas funcionaba y estaba muy desesperada. No perdía nada por probar. Dentro de ese batiburrillo de sentimientos que me desbordaba, mi mente encontró una vía de escape hacia la calma y la paz cuando, de pronto, de mi almacén de recuerdos emergió ante mis ojos mi casa de siempre.
—Bueno, pues ya hemos llegado.
—Gracias por traerme. —Me quité el cinturón.
—Siento lo de la estación. No sabía que era tan...
—¿Fuerte? —Lo miré con benevolencia. Él se relajó y asintió—. No pasa nada. Se pasará.
—Ayer vinieron a limpiar. Tienes toallas y sábanas limpias. Mi madre te ha llenado la nevera con verduras, frutas, un poco de todo.
—No tenía por qué —me quejé impresionada—. Dale las gracias.

—La mala noticia es que la cafetera no funciona. Nos dimos cuenta ayer y Amazon te trae una mañana —añadió.

¿No había café? Juro que me hubiese puesto a llorar en ese mismo instante. Al ver que alzaba las cejas con un punto de desesperación, dijo:

—Puedes ir a la cafetería del pueblo mientras llega.

—Claro. —Sonreí. No iba a hacer un drama de esto. Al menos, no en público—. En serio, Germán, muchas gracias.

—No me las des —me pidió—. En cuanto a la clase, es el viernes a las tres.

—Fenomenal. —Bajé del coche.

—¿Cuándo te traen el resto de tus cosas?

—Creo que el viernes.

—¿Necesitas ayuda?

—No, tranquilo. Traigo poca cosa. No voy a necesitar mucho estos meses. —Alcé los hombros—. Creo que ese es también el objetivo.

—Genial. —Forzó una sonrisa—. Pues nos vemos, vecina.

—Sí. —Me costó sonreír—. Nos vemos.

6
Cansada de estar triste

Cuando las cosas empiezan a hacer daño, y lo hacen de verdad, tienes dos opciones: huir o enfrentarte a ellas. El segundo camino posiblemente sea el correcto, o al menos es el que la mayoría de los terapeutas recomiendan. Sin embargo, solemos decantarnos por la primera opción. Es la más fácil, la primitiva y la que nos sale por naturaleza. Cuando algo nos duele, queremos que deje de hacerlo lo antes posible. No queremos sufrir, que ese punzón que se siente como si fuera un metal oxidado bajo la piel desaparezca. Y así es como me sentía, atravesada por un metal viejo, decrépito y plagado de tétanos.

Desde que mi padre se fue, no sentía mi casa como mi hogar, aunque reconociese esas paredes que me habían visto crecer. Traté de abrir el cuarto de mamá, pero, al ver el sillón del salón en el que papá solía sentarse a leer, supe que no estaba preparada. Así que deshice la maleta, me cambié de ropa, avisé a Candela de que había llegado bien y decidí inspeccionar la cocina antes de salir.

Marta, la madre de Germán, siempre nos había tratado muy bien, a mí y a mi familia. Solía hablar mucho con mi madre, pero se habían distanciado un poco en los últimos tiempos porque ni Marta ni Gonzalo, su marido, eran muy buenos con las tecnologías (tampoco les interesaban). Mamá pocas veces encontraba cobertura en las paradas de su viaje y seguirle la pista era bastante complicado, y ya no hablamos de escribir cartas, que no tenía futuro. Sin embargo, tenía la certeza de que la suya era una de esas amistades que duran para siempre y que la retomarían en el mismo punto donde lo habían dejado cuando mi madre decidiera volver. Ojalá lo hiciese pronto.

> He visto que tu madre me ha llenado la nevera y la bodega. Dale las gracias de mi parte

> Ya lo harás tú cuando la veas

Dudaba que la viese pronto. No me apetecía hacer vida social. Suspiré y metí el móvil en el bolsillo del pantalón. Me abroché la chaqueta, cogí las llaves y cerré de un portazo.

Una de las cosas buenas de mi pueblo es que olía a limpio. No había vacas ni casas de madera que presumiesen de mecedoras en los porches. No era esa clase de pueblo; las aceras eran llanas, con muchos parques y, a partir de cierta hora de la noche, las señales eran unos adornos a los que nadie solía hacerles mucho caso, y no pasaba nada. Era un lugar tranquilo, con sus diversas ferias turísticas y sin asesinatos ni redadas de drogas. Estaba bastante bien si lo comparabas con el aire contaminado de Madrid, la gentrificación y los atascos en los días de lluvia que siempre acababan en colapso, en accidentes y con taxistas malhumorados. La verdad es que Madrid no es una ciudad tan idílica; siempre hay que reservar con una semana de antelación para comer o cenar en cualquier restaurante, hay colas en todos lados (y yo odio las colas) y la gente tiene la manía de andar corriendo, incluso si su objetivo es salir a pasear.

Pero mi pueblo no deja de ser lo que es: un pueblo, y eso significa que la gente habla, especula, y lo hace por cualquier cosa. Lo comprobé con estos ojos avispados que me ha dado mi genética cuando llegué a la cafetería a la que solía ir con mi madre. Ah, sí, debía llamarla e informarla de las novedades. Nunca le gustó Álex, y eso que no habían tenido la oportunidad de conocerse en persona, pero cada vez que le contaba algo sobre nuestra relación hacía un gesto extraño, fruncía ligeramente el ceño y los labios. Nunca se atrevió a decir lo que opinaba (por mucho que yo se lo pedí), tampoco mostraba interés en pasar tiempo juntos, aunque fuera por videollamada. Lo cierto es que Álex tampoco, y quizá eso alimentara el recelo de mi madre. No sé, pero seguro que, tras el mensaje en el que le resumía las noticias, encontraría la forma de ponerse en contacto conmigo y de felicitarme por mi decisión.

—Hola, Rocío —me saludó la dueña.
—Hola, Linda. ¿Cómo estás?
—Bien, yo bien. Me han dicho que te vas a quedar una temporada con nosotros... —dejó caer.

Ni siquiera me pregunté cómo coño lo sabía si hacía una hora que había llegado.

—Sí, tengo que terminar una novela y aquí estaré más tranquila.
—Ah, ¿ya estás escribiendo otra? —Parecía sorprendida.
—Sí, hija. —Puse los ojos en blanco y Linda sonrió—. Es la segunda parte de *No sin París*.
—Ah, pues esa la tengo en mi mesita de noche. Ya te diré qué me parece.
—Claro —la animé—. Espero que te guste. —«Ya que a nadie le gusta que le digan que su novela es una mierda».
—¿Dónde te vas a quedar?
—En mi casa de siempre. Hablé con Germán.
—Anda, pues muy bien. —Volvió a disimular su sorpresa. Yo no le quise dar más detalles, y ella lo captó enseguida—. ¿Qué te pongo?
—Café con leche de avena y tostada con aguacate y salmón —le dije—. Te pediré otro café para llevar.
—Marchando.

Al irse hacia la barra, pude apreciar cómo los clientes volvieron a centrarse en sus desayunos. Puse los ojos en blanco, ya harta, y me coloqué los auriculares a fin de ignorar al mundo con un pódcast sobre crímenes violentos. Tras el breve desayuno, que prácticamente engullí, porque me sentía muy incómoda y observada, cogí el café que uno de los camareros de Linda me preparó, pagué y me volví a casa. Mandé un wasap a mamá para que me dijera cuándo podía llamarla porque era urgente y, después, decidí molestar a Candela.

> Me aburro

> No sé por qué.
> Deberías estar escribiendo una novela

> Ya, pero es que no se me ocurre nada. Tengo un bloqueo

> Pues espero por tu propio bien, y por el mío, que te desbloquees pronto. El tiempo corre

> La presión no ayuda

> Date una vuelta, Rocío, y despéjate

> Tía, he bajado del AVE y la gente se ha puesto a grabarme. He ido a la cafetería del pueblo y TODO el mundo me estaba mirando. No me apetece. No me siento cómoda

> Rocío, no te han pillado robando, follando, matando o masturbándote.
> Solo te han roto el corazón públicamente de la forma más bruta posible.
> Ni siquiera eres la mala de la película.
> Pasa página.
> O inténtalo.
> Eres una mujer fuerte, actúa como tal

Era muy fácil decirlo, y sabía que tenía razón, pero es que no quería escribir esta puta novela, coño. Tendría que estar en las Azores disfrutando de unas merecidas vacaciones posparto literario, no temiéndome lo peor cada vez que entraba a TikTok o Instagram.

Aquel maldito día estaba acabando, aunque la mala noticia era que la cafetera no había llegado. Me tocaría salir otra vez al día siguiente. Me metí en la ducha y puse al máximo volumen mi *playlist* de clásicos, que iban desde «Amores dormidos» de Edurne a temazos de Alejandro Sanz, Hannah Montana y Rebelde. ¿Qué? No me miréis así. Solo escucho buena música. En cuanto al género, suelo ser bastante ecléctica. Me enrollé en una toalla y fui a la cocina a beber agua fría. Me había pasado con el vapor y en un hotel spa de Asturias me dijeron que el agua fría era la mejor para restaurar el equilibrio de la piel. Solo que…

—Tu puta madre, Germán. ¡Qué susto! —grité con el poco aliento que me quedaba—. ¿Es que no sabes llamar?

—Lo he hecho —dijo con voz serena—. Al timbre y al móvil, pero no me lo has cogido.

—Estaba en la ducha —espeté con tono todavía áspero, tratando de recuperar las pulsaciones.

—Bueno, es evidente —comentó divertido. Al ser consciente de la situación, apreté todavía más el nudo de la toalla—. Tranquila, que ya me voy. —Alzó las manos en señal de paz—. Han traído la cafetera y no estabas. La han llevado al hotel. Acabo de salir del entrenamiento, mi madre me ha llamado para decírmelo y me he pasado. Pensaba dejarla e irme, pero te he escuchado bajar y ya me parecía raro...

—Gracias. —Lo dije con la boca pequeña.

—De nada. —Sonrió—. Mi madre me ha dado este táper para ti, creo que es pollo. Por si no tenías nada de cenar y no te apetecía cocinar.

—Lo agradezco mucho, pero es completamente innecesario —me aseguré de dejarle claro—. No ha muerto nadie ni me han dejado plantada en el altar.

—Ah, ¿no? —preguntó de forma intencionada. Iba a responder, pero preferí morderme el labio—. Bueno, me voy.

—Vale.

—Acuérdate, viernes a las tres —me señaló ya en la puerta.

—Allí estaré.

—Y, Rocío —captó mi atención y yo lo miré—, bonito *tattoo*.

Me vestí con un camisón y metí el pollo de Marta en el microondas. Mamá no me había respondido. Lo más probable es que estuviese durmiendo. Aquel mes estaba en Singapur y allí eran las tres menos cuarto de la mañana. Me fui a dormir pronto. Bueno, esa era la intención porque justo cuando estaba quitando los cojines de la cama, como un espejismo, apareció en mi mente la imagen de Álex morreándose con Bárbara durante la presentación de mi libro y me dio una neura. Tiré los cojines al suelo con rabia, también la colcha. Me dejé caer con vehemencia, ahogando gritos agudos de rabia, hasta que al fin arranqué a llorar.

7
Primer día de clase

El viernes llegó sin más novedades que un capítulo refrito que recordaba al lector el final de No sin París. No sabía cómo seguir una historia que no quería continuar. No me había enfrentado a esto nunca y me sentía un poco sola. Candela estaba en versión repre, no había conseguido hablar con mi madre en toda la semana y me daba mucha ansiedad coger el móvil porque todos mis conocidos me preguntaban dónde y cómo estaba, sobre todo, mis amigos. Lo entendía, claro que entendía sus mensajes de preocupación. Solo querían asegurarse de que estaba bien, pero no lo estaba y necesitaba espacio para volver a hacerlo. Espacio y tiempo. Por el momento, se tendrían que conformar con que Candela les hiciera de portavoz. Me querían y yo a ellos, pero, si me sinceraba, me presionarían para volver, y no estaba preparada para Madrid.

Así que, como quien no quiere la cosa, me encontraba en un aula casi vacía, salvo por una adolescente de dieciséis años, a las tres y dieciocho de la tarde. Creo que, de los niveles profundos del fango, yo, Rocío Velasco, me hallaba en uno de los limítrofes al núcleo terráqueo.

—Bueno, pues vamos a asumir que hoy no se ha animado nadie más —aplaudí dispuesta a empezar la clase (o lo que fuera a hacer).

—No pasa nada —comentó la chica con voz alegre.

¿Estaba tratando de darme ánimos? Lo que me faltaba.

—¿Cómo te llamas?

—Bárbara.

No me podía creer la maldita casualidad.

—Ah. —Curvé los labios en una sonrisa tratando de no volverme loca—. ¿Quieres escribir un libro? ¿Por eso te interesa la escritura creativa?

—No especialmente —alzó los hombros fingiendo desinterés—, pero mi tía Carmen quiere que le cuente si estás desquiciada, aunque no sé muy bien qué es eso. Me ha prometido llevarme de compras.

—Ajá. —Mantuve la compostura—. Pues dile a tu tía Carmen que no.

—Que no qué.

—Que no lo estoy.

No tenía nada que demostrar, pero aquella adolescente tampoco tenía la culpa. Me contó que le encantaba la ciencia ficción, así que centré la clase en los libros de Harry Potter, *Divergente* y *Los juegos del hambre*. Le pedí que escribiera un relato corto de dos páginas y que recordara que en ese género los límites no existen. Lo veríamos juntas la próxima semana.

—Gracias, Rocío. Me lo he pasado muy bien. —Parecía sincera.

—Yo también, Bárbara. Recuerda lo que tienes que decirle a tu tía.

—¿Que no estás desquiciada?

—Eso es.

Me derrumbé en la silla en cuanto se fue y enterré la cara entre los brazos. Esto estaba siendo mucho más complicado de lo que creí en un principio. Dicen que el tiempo todo lo cura, pero yo tenía la sensación de estar perdiéndolo constantemente.

Dos minutos mirando a la nada hicieron que en mí se me acumulara una especie de ira inesperada que me impulsó hacia las pistas de fútbol. Germán estaba pitando a los chicos, que parecían haber empezado a calentar. Al verme, me saludó con una sonrisa de oreja a oreja.

—Hey, Rocío, ¿cómo ha ido?
—¿Que cómo ha ido? ¿En qué órbita te patina la neurona, Germán? —bramé. Él me miró con ojos confusos—. ¿No tenías suficiente? Me has metido en la puta boca del lobo.
—¿Cómo? —Me llevó a un lado de la pista—. ¿Qué ha pasado? No te entiendo.
—¿Esas eran las ganas que tenía el pueblo de que alguien diera escritura creativa? —le pregunté irónicamente—. Solo ha venido una unidad de persona, y adivina de parte de quién. —Hice un silencio de dos microsegundos—. La sobrina de doña Carmen. Le he preguntado si le interesaba la escritura creativa y me ha respondido que no, que en absoluto, pero que a su tía le interesaba mucho saber si yo estaba desquiciada y le había prometido una tarde de compras si lo averiguaba.
—Rocío...
—Eres de lo putopeor, Germán. Sabía que no debía hacerte caso. Siempre me haces lo mismo y yo soy estúpida y pico.
—¿Qué pretendes hacer, Rocío? —Me frenó cogiéndome de la muñeca.
—¿Qué pretendo hacer de qué? —Me solté de forma brusca.
—Que qué pretendes hacer —insistió—. Llevas una semana encerrada en tu casa. ¿De quién te escondes? ¿De qué tienes miedo?
—Tú no lo entiendes.
—Está claro, porque lo único que sé es que esta que está aquí no se parece en nada a la Rocío que yo conocí.
—Es que a la de entonces tampoco la supiste valorar. Así que ¿qué más te da?

Si esto hubiera sido una película romántica o uno de mis libros, su intervención me habría hecho reflexionar, incluso habría respondido cosas como «tienes razón», «estoy muy perdida, Germán», «no sé qué puñetas hacer», pero no estábamos en una de esas historias, sino en la vida real. Mi enfado iba en aumento, y encima Germán y yo compartíamos una historia y él no tenía derecho a recriminarme nada.

A veces, mi mente es un taller autónomo que suelta perlitas que ni las más antiguas del fondo del mar. A Germán le cambió la cara, pero tardó dos segundos en que su expresión se volviera más dura, como una flecha en llamas dispuesta a ser cargada.

—O sea, que es eso.
—Ger...
—No. No lo hice —me interrumpió—. Y, si quieres que te diga la verdad, me arrepiento. Me arrepiento y lamento mucho que las cosas entre los dos terminaran como terminaron. Siento no haber estado a la altura de lo que te merecías, Rocío. Por eso me cabrea aún más que estés así por un gilipollas que de repente se ha levantado con la única neurona que tenía muerta y ha decidido que va a vivir el resto de su vida siendo un desgraciado sin buen gusto.

Germán estaba igual de rebotado que yo. Aunque por otros motivos. Su postura y sus facciones lo delataban. Me mordí las mejillas por dentro. Sabía que me había pasado, pero, como buena tauro, no me planteaba recapacitar.

—No voy a añadir más leña al fuego.
—¡Pues espabila! —me gritó, y me sobresalté—. Deja de arrepentirte de algo de lo que no tienes la culpa, joder. Tú no eres la que estás haciendo el ridículo.
—Entrenador.
—¡¿Qué?!

Los dos nos giramos con un movimiento brusco. Los chicos jadeaban agotados. Eh..., ¿cuánto tiempo llevaban calentando?

—Sentimos interrumpir, pero ¿dejamos ya de correr?

8
El ex de media España

Me encantaría deciros que Germán me engañó o que tuvimos una historia tortuosa y grandilocuente, pero lo más triste de todo —si es que la palabra para definirlo es triste— es que no. Simplemente me hizo el *ghosting* más pusilánime que alguien le puede hacer a otro, y así es como acabamos, con un mensaje que no contestó. Germán no luchó por mí, a pesar de todo. Él era mi *casi algo*, vale, pero yo también era el suyo. Y prefirió perderme, desaparecer, apartarme de su vida con un leído que me sentó como si me clavaran un cuchillo oxidado en una vieja herida y dejar nuestra relación, abandonada a su suerte, en manos del tiempo. Nos conocíamos desde los catorce años, pero sentía que los doce años transcurridos desde entonces ya no existían, que no servían de nada. Doce años tirados a la basura, una ristra de recuerdos infinitos desparramados por un vertedero cualquiera y toda una historia de momentos, risas y encontronazos teñidos de una tensión sexual no resuelta que se fueron a tomar por culo porque él no tuvo lo que había que tener y porque yo fui una cobarde que prefirió resolver lo que nos pasaba como lo hacían los modernos. Así que me gustaría daros un consejo que no es mío: a la vida hay que mirarla a los ojos. Si alguien tiene que decirte algo, que lo haga a la cara. Aunque duela, aunque incomode, pero todo el mundo merece que el valor vaya por delante del rechazo.

No quería que la historia se volviera a repetir. Las intenciones de Germán siempre eran las mismas. Esta vez no iba a funcionar. Él pretendía que el tiempo hiciera de mediador y que las aguas se calmaran con contacto cero. Por eso, cuando me lo encontré en la Feria del Libro de Valencia y me dijo lo que me dijo (que ya os contaré), tiré mi última carta porque me di cuenta de que el tiempo no todo lo cura. No respondió, y me pasé los nueve meses siguientes con un nudo en el pecho y dudas infinitas en la cabeza al no saber qué había hecho mal o por qué no merecía que me respondiera. ¿Cómo lo superé? Gracias a la gente que me quería. Todo mi dolor y mis inseguridades se transformaron en las chapas eternas que les di a mis amigos en la barra de cualquier bar. También a desconocidos, pero ¿cómo le explicas a una persona que acabas de conocer que un *casi algo* te rompió el corazón? ¿Cómo le explicas a alguien que una escritora de *romcom* se dejó engatusar por algo que ya se veía venir (y que encima ni siquiera era la primera vez que le pasaba con la misma persona)? Demasiado drama para tan poco texto. Así que, una noche, delante de Candela y de una amiga de las prácticas de su empresa, lo decidí: Germán era mi ex.

Poco a poco se fue convirtiendo en el ex de media España. Porque otra cosa no, pero la mierda une, y nuestra historia era, cuando menos, jugosa. Él había hecho cosas mal, yo también podría haber mejorado en otras tantas, pero la conclusión a la que llegué, y que mantengo a día de hoy, es que Germán y yo nunca fuimos amigos. Si lo hubiéramos sido, habríamos hallado la forma de salvarnos. Y no lo hicimos. Por eso, tras encontrarnos años después en un contexto como poco llamativo, ¿qué podía esperar? ¿Qué iba a ser de nosotros?

A estas alturas todo el mundo estaba esperando que me recompusiese e hiciese alguna declaración. Candela estaba que trinaba. Porque sí, el desgraciado de Álex y la pelandrusca de la otra no estaban escatimando en oportunidades. Me seguían poniendo verde, pero verde croma. A veces odiaba la profesión en la que me había formado. Yo quería respetar mi relación y respetarme a mí misma. De nada servía meterme en una guerra cruzada de titulares que solo buscaban bombo. Álex solo quería fama, porque eso le beneficiaría. No deseaba entrar al saco, porque no me apetecía darle esa satisfacción. Sin embargo, cuando la gente no obtiene las respuestas que anhela, se las inventa, y esta ficción tampoco estaba jugando a mi favor. Dios, ¿por qué no podía salir de ese foso en el que me había estancado? ¿Qué me pasaba?

Tres semanas después de que Álex pasara página en público, exactamente cuarenta y cinco minutos después de que lo dejáramos en el aparcamiento de un hotel, seguía regodeándome en la misma mierda, abrazada a mis rodillas en la parte trasera de mi porche, bebiendo dos dedos de un whisky de la época de mi madre y fumando los cigarrillos que en primero de carrera usé para experimentar. Candela y Germán tenían razón, no era la mala de la película. Entonces ¿por qué me sentía como si tuviera la culpa de algo? ¿Por qué tenía este nudo en el pecho como si hubiera hecho algo mal?

—¡Joder! —Germán acababa de asomar la cabeza—. ¿Esto va a ser así siempre?

—Espero que no. —Negó con la cabeza.

—¿Qué quieres?

—Te he visto desde mi habitación. —Señaló la ventana de la casa de enfrente.

—¿Sigues viviendo con tus padres? —Alcé las cejas.

—Ellos ya no viven ahí. —Se sentó en el suelo—. Se mudaron a las afueras porque así estaban más cerca del hotel. Hice reformas y ahora es mi casa.

—¿A quién te tiras? —espeté.

—¿Perdona?

—Eres el entrenador de un equipo de fútbol de instituto malo malísimo —le recordé.

—No es tan malo. —Puso los ojos en blanco.

—Perdona, pero yo solo estoy repitiendo las palabras que tú mismo me dijiste en la boda de doña Carmen.

—Se casó su hija, no ella.

—¿Te recuerdo que ha mandado a una adolescente a averiguar si estoy desquiciada? —Mi tono se volvió agudo y sarcástico—.

Se me había olvidado que este puto pueblo es suyo… —Solté un bufido.

—Esa boca —me riñó.

—Que a qué te dedicas —le presioné.

—Si quieres que te diga que he heredado el hotel de mi madre, siento decirte que no. Solo la ayudo de vez en cuando, al igual que administro alguna de las fincas de mi padre —suspiró—. Oficialmente, soy el coordinador de las actividades extraescolares y el entrenador.

—Por muy coordinador que seas, eso no da para tener tantas casas.

—No tengo tantas casas. Solo la mía.

—Y la mía.

—Solo le hice un préstamo a tu madre. —Alzó los hombros—. Te lo dije en su momento y te lo digo ahora: nunca pensé en venderla.

—¿Por qué lo hiciste? —le pregunté con verdadera curiosidad.

—Porque no me gusta tener vecinos —bromeó.

—Pero ahora me tienes a mí.

—Y aquí me tienes… —dejó caer.

—Pues ya puedes irte por donde has venido, estoy bien.

—Ese whisky y esa cajetilla de tabaco dicen lo contrario.

—No me gustan los fisgones.

—Simplemente estoy preocupado por ti, Rocío.

—Ojos que no ven, corazón que no siente, Germán.

Se hizo el silencio. Me quedé mirando un punto fijo en la nada. No sabía qué decir y notaba la cabeza embotada. Es más, iba un poco en piloto automático desde que había llegado al pueblo. Era consciente de que tenía que remontar, pero de verdad que estaba tan agobiada que no sabía cómo quitarme de encima la culpabilidad, esa vergüenza que no debía sentir y una victimización que me acobardaba y que no era propia de mí. Quizá debiera volver a terapia. Estaba claro que la necesitaba y que con tantos puntos abiertos me vendría bien.

—Judith. —Se aclaró la garganta.

—¿Cómo?

—Tu Álex es mi Judith.

—¿Salías con un editor que te puso los cuernos públicamente y que se ha vuelto viral en TikTok? Guau, pues sí que es bueno mi algoritmo, porque no me he enterado de nada —ironicé.

Aunque me lo merecía, en su respuesta no hubo ninguna impertinencia.

—Era mi novia y me puso los cuernos con un compañero del cuartel —confesó—. Después pasó de mí y desapareció de la noche a la mañana sin una explicación.

—Ya.

—Te lo cuento porque probablemente estés así debido a que ese pedazo de mierda no te ha escrito ni dado explicaciones. Por lo que no has tenido un final al uso de tu relación y probablemente tu cerebro te lo pida.

—Poca gente lo sabe, pero lo cierto es que dejé a Álex minutos antes de subir a la presentación. Técnicamente, no me puso los cuernos. Y lo cierto es que, cuando dije «hasta aquí», yo ya llevaba varios meses en los que no estaba enamorada, por lo que ni siquiera siento una pérdida. Yo ya lo sufrí.

—Entiendo.

—¿Te parezco tan fácil de superar? —le pregunté.

Fue una pregunta inconsciente.

—Así que de eso se trata. —Respiró profundamente—. Te duele el ego.

—No lo sé. —Fui sincera y me abracé las piernas—. Pero llevo toda una vida esforzándome para ser la mejor hija, la mejor amiga, la mejor novia, la mejor amante, la mejor nuera…, para luego… —Me mordí la lengua.

—Para luego…

—Pues eso, que para luego ¿qué? ¿Para que, después del mayor ridículo profesional y personal de mi carrera, Álex ni siquiera me haya llamado para disculparse? ¿Para que Rosana, mi suegra desde hace seis años y la que dio alas a mi sueño, no me haya mensajeado? ¿Para que mi editorial me ningunee y no me dé un respiro? —Lo miré con los ojos enrojecidos. No quería llorar, pero cada vez me era más difícil contenerme—. Supongo que,

después de tantos años, me merecía que me preguntara por qué lo había dejado, que luchara un poco. No sé, Germán, que habláramos. —Me encogí de hombros y busqué el vaso de whisky—. Qué menos que me guardara unos días de luto, qué menos que lo hiciera en privado...
 —Lo hizo por despecho.
 —Está claro —suspiré—. Pero aun así pica. Sobre todo porque no lo entiendo, pero no me sale reaccionar de otra forma. Me ha roto el corazón, me ha humillado, se ha hecho viral y encima he quedado de pobrecita tras tomar yo la decisión de acabar.
 —Pues deja de actuar como una pobrecita, Rocío.
 —Es muy fácil decirlo —me quejé.
 —¿Qué más hay en esa cabecita tuya?
 —¿Cómo?
 —Nos conocemos, Rocío. Hay algo más.
 —Estoy enfadada, Germán —confesé—. Tengo veintiséis años y desde que tengo uso de razón me he esforzado por cuidar a los demás, por ser generosa, por ser complaciente, por ayudar...
 —Y eso te convierte en una persona increíble.
 —Ah, ¿sí? Una persona que no es capaz de decir que no, que es ultraexigente, que no es ella misma el noventa y tres por ciento de las veces, que pocas veces hace lo que le apetece, que solo cumple con su deber social... Una persona de la que se aprovechan, a la que hieren constantemente porque «es Rocío y no se lo va a tomar a mal». ¿Eso te parece ser una persona increíble, Germán? —Hice una breve pausa para después añadir—: ¿Una persona que se ha quedado en silencio mientras la han humillado te parece que es una persona increíble?
 —Estás procesándolo. —Se detuvo un instante—. Tienes derecho a hacerlo. Además, eres la persona más valiente que conozco, y sob...
 —Es que ese es el problema —volví a tomar las riendas del discurso—. Ese es el puto problema, Germán. Solo soy valiente porque no me queda otra. No me gustaría serlo. Me gustaría tener la cabeza metida bajo tierra como si fuera un avestruz.

—Eres demasiado injusta contigo misma.
—Puede. —Me encogí de hombros—. Pero, si no soy yo la que me protejo, ¿quién cuida de mí?
Le lancé la pregunta a los ojos y no fui consciente de lo duro que sonaba hasta que cada una de esas palabras rebotaron en mi cabeza. Las facciones de Germán se endurecieron hasta acumular toda su tensión en la mandíbula. Entonces se levantó, me quitó el vaso de whisky y se lo llevó a los labios.
—El otro día me preguntaste por qué ya no estaba en el Ejército.
—Sí, pero sonó a que no querías hablar de ello.
—Porque me da vergüenza.
—¿Por qué? —Fruncí el ceño.
—Porque, cuando me enteré de con quién me puso los cuernos Judith, me enfrenté a él. —Dirigí mi mirada hacia la suya—. No soy así, tú me conoces, pero actué de forma impulsiva y visceral. Me vaciló, le metí un derechazo, me la devolvió y acabamos los dos en enfermería. Al día siguiente, me invitaron a dimitir.
—Pero él también te la devolvió...
—Ya, pero empecé yo. ¿Qué le iba a decir a mi sargento? ¿Que estaba preparado para ir a una guerra, pero no para que una tía me engañara con otro? Perdí la cordura, Rocío. Judith fue la que me engañó, no ese mindundi, y te juro que me dio tanta vergüenza y me sentí tan ridículo que ni lo intenté.
—Ya. —Me mordí la lengua, aunque no lo suficiente—. Pero el Ejército era tu sueño, Germán. Nos peleamos varias veces por él. ¿Renunciaste sin luchar?
—No puedes luchar una guerra que ya has perdido. —Alzó los hombros con resignación—. Me invitaron a irme para evitar posibles denuncias. Y gracias a eso, ahora mismo, si quisiera volver, podría. Bueno, si hubiera plazas y me aceptaran, claro.
—¿Y quieres hacerlo?
—No lo sé. A veces los sueños cambian.
—¿Quieres que te diga lo que pienso?
—No.
—Vale. —Pasaron unos segundos y no me mordí la lengua. Quizá era el alcohol—. Yo creo que en realidad no querías ir al

Ejército —solté, y Germán me buscó con los ojos—. No sé, me da la sensación de que no era lo que querías hacer, que simplemente te obcecaste con las historias de tu hermano Marcos, porque es lo que él había hecho y porque siempre lo has admirado con una ceguera absoluta.

—¿Y ahora he vuelto porque sé lo que quiero hacer? —Por su tono, sentí que me desafiaba.

—Eso no lo sé. Llevo seis años sin verte —hablé con resignación.

—Pues no te preocupes por mí, que aquí soy feliz. Siempre me he sentido muy bien en el pueblo.

—Ya.

No sabía qué más decir, y estaba claro que el tema lo tensaba. Yo ya tenía bastante con lo mío y me fallaban las fuerzas para enfrentarme a él. No era mi responsabilidad.

—A lo que voy, Rocío —me devolvió el vaso—, es que, a la hora de la verdad, el cómo reaccionas ante la adversidad es lo que te define. Toda la vida has luchado por lo que querías y por lo que deseabas ser, y lo has logrado. ¿Que un gilipollas no ha sabido valorarte ni pelear por ti? Sí, pero que eso no te impida disfrutar de la fama que te mereces.

—La fama no es real, Germán.

—Tía, no todos los días una cría como tú puede presumir de una novela que ha dado la vuelta al mundo y que ha llegado a cinco ediciones en un mes.

—Ya vamos por ocho.

—No tengo nada más que añadir, señoría. —Sonrió todo lo que le dio la dentadura, tanto que casi me contagió.

—Perdona por lo de antes. —Fui sincera.

—¿Lo del entrenamiento? No te preocupes —le restó importancia—. A mis chicos les viene bien ver cómo su entrenador se enfrenta a la adversidad —bromeó.

—Vale. —Sonreí.

—¿Quieres que lo hablemos?

Fruncí el ceño, porque no esperaba que me preguntara aquello. Pero ¿de verdad estaba preparada para abrir el cajón de mierda de tantos años atrás?

—Está claro que tenemos conversaciones pendientes, Germán…
—Lo sé.
—Pero ¿podemos dejarlo para otro día? Hoy no tengo fuerzas.
—Como quieras.
—Pero déjame que te invite a una pizza, aunque sea. Me siento mal por haber perdido los estribos.
—En ocasiones normales nunca te diría que no, pero no puedo. Tengo una cita.
—¿Quién es la afortunada? —Sonreí.
—Lola. —Se levantó—. Hice *match* con ella la semana pasada en Tinder. Tiene tu edad, trabaja de camarera en un pueblo de aquí al lado y vamos a ir a jugar a los dardos.
—Pues vaya primera cita de mierda —espeté.
—Oye, no te metas con el glamour de tus orígenes —ironizó, y yo puse los ojos en blanco al mismo tiempo que él añadía—: Además, ya sabes que siempre he sido un seductor…
—No hace falta que lo jures.
—Deberías probarlo.
—El qué. —Enarqué las cejas.
—Tinder.
—Oh, no; suficientes hombres por el momento.
—Vale.
—Pero tú disfruta. —Lo dije con sinceridad.
—¿Estarás bien? —Parecía dubitativo.
—Sí. Tranquilo.
—Vale.
Me puso la mano delante de la cara.
—¿Qué?
—*Gimme five.*
—Ni de coña.
—Vamos, aburrida —insistió, y acabé cediendo—. Olé. —Sobreactuó.
Nos despedimos. Tras unos segundos mirando al horizonte, mi cuerpo reaccionó. A veces, solo necesitas que pase el tiempo suficiente como para que tu mente haga clic. Y cuando lo hace… Cuando lo hace ya no hay vuelta atrás.

9
Si el amor aprieta, no es tu talla

El motivo no lo tenía claro, pero acababa de decidir que ya estaba bien de sentirme la víctima de este thriller de terror. Me metí en casa, encendí el ordenador y me puse manos a la obra. El primer número que marqué fue el de Candela.

—¿Qué pasa?

—Me he cansado de ser prudente. Quiero hacer una declaración —anuncié con convicción.

—¿Cómo?

—Estoy harta de quedarme en la sombra, Candela. No he dado ninguna entrevista. Empieza a agendarlas, y que sean todas por teléfono o e-mail. Aún no quiero ir a Madrid.

—¿Estás segura?

—Quien juega con fuego se quema. Está decidido.

—¿No crees que es mejor que lo hablemos antes de que digas algo de lo que te arrepientas?

—Te aseguro que es un argumento muy consolidado que ya llevo meditando varias semanas.

—Como quieras, Rocío; tú mandas.

—Necesito quitarme esta espinita para poder pasar página y ponerme a escribir. Quiero contar mi historia para dejar de sentir vergüenza cada vez que salgo. La gente necesita tener las dos versiones, y que ellos ya decidan luego cuál quieren creer.

—Rocío, no me tienes que dar explicaciones —me tranquilizó—. Si pudiera darle una patada en los cojones sin acabar en los juzgados, lo haría. Voy a cuadrarlas y te digo algo.
—Gracias, Candela.
—Siempre en tu equipo, hermana.
Colgué con un suspiro. ¿Y ahora qué? Era viernes y no tenía ningún plan. No podía salir a cenar con mamá porque no estaba y no me apetecía salir sola, el revuelo que provocaba mi mera presencia ya era suficiente para mí.
Me senté en el sofá y miré el sillón de papá durante unos segundos. No pude permanecer allí mucho más tiempo. Subí a mi habitación y, rebuscando entre cajas, encontré mis álbumes de cuando era adolescente. Resoplé hasta quedarme sin aire. ¿En qué momento decidí que era buena idea cortarme el flequillo? Si no recuerdo mal, fue por una apuesta con mi madre que claramente perdí. Si la policía de la moda existiera, esto sería motivo para una sentencia a cadena perpetua. Seguí reviviendo recuerdos que creía olvidados un poco más y me dejé seducir por la melancolía, acompañada de media botella de vino blanco. Cualquier cosa relacionada con el pasado se sobrellevaba mucho mejor con una copa de vino. Sobre las once de la noche, me llegó un mensaje de Candela.

> Mañana tienes entrevista con Lauren a las once.
> Vete a dormir y piensa seriamente lo que vas a decir.
> No hagas que me arrepienta.
> Has conseguido que me guste esta mierda de trabajo

Aquella noche no pude conciliar el sueño, así que hice algo que no recomiendo hacer en casa: mezclé la botella de vino que me había bebido, cortesía de la madre de Germán, con los calmantes que me suelo tomar cuando viajo en avión. Y dormí, solo que...

—¡Rocío! —sonó lejano—. ¡Rocío!

¿Qué coño era eso? Conforme fui consciente de que aquel ruido no era fruto de mi imaginación, abrí los ojos somnolienta. Poco a poco me di cuenta de que alguien estaba aporreando mi puerta con la misma fuerza que la de un titán. Bajé a trompicones la escalera y abrí enfadada:

—Roc...

—¿Qué coño quieres? —le grité.

Era Germán. ¿Qué hora era? De repente, se calmó, aunque parecía sorprendido y no entendía nada. No había gritado tanto ni había dicho nada del otro mundo. Entonces recordé que había abierto la puerta en pijama. Bueno, en pijama no, en camisón. Mi acto reflejo fue cubrirme el pecho con los brazos al ver su reacción.

—¿Qué quieres, Germán? —Hice un mohín—. Eres muy molesto, ¿lo sabías?

—Dime que eso es tu pijama... —Parecía una súplica.

—¿Alguna objeción?

Fui derecha a la cafetera. No entiendo a la gente que duerme con pijamas de felpa del Primark.

—No, pero ahora entiendo menos por qué ese imbécil te dejó.

—Te recuerdo que lo dejé yo —le maticé.

—Bien, solo quería recordártelo. —Se sentó en un taburete.

—¿Qué quieres?

—Tienes una entrevista, ¿no?

—¿Y tú cómo lo sabes? —Levanté una ceja.

—Tu representante, Candela, ha llamado al hotel para tratar de localizarte.

—Pero ¿qué hora es?

«¿Y dónde está mi móvil?», pensé rápido.

—Las nueve y media.

—La entrevista es a las once —dije poniéndole un café sobre la mesa—. ¿Aún lo tomas corto de leche y sin azúcar?

—Sí. —Parecía noqueado—. ¿Cómo sabía Candela dónde localizarme?

—¿Cómo? —Me volví hacia él.
—Ha llamado al hotel. Me ha sorprendido que supiera quién soy yo.
—Te recuerdo que Candela es mi agente, pero también mi mejor amiga, Germán. Obviamente sabe quién eres y sabe que ahora mismo eres la persona de contacto.
—Pero ¿le diste el número del hotel? —Mi respuesta no pareció convencerle.
—No, pero Candela es un poco psicópata. Si alguna vez tienes que buscar a alguien, es tu chica. Es más, si un día viene y me dice que en realidad trabaja para el FBI, me lo creería.
—Bueno es saberlo.
—Oye. —De pronto reparé en una cosa importante—. Tienes las llaves de mi casa. —Me llevé las manos a ambos lados de la cadera—. Podrías haberme despertado sin despertar a todo el vecindario.
—Me habría perdido tu aparición estelar... —dejó caer de forma irónica y yo miré hacia arriba— y esa mancha de baba que tienes en toda la cara.
—¿Qué? —Me miré en el reflejo de la nevera—. Mierda. —Puse la cara bajo el grifo del friegaplatos.
—Veo que has dormido plácidamente... —dijo socarrón.
—Con una botella de vino y dos clonazepam, como para no.
Me puse el café delante y noté que me miraba preocupado. Me solté el pelo.
—Rocío. —Otra vez ese tono molesto.
—¿Qué, Germán?
—Que no mezcles pastillas y alcohol, joder.
—Mira, tronco, no me voy a repetir con lo que llevo una semana lamentándome, pero es duro, ¿vale? —Lo miré—. Estoy haciéndolo lo mejor que puedo. He decidido que voy a hacerte caso y voy a dejar de ser la pobrecita. Por eso la entrevista —le expliqué—. Pero eso no quita para que en la intimidad de mi puñetera casa, si estoy mal, lo voy a estar. Y, si por las noches no puedo dormir porque estoy viviendo en una casa que desde que murió mi padre ha dejado de ser mi casa, en una cama que no me perte-

nece porque soy incapaz de volver a la mía, porque son muchos recuerdos y porque también echo de menos el contrapeso de un cuerpo hundiendo el colchón y de un brazo perezoso buscando el satén de los camisones que dejan poco a la imaginación, ten claro que voy a hacer todo lo posible por callar esos pensamientos intrusivos que me quitan el sueño. Porque estaré cansada, apática, triste, decepcionada y despechada, pero no le voy a quitar a mi cara la puta regeneración celular. ¿Estamos? Levanté los ojos.

—Sí, mi sargento. —Me hizo el saludo militar.
—Me voy a la ducha.
—Vale.

Candela siempre se las apañaba para dejarme en ridículo, estuviese a mi lado o a quinientos kilómetros. ¿Por qué le hablaría de la existencia de Germán? Ah, sí, porque era mi mejor amiga. De hecho, fue la primera que me dijo que tenía que olvidarme de él porque no podía seguir así. Nunca entendí cómo me pude pillar tanto de una persona con la que ni siquiera me había besado. Porque había *casi algos* que por lo menos lo intentaban, pero en nuestro caso... Nunca llegó a pasar. Con todo, me rompió y lo hizo en tantos añicos que tardé mucho en volver a confiar en un hombre, en mis amigos, en mí misma. ¿Cómo fue posible que llorara todas esas noches, que sintiera esa congoja y desazón y que su cobardía provocara en mí inseguridades y miedos estúpidos sobre mi físico? Porque cuando Germán desapareció de mi vida llegué a pensar que no era lo suficientemente guapa ni lo suficientemente divertida, que estaba gorda, que era un desastre. Irónico, ¿verdad? La feminista, la rata de biblioteca a la que todo le daba igual, que rozaba el esnobismo por lo mucho que leía, por lo mucho que impresionaba, por lo inteligente y culta que era, reducida a un puñado de inseguridades heteropatriarcales. Su rechazo me invitó a llenarme de pensamientos intrusivos que a veces todavía navegan en mi cabeza: nadie me va a querer, nunca voy a ser feliz, me lo merezco. Y Candela estuvo ahí. Candela me ayudó a superarlo. Me emborrachó, me repitió hasta la saciedad que él no me merecía e incluso me dio herramientas para que mi mente empezara a jugar con otros recuerdos. ¿Que si Candela sabía de la existencia de Germán? Candela prácticamente podría escribir su biografía.

Conocí a Lauren en el último cumpleaños de Candela. Me la presentó como una de las mejores periodistas de la nueva generación, a lo que ella trató de quitarle importancia. Fue muy simpática aquella noche, y, aunque la vi hablar mucho con Fran y Celia, no había vuelto a verla desde entonces, aunque nos seguíamos en Instagram. Por lo que dejaba ver, casi siempre vestía de negro, llevaba moño bajo o melenas con ondas y siempre estaba leyendo, viajando o escribiendo. Era de las mías, de las que utilizaba las letras como arma de defensa y vía de escape. Me relajaba que mi primera entrevista me la hiciera ella. No por eso sería fácil, pero por lo menos jugaba en casa. No éramos amigas, pero las dos lo éramos de Candela, y eso significaba que estaba de mi parte, ¿no? Porque mentalizarme de que tenía que defenderme del enemigo me venía mal. Me vestí con un conjunto de punto, me puse una americana marrón y me maquillé copiando el estilo *clean look*. En el momento en el que me estaba delineando los labios, la cara de Germán al verme en camisón se me coló en la cabeza. Sonreí. De forma inconsciente. Después también recordé que llevaba un moño deshecho y una mancha de baba en la comisura derecha y negué con la cabeza. Patética, parecía que hasta le ponía empeño. Troté escaleras abajo y, al llegar a los escalones finales, aminoré la marcha al ver que no estaba sola.
—¿No te has ido?
—No me he terminado el café. —Me enseñó la taza.
—Qué lento eres. —Puse los ojos en blanco.
—Y tú qué anfitriona de mierda.
—Eh. —Le di en el hombro y él sonrió. Entonces, caí en la cuenta de algo—: ¿Qué tal tu cita?
—Bien.
—Qué escueto. —Me senté en un taburete enfrente de él.
—¿Quieres que te cuente cómo me la tiré en el bar de los dardos? —Arqueó las cejas.

—No, gracias.
—Eso pensaba. —Se llevó la taza de café a los labios con una sonrisa socarrona.
—¿Sabes? Por la gente como tú, las escritoras como yo nos vamos a quedar sin trabajo.
—¿Qué vas a decir en esa entrevista? —cambió de tema y me miró de soslayo—. Candela estaba algo inquieta.
—Es una histérica —resoplé.
—Pues vaya dos se han ido a juntar.
En el momento en el que iba a replicar, sonó mi móvil.
—Es la periodista.
—*Gimme five!*

Me puso la palma de la mano delante y ni lo pensé: choqué y descolgué el teléfono.
—¿Hola?
—Hola, ¿Rocío?
—Sí, soy yo. —Sonreí.
—¿Qué tal? Creo que hemos coincidido alguna vez.
—Sí, en el cumpleaños de Candela.
—Justo. —Sonrió—. Teníamos una entrevista. —Su voz sonaba agradable, igual que aquella noche.
—Eso es. —Traté de aparentar que estaba tranquila.
—Genial, antes que nada, solo te voy a pedir que no te tomes esto como tal. Vamos a ir charlando, lanzaré preguntas al vuelo, y tú decides si contestar o no. ¿Te parece?
—Sí, claro. —Mis hombros se relajaron.
—Pues vamos allá.

Lauren empezó con preguntas sobre el nuevo libro. De qué iba la trama, en qué me había inspirado y cómo conseguía crear una historia tan limpia con personajes tan complejos. A medida que iba transcurriendo la entrevista, noté cómo Germán me miraba de reojo, atento a mis respuestas. Me sirvió agua, me preparó un nuevo café y, en el minuto número catorce, empezó la fiesta.
—No tuviste una presentación al uso.
—No. —Me aclaré la garganta—. Mi exnovio, al que acababa de dejar minutos antes de subir, decidió besarse con la primera mu-

jer que le dio la hora con el fin de quitarme protagonismo, cosa que TikTok ha conseguido, dicho sea de paso.

—¿Has dicho que le dejaste antes de la presentación? —No quiso sonar sorprendida, pero lo hizo.

—Sí —asentí con convicción—. Mi vida privada no le tiene por qué interesar a nadie, pero, para aquellos que piensan que ahora mismo soy una pobrecita, lo cierto es que hacía un tiempo que estábamos bastante mal. Álex no se preocupaba por mí, no se alegraba de mis éxitos, no compartía mi tiempo con mis amigos y ni siquiera sé si le atraía. Antes de subir le pregunté que si estaba guapa y me dijo que el color del vestido no me favorecía.

—Ya.

—He pasado muy buenos años con Álex, pero si algo tengo claro ahora mismo es que, si el amor aprieta, no es tu talla, como dice la canción.

Germán me miraba con el semblante neutro.

—Intuyo que lo hizo por despecho. O eso quiero pensar. Lo único que sé es que todo lo que ha pasado dice más de él que de mí.

—Absolutamente.

—En un principio, creí que había decidido subir para hablar conmigo después del evento. No esperaba que fuera para acaparar los focos. Y sí, si lo quieres saber, estoy dolida, pero no por la supuesta infidelidad que se han inventado las redes sociales, sino porque me ha faltado el respeto en el momento menos oportuno y de la forma menos oportuna.

—Como bien has dicho antes, eso dice más de él que de ti.

—Quiso darme ánimos, pero no los necesitaba.

—Ahora mismo quiero limitarme a disfrutar del éxito de *No sin París*, y si he desaparecido es porque yo sí le tengo respeto a nuestra relación. Pero, bueno, ¿quién no ha tenido un novio que ha resultado ser un gilipollas?

—Amén, hermana.

—Además, a finales de año sale la segunda parte de *No sin París*, por lo que tengo que estar bien centrada en todo lo que les debo a mis lectores, que son lo más importante.

—¿Hay segunda parte? —Parecía sorprendida.

—Hay que darle al público lo que el público quiere. —Decidí no mojarme.

—¿Tiene título?

—Sí, pero no puedo decírtelo aún.

Se me dio mejor de lo que esperaba. Lauren me dijo que la entrevista se publicaría en un par de horas, cosa que me sorprendió bastante, porque no esperaba que fuera tan *ipso facto*. Intercambiamos un par de frases de cortesía y colgué.

—Has estado brutal. —La voz de Germán captó mi atención.

—Espero que con esto la gente se calme —resoplé dejando el móvil en la mesa.

—Lo harán. —Quiso alentarme—. No sabía que tenías título.

—No lo tengo.

—¿Cómo?

—Aún no he decidido nada, pero así no hablan más de mi relación y los de la editorial se quedan tranquilos porque piensan que sí estoy escribiendo.

—Chica lista.

—Aprendí de Candela. —Quise sonar agradable, pero sentía mi cabeza algo embotada. Probablemente por la puta botella de vino que me bebí yo solita por la noche.

—Ahora sí que me voy.

—¿Otra cita? —Desvié mi mirada hacia la suya.

Germán frunció el ceño divertido.

—No baso mi tiempo libre únicamente en eso, ¿sabes?

—«Únicamente», guau.

—Voy al mercado. —Me dio en el hombro—. ¿Necesitas algo?

—¿Sigue habiendo mercado los sábados? —Lo reconozco, estaba impresionada.

—Rocío, hay cosas que no cambian porque no tienen que cambiar.

—*Touché*. —Curvé los labios en una sonrisa.

—¿Te vienes?

—No, gracias. Voy a ver si escribo algo mientras sale la entrevista.

—Tienes que dejar de esconderte.
—Lo sé, pero voy paso a paso.
—Vale —se giró dispuesto a irse—, y, Rocío…
—¿Qué?
—Ya que lo has mencionado dos veces en voz alta, me veo en la obligación de decírtelo…
Fruncí el ceño un poco desconcertada.
—Es imposible que no le atrajeras.
—¿Cómo estás tan seguro?
—Porque es imbécil pero no ciego.

10

Reencuentros

Lauren prometió que la entrevista saldría en un par de horas, pero habían pasado tres y ni rastro de ella. Los últimos ciento veinte minutos había refrescado su perfil como si fuera una desquiciada, que lo soy, pero hasta que no entrase oficialmente en la López Ibor tenía una imagen que mantener. Comí temprano para echarme la siesta. Llevaba sin hacerlo desde los cinco años, pero tampoco tenía mucho más planeado. Di un par de vueltas en la cama y logré quedarme dormida. Estaba agotada. Sin embargo, soñé con mi padre y me desperté sobresaltada con un nudo en el pecho.

Estábamos mamá, papá y yo en un velero. El mar estaba tranquilo, nos mecía de forma liviana, y el sol brillaba en lo alto del cielo como si fuera un día de verano. Papá le había dicho algo gracioso a mamá al oído y ella se reía de esa forma tan escandalosa que solo revelaba en la intimidad. Yo los miraba y pensaba lo de siempre: «Ojalá un día tener un amor como el de ellos».

Me limpié los posibles restos de baba de la cara y arrastré los pies hasta la cocina. Necesitaba un café. No sé qué es lo que tiene el café en mí, pero su efecto es inmediato. Dejo de ser un bulldog comegente para convertirme en un *cavalier king charles spaniel coquette* con un lazo en el pelo. Conforme el café inundaba mi interior, me vino a la cabeza la entrevista, desbloqueé el móvil y vi el mensaje de Candela:

> Esta es la clase de entrevista que esperaba.
> Muy orgullosa.
> Los de la editorial están muy contentos.
> Y espero que tú también. Rocío,
> eres la tía más elegante de España

La entrevista había salido y, por lo que parecía, pintaba bien. Refresqué una vez más el perfil de Lauren. El titular era toda una declaración de intenciones: «Rocío Velasco confiesa que "cuando el amor aprieta, no es tu talla" y que ya está escribiendo la segunda parte de *No sin París*». Pues eso, que *in your face*.

Esa tarde me tomé el mejor café de mi vida, disfruté de una entrevista que acallaba rumores y que, joder, por fin me hacía un poco de justicia. Me cambié de ropa para salir a tomar (otro) café y, cuando abrí la puerta de casa, me encontré con cuatro bolsas de plástico llenas de frutas, verduras y frescos. Había una nota:

No he sido yo, ha sido mi madre ☺

Le escribí un «gracias» al WhatsApp y me guardé el móvil en el bolsillo trasero del pantalón. No sé hasta qué punto me incomodaba que Germán y su familia se preocupasen tanto por mí. Sabía que debía estar muy agradecida y, ojo, así era, pero no estaba acostumbrada a ser el centro de atención y mucho menos a que me cuidasen tanto y de esa manera tan desinteresada. En circunstancias normales no los dejaría, pero, a decir verdad, no tenía fuerzas para pelear contra ellos.

La cafetería no estaba muy llena cuando llegué. Supongo que Germán tenía razón, que había cosas que no cambiaban aunque hubiesen pasado seis años desde mis últimos recuerdos. Los sábados de mercado la gente arrasaba en los bares y cafés del pueblo con vermuts y picoteos hasta que se acercaban las tres y los vecinos se dividían en dos grupos. El primero se iba a dormir la mona para continuar con fuerza el resto de la tarde, y el segundo continuaba con cafés y chorros varios, que es como en el pueblo llamamos a los cubatas y gin-tonics. Creo que nunca he dicho la palabra «chorro» en Madrid, pero sí, un chorro es un cubata de pueblo: potente, voraz y con personalidad propia.

Pedí un café a Linda con un simple gesto y me senté dispuesta a leer por quinta vez mi entrevista. Entonces Alexis y Claudia se sentaron justo delante de mí. Abrí los ojos sorprendida. No los esperaba.

—Pero ¿qué hacéis aquí? —Sonreí.

—Hemos venido a comer y te hemos visto entrar —confesó Alexis.

—Pues no os he visto.

—Es que te has vuelto una superestrella —bromeó Claudia—. Supongo que es normal que la plebe pase inadvertida ante tus ojos.

—Eh, no digas eso —le pedí—. De verdad, que no os he visto, y si por superestrella te refieres a una pringada cuya cara de ridícula se ha vuelto viral y sin cobrar un euro, esa soy yo.

—No dice lo mismo una entrevista que he leído... —dejó caer Alexis.

Me sorprendió lo rápido que volaban las noticias.

—Ya.

—Puede que creas que no, pero necesitas amigos —soltó Claudia.

—¿Cómo? —Me acababa de noquear.

—Llevas varios días entrando por esa puerta, fingiendo que no conoces a nadie, «no viéndonos» y poniéndote los cascos para olvidarte de que estás en el lugar que te vio crecer. Y, eh, me parece estupendo, pero esto no es Madrid. Esto es un pueblo, la gente habla, y, sí, necesitas amigos, porque no te pienso defender si me ignoras cada vez que entras por esa puerta.

Su discurso resultó tan vehemente que me vi en la tesitura de confesar.

—Claudia, te recuerdo que soy miope. No es que sea borde, es que de verdad no te veo.

—¡Pues ponte gafas! —se quejó.

—Tía, sabes que me quedan fatal y que las lentillas me dan una grima que me muero.

La tensión se relajó con una sonora carcajada por parte de la que un día fue mi compañera de batallas. Alexis y yo nos sumamos al sonido alegre de su risa y nos dedicamos una mirada. Hacía seis años que no nos veíamos y no lograba encontrar una razón para ello.

Soy miope, ¿vale? Odio llevar gafas y me da miedo y pereza ponerme lentillas. Además, la simple idea de pensar en meterme algo en el ojo que se me pegue a la retina me produce una grima que me muero. Lo siento, crucificadme, pero prefería parecer una borde de mierda. De acuerdo, quizá fuera una mala disculpa, no se me ocurrió otra. Me avergonzaba de cómo me había comportado con mis amigos de la infancia, pero cuando llegué no estaba para demasiados reencuentros.

Pasamos toda la tarde juntos y me pusieron al día. Para empezar, Alexis y Claudia eran pareja desde hacía seis años. Esta noticia me llenó de alegría el corazón, sobre todo porque siempre sospeché que mi amiga estaba pilladísima de mi amigo. Alexis era profe de informática en el instituto y ella enseñaba matemáticas a los de bachiller, además de coordinar su departamento. Sabía que era lista con los números, pero nunca hubiese pensado que fuera a encauzar su futuro con ellos, y mucho menos que acabaría siendo una profesora de matemáticas con pantalones cargo y *crop tops*. Estaba superorgullosa.

También hablaron de Germán, obviamente. Llevaba dos cafés y un trozo de tarta de pistacho esperando a que sacaran el tema. Al parecer, estuvo hundido un par de meses tras volver de la base militar, pero luego cambió el chip y «volvió a ser el Germán que conoces: extrovertido, vendemotos y seguro de sí mismo». A esa descripción de mi amigo, mi cerebro añadió el adjetivo «aparente». Germán siempre había sido un embaucador nato, pero su facilidad para socializar y esa seguridad que hacía a las chicas suspirar siempre habían sido una coraza, porque, a la hora de la verdad, Germán era un cobarde. Al menos, en el terreno emocional. Y también un mentiroso. Quizá eso provocó que cayese en la dinámica de ligues de Tinder. No pude evitar indagar en el tema, pero antes me cubrí las espaldas muy bien.

—A ver, es Germán —dijo Claudia—, y Germán no va a cambiar. Le encanta jugar, el tonteo y gustar. Siempre ha sido así.

—Pero ¿va a ser así siempre? —Pensar eso me ponía triste.

—Es que no tiene por qué cambiar, amiga. Es encantador y en sus citas funciona. —Alzó los hombros de forma despreocupada mientras yo sonreía.

—¿Todo este interés repentino tiene algo que ver con la escenita que montasteis el otro día? —dejó caer Alexis con tono intencionado.

—¿Qué escenita? —pregunté.

—En clase dos de mis chicos estaban comentando algo así como que el entrenador no te supo valorar, que fue un cobarde... Tuve que mandarlos callar.

—En clase de Aritmética pasó lo mismo —intervino Claudia—. Y lo peor es que no pude decirles lo que opinaba yo, claro.

Me dejé caer en la silla resoplando.

—Puto pueblo de mierda.

—Oye, no pasa nada. Tienes un deber con doña Carmen y, ahora que estás aquí, ¡por fin vamos a tener contenido que de verdad merezca la pena! —ironizó Alexis, y los tres reímos.

—Pensé que me la había jugado con el asunto de las extraescolares —me justifiqué—. Estoy muy sensible últimamente y a veces eso hace que me monte películas.

—Germán es muchas cosas, y los que lo conocemos podemos decir que no es perfecto, pero no es mala persona.

—Lo sé.

—A ti nunca te la jugaría —lo defendió mi amiga—. Eres su debilidad, Rocío, y eso lo sabes hasta tú.

—Ya —suspiré. Que me dijera eso me agobió un poco—. Pero, vamos, que se quede con sus chicas de Tinder, ¿eh?, que yo lo quiero a tres kilómetros de mí.

—Eso decís siempre —saltó Alexis—, pero luego a la hora de la verdad...

—¿Qué? —le animé a que continuara.

Alexis miró a su novia de reojo antes de añadir:

—Pues que luego, a la hora de la verdad, siempre os acaba pasando lo mismo. Os atraéis como dos imanes y os destrozáis como dos dementores.

—Esta vez las cosas están muy claras, créeme.

—¿Lo están?

—¿A qué te refieres? —Su comentario me desconcertó.

—Pues que hasta que no os sentéis como dos adultos y habléis de lo que os pasó, o de lo que os pasa cuando estáis cerca, nunca van a estar las cosas claras.

—No creo que haya necesidad de remover la mierda, Alexis.

—Y no la hay —intervino Claudia—. Simplemente lo que queremos decir es que sois muy buena gente, pero también un poco imbéciles.

—Menos mal que os tenemos cariño —sentenció mi amigo.

Me despedí de ellos sobre las siete de la tarde. Bueno, para ser exactos, ellos se despidieron de mí, porque habían hecho planes y tenían que ducharse y arreglarse. Cosas de personas normales, ¿no? Hacer planes los fines de semana. No como yo, que estaba encerrada veinticuatro siete con una hoja en blanco que no paraba de gritarme: «¡Fracasada!».

En el momento en el que me eché en el sofá con ganas de volver a releer mi entrevista, como la maniaca de manual que era, recibí la llamada que hacía días que estaba esperando.

—Mamá. —Mi voz se volvió dulce. La extrañaba mucho.

—Mi niña, he leído tus mensajes y las entrevistas. ¿Cómo estás?

No sé qué fue lo que pasó ni por qué reaccioné cómo lo hice, pero, en cuanto mi madre me preguntó cómo estaba, me eché a llorar como si tuviera quince años. Ella me escuchó atentamente, dejó que me desahogara, lamentó no estar conmigo para bebernos la reserva de cualquier minibar con el objetivo de convertirnos en la tercera Greca perdida, me tranquilizó.

—Está feo que te lo diga, hija, porque está feo, pero...

—Me lo dijiste.

—Sí, te lo dije.

—Ya.

Hablamos de ella, de los países que le quedaban por visitar y de algunas de sus anécdotas favoritas que me hicieron reír y gritar: «No te creo». Amaba el espíritu aventurero de mi madre, pero tenía tantas ganas de que volviera..., tantas ganas de abrazarla, de sentir su pulso latir, de verme a salvo... Aun así, era egoísta pedirle que volviera. Regresaría cuando ella creyera que era el momento.

—Entonces ¿estás en nuestra casa? —preguntó con una voz cargada de felicidad.

—Sí —suspiré—, y está todo exactamente igual, tal y como lo dejaste.

—¿Se te hace raro?

La pregunta de mamá me obligó a reordenar mis pensamientos. ¿Era raro estar aquí?

—Es muy raro, mamá. Es... —Guardé silencio durante unos segundos—. Es como si no hubiera pasado el tiempo.

—Pero sí lo ha hecho.

—Ya lo creo que lo ha hecho —murmuré—. Durante los primeros días ni siquiera podía estar en el salón. Sentía que el sillón de papá me miraba todo el tiempo.

—¿Y qué hiciste?

—Darle la vuelta.

Noté que sonreía al otro lado de la línea, y me dejé contagiar.

—¿Y ya te has acostumbrado?

—No mucho, pero lo llevo mejor.

—Ya.

—¿Y tú aún no te has cansado de ser Frank de la Jungla? —Esta vez fui yo la que la noqueó con su pregunta.

—Creo que aún no.

—Vaya —me quejé bromeando.

—¿Es que me echas de menos? —Su tono también iba en broma, pero yo iba a responderle con la verdad.

—Hombre, después de todo este tiempo me encantaría poder abrazarte y escuchar una frase tuya sin miedo a que tengas que subirte a una roca porque se va la cobertura.

Escuché cómo se reía.

—Falta poco para que vuelva a casa, cariño, pero todavía tengo que solucionar algunas cosas.

—¿Qué cosas? Porque, si echas de menos a papá, podemos echarlo de menos juntas.

Estaba intentando mantener la compostura, pero la jugada no me estaba saliendo como quería. Tuve que limpiarme una lágrima rebelde y fugaz. Y, aunque no quería que mamá me viera hacerlo, lo hicimos juntas. Estábamos a miles de kilómetros de distancia, pero nuestros sentimientos eran parecidos.

—Te prometo que lo haremos antes de lo que imaginas.
—Vale.
—De verdad, este Germán nunca se cansará de sorprenderme.
—A mí tampoco —reconocí.
—¿Está guapo?
—Mamá…
—Hija, era una pregunta… Hace seis años que no le veo.
—Yo también.
—¿Entonces?

Yo suspiré entregándome a los brazos de la verdad.
—Sí, mamá. Está muy guapo.

11
Adolescentes

Nunca he sido de esas chicas monas que llaman la atención, lo reconozco. Y, ojo, tampoco sé si me hubiera gustado serlo. Simplemente no lo soy y sufro con todas las consecuencias de no ser nada del otro jueves. Mi belleza siempre ha sido normal. Tengo rasgos muy normales y un cuerpo muy normal. No soy de las guapas, y tampoco de las feas. Simplemente soy normal. Y las chicas normales no destacan, sino que se quedan en el medio.

¿Por qué os estoy contando esto? Porque necesito que entendáis que durante mi adolescencia nunca me importó no llamar la atención de los chicos en las fiestas y no almacenar un gran bagaje de besos adolescentes. No fui una niña corriente y pronto tuve ambiciones que escapaban de los pensamientos limitados de las chicas y chicos de mi edad. Me sentí rechazada por el rebaño, y me dio exactamente lo mismo. También sabía que mi futuro no estaba en el pueblo, por lo que siempre traté de ser educada y cordial, pero nunca puse demasiado interés en encajar. Dejé que el tiempo pasara y, cuando llegó la hora, adiós, pueblo, y hola, ciudad.

Durante este proceso de idas, sueños y desvaríos, Germán, Alexis y Claudia hicieron que no me sintiera especialmente sola. Claudia era mi compañera de batallas perfecta. Compartíamos el armario, los bolsos y los pintalabios de cuatro con noventa y nueve de Maybelline que vendían en la droguería y que nos comprábamos con la paga de los viernes.

Germán siempre fue uno de los chicos más populares, obviamente. Solo había que verlo. Él y Alexis tenían dos años más que nosotras, eran mejores amigos e iban juntos a todos lados. Como yo intuía que a Claudia le gustaba Alexis (nunca lo confesó, pero no hacía falta, vamos) y Germán era mi vecino, acabamos haciéndonos amigos los cuatro. Bueno, siendo justa, nos convertimos en familia. Nunca le pregunté a mi amiga qué veía en él porque lo entendía. ¿Y sabéis por qué lo entendía? Porque la belleza de Alexis era como la mía, normal. Eso sí, sus ojos color aceituna le hacían tremendamente atractivo. Era muy inteligente, y como no era el centro de atención, porque su mejor amigo se encargaba de captar el foco, era más atrevido, más escandaloso y usaba la ironía como coraza para disimular sus inseguridades.

Germán, sin embargo, no necesitaba llamar la atención porque encajaba. Era el niño bonito de su madre, el orgullo de su padre y, como su hermano mayor Marcos se pasaba la vida con la mochila en un hombro y el fusil en el otro, se crio como si fuera hijo único. Fue el capitán del equipo de fútbol del instituto, en verano ayudaba en los negocios de su padre y fue monitor de actividades extraescolares. Los niños, las chicas y los *bros* se le daban genial. No tenía ambiciones muy altas, pero daba lo mismo. Además, estaba bueno que te cagas. He de reconocer que, con quince años, estaba claramente enamorada de mi vecino hasta las trancas. Más o menos, como el ochenta y cinco por ciento de las chicas del pueblo, y porque el quince por ciento restante, o ya tenía novio, o estaba explorando su sexualidad con su mismo género. Muchas éramos miopes, pero con Germán aprendimos lo que era la definición en HD. Dios, no me quiero ni imaginar cuántas niñas descubrieron los orgasmos pensando en él.

No obstante, más allá del cruce de parejas, los cuatro éramos muy buenos amigos. Hacíamos muchas excursiones, compartíamos muchas litronas clandestinas y muchos vodkas de caramelo en las fiestas del pueblo; ahora no sé cómo podíamos bebernos eso. Jugábamos a las cartas, nos retábamos a hacer estupideces e incluso quedábamos para ver películas a la hora de la siesta para aprovechar y dormir juntos. Los cuatros éramos jóvenes, inexpertos y con las hormonas completamente revolucionadas. Todo podría excusarse bajo ese pretexto.

Durante esos años de inseguridad adolescente, Germán me permitió ver una imagen que Claudia y Alexis no conocían. Al menos, no con tanta profundidad. Vivimos una historia paralela con intensidad y drama. Descubrí un Germán indeciso, miedoso y confundido que no sabía qué hacer con su vida. Un chico sin proyección ni rumbo ni ambiciones, que vivía anestesiado por el piropo ajeno y la necesidad de cumplir con las expectativas depositadas en él. Su padre esperaba que continuara con el negocio familiar, su madre, que se quedara con el hotel, y Marcos, que solo se dejaba ver en Navidad, quería que siguiera sus pasos, que ingresara en el Ejército para «ser un hombre hecho y derecho». Recuerdo que un día le pregunté:

—¿Y qué es «ser un hombre hecho y derecho», Germán?
—Ni siquiera creo que Marcos lo sepa.

Lo peor fue que, en todo ese tiempo, Germán no averiguó qué quería hacer él.

Los años fueron pasando. Crecer al lado de Germán fue difícil, y fue difícil porque eso nos dio libertad. Cuando teníamos quince años era más fácil reprimir nuestros impulsos y nuestras ganas: «Mi madre me ha dicho que tengo que llegar a las diez», «Mañana tengo que ir a una obra con mi padre porque quiere que aprenda del negocio familiar». Sencillo y sin peligros más allá de paseos inocentes de camino a casa, silencios largos pero no incómodos y los escalofríos al rozarnos las rodillas en algún restaurante cuando quedábamos a cenar con nuestros amigos. Pero, cuando me trasladé a Madrid y me adentré en el fantástico mundo del periodismo (nótese mi ironía, por favor), la cosa cambió. Cambió porque no teníamos que dar explicaciones, porque vivíamos en dos ciudades completamente distintas y porque Madrid era tan grande que nadie nos conocía. Y, como nadie lo hacía, éramos más valientes, menos cautos, más impulsivos. Un fin de semana le propuse ir a un hotel en el norte de España. Me habían encargado un reportaje que mi jefa no podía asumir. Él aún no había empezado con Violeta, una chica de mi clase que me odiaba y que luego se convirtió en su novia, y me dijo que sí. Yo esperaba que declinara la oferta, e incluso insistí varias veces con que era un balneario, que no tenía por qué acompañarme, que no se sintiera obligado a decirme que sí por compromiso, pero entonces, en una de esas noches en las que nos llamábamos solo para saber cómo nos había ido el día, me soltó:

—Rocío, si te apetece que vaya, voy. Si me lo has dicho por compromiso, dímelo y tan amigos.

Claro que yo quería que me acompañara, por Dios, pero no paraba de preguntarme si era una buena idea. Aunque ¿qué era lo peor que podía pasar? Pues lo peor que pudo pasar es que nos transformamos. Nos volvimos extremadamente cariñosos, torpes y profundos, como si siguiéramos siendo dos adolescentes. Dormimos abrazados buscando un contacto constante y vivimos anécdotas graciosas que meses después se convirtieron en heridas de guerra. La última noche me envalentoné y le pregunté sobre nosotros. Hablamos largo y tendido sobre qué pasaba, aunque era más que evidente, sobre derribar los «y si» y atrevernos a afrontar la situación. Aquí todo el mundo esperaría un final feliz. Todas las cartas jugaban a nuestro favor, ¿no? Pues, en un atisbo de lucidez, Germán me pidió que fuera vulnerable, que le dijera qué pensaba y qué sentía, y eso hice, pero él no me correspondió. Se bloqueó, y eso terminó bloqueándome a mí también. ¿Que por qué? Porque me sentía expuesta, desnuda y ridícula. La oscuridad de la noche fue perdiendo nitidez y amanecimos de nuevo abrazados con los primeros rayos de sol. Ninguno de los dos volvimos a ser los mismos, aquella noche nos resquebrajó. Semanas después Germán empezó una relación con Violeta.

Quiero pensar que peleé, pero la verdad es que perdí. Dejé que pasaran los días, traté de que todo me importara menos y hasta empecé ese relato que luego se convirtió en mi ambición desmedida en aquel *brunch* de la capital. Él, sin embargo, actuaba como si no hubiera cambiado nada entre nosotros, como si esa conversación nunca hubiera existido. Los fines de semana que bajaba a casa seguíamos quedando con Claudia y Alexis a cenar, a dar paseos, íbamos a conciertos de artistas que nos gustaban... Tías, el roce seguía, también nuestras bromas que solo nosotros entendíamos, y la distancia invisible que nos separaba cada vez era menor. Consumíamos el aire del otro, la intimidad del otro e incluso gestos inofensivos que me hacían sentir todo el tiempo que estaba haciendo algo malo. No era justo ni para Violeta ni para mí ni para él. Conocía mis sentimientos, y él había empezado a salir con una chica que probablemente tuviera una muñeca de vudú con mi foto puesta. ¡Blanco y en botella! Un día, simplemente, me alejé. Dejé de seguirle en Instagram, lo bloqueé en WhatsApp, y él lo aceptó como un proceso natural de la vida. Años más tarde, cuando mi padre murió, hubo un acercamiento, aunque no sirvió de nada. Él se iba al Ejército, yo volvía a Madrid. Ninguno de los dos nos pedimos explicaciones. Habíamos dejado de tener cosas en común y había cientos de kilómetros de distancia que desdibujaban nuestra curiosidad y, posiblemente, aniquilaban nuestras ganas.

Aunque la pregunta es: ¿se puede luchar contra algo no resuelto? Pues no, no se puede, pero esto lo contaré otro día. Todavía tenéis mucha información que asimilar. Y yo también.

12

Gritos, *brunchs* y una tarde de domingo

—¿Me puedes explicar qué te pasa en la puta cabeza? —grité.
—Ya veo que estabas en la cama.
Mi vecino volvió a mirarme con esa expresión divertida tan típica de él, pero os puedo asegurar que a mí no me hacía ni puta gracia.
—¿Y dónde quieres que esté a las nueve de la mañana un puto domingo, Germán? ¿En Disneyland? —Para quien no lo haya notado, cuando me enfado, soy mucho más sarcástica.
—Te hago un café mientras te pones los *leggings*, corre.
—¿Que quieres que me ponga qué? —No estaba entendiendo nada.
—Unos *leggings* —me dijo con total convicción—, unas mallas, tía.
—¿Para qué?
—Vamos a salir a correr.
—Tú irás a correr —espeté convencida—, porque esta chica que ves aquí se va a volver a la puta cama, que es donde debería estar.
—¿Tú no decías que tenías insomnio y que overthinkineabas mucho?
—Germán, es muy temprano. Deja de tocarme los ovarios, que no estoy de humor.
—Eso ya lo veo, pero venga. —Aplaudió y yo me sobresalté—. La rutina de deporte es buena para poder conciliar el sueño.

—Te recuerdo que yo había conciliado el sueño.
—Un momento.
—Qué.
—¿Ese camisón no es más corto que el del otro día?
—Oh, vete a la mierda —solté, pero yo ya estaba roja como un tomate.
—Venga, quejica. —Se rio.
—Germán, que no, que no soy de las que corren —me defendí—. No soy esa clase de chica. Hago yoga, boxeo y *training*, pero no corro maratones ni quiero desgastarme las rodillas.
—Eso no va a pasar, te recuerdo que entreno a un equipo entero de adolescentes.
—Es que yo no soy una adolescente —argumenté.
—No, desde luego, ellos se quejan muuucho menos que tú.
Yo lo miré agotada.
—¿Crees que por decirme que soy una quejica vas a conseguir que salga a correr contigo en vez de volverme a la cama?
Sí. Eso fue lo que pasó. Dejé atrás mi querida cama, mis sueños para nada trascendentales y mi bendita procrastinación, que a veces me llevaba a buscar un orgasmo en soledad, para sentir un agotamiento lleno de sudor y unos jadeos que no eran para nada interesantes, mucho menos sexis. Si esta persona quería torturarme por algo que hice mal en un pasado, cosa que debería hacer yo y no él, lo estaba consiguiendo. Y la jugada le estaba saliendo de puta madre. No sé cuántos kilómetros corrimos, porque durante los primeros minutos en lo único en lo que podía concentrarme era en no desfallecer. Luego la cosa mejoró levemente.
De nuevo en casa, Germán no dudó en decirme:
—*Gimme five!*
—Ni de puta coña.
Subí las escaleras como pude y me dejé caer en la cama. ¿Cómo era posible que haciendo boxeo y *training* me sintiera como si me hubiera pasado una apisonadora por encima? Sabía que tenía que haber hecho caso a Paula y haberme apuntado a barré cuando abrió su propio centro, pero no, tenía que fingir que me gustaba

el yoga, porque eso me iba a dar más estabilidad emocional. ¡Y una mierda!

A los segundos, me llegó un olor a perro mojado, me di un asco monumental y me metí en la ducha. Ojalá los pensamientos intrusivos se pudieran borrar con tanta facilidad. Puse el modo aleatorio en Spotify para que mi *playlist* saltara de «Copenhague» de Vetusta Morla a «Gotta Go My Own Way», de *High School Musical* o «Fuentes de Ortiz», de Ed Maverick. Soy una chica de contrastes. ¿Qué le voy a hacer?

Cuando terminé de vestirme eran las doce y media, la hora perfecta para tomarme un merecido *brunch*. Quizá pillara a Alexis y a Claudia en la cafetería, pero justo cuando iba a sacar el móvil según bajaba las escaleras...

—Anda, ya era hora.

Germán trajinaba en la cocina. Estaba a punto de soltarle un discurso pasivo-agresivo para que entendiera que no debía invadir mi espacio personal cuando reparé en que preparaba una especie de *brunch*. Miré a mi alrededor. Cada vez estaba más convencida de que aquello era una cámara oculta.

—¿Qué haces aquí, Germán?

—Estabas tan gruñona esta mañana que me he visto en la obligación de cocinarte un *brunch*.

Me pasó una taza de café, que yo acepté de buena gana, porque siempre acepto el café de buena gana.

—Puede que estuviera gruñona porque me has obligado a salir de la cama un domingo, ¿no? —dije con ironía al tiempo que me sentaba en un taburete.

—Anoche te vi moviendo muebles a la una y media de la madrugada.

Yo lo miré estupefacta.

—¿Ahora me espías?

—No, pero, si haces un ruido infernal a esas horas, por lo menos, echa las cortinas, tronca —se defendió.

Cabeceé. Sí, tenía razón, mientras hablaba con mamá, me recomendó que hiciera feng shui, una práctica que había aprendido en sus días en Taiwán y Hong Kong, con el fin de cambiar las energías de la casa. Y sí, a la una y media de la mañana, decidí hacerle caso, porque no tenía sueño ni tampoco nada mejor que hacer.

—¿Sabes qué te digo?
—Qué.
—Que a mí tampoco me gusta tener vecinos.

Nunca lo reconoceré en público, mucho menos a él, pero me gustaba estar con Germán. Siempre me ha gustado. Le agradecía aquel delicioso *brunch* (no sabía que cocinara tan bien, la verdad), las molestias que se tomaba y la forma tan especial que tenía de cuidarme. Era un tío divertido, me lo pasaba bien y siempre encontraba la forma de sacarme de mis casillas, lo que nos sumergía en una dinámica que nos enganchaba y que siempre acababa explotándonos en la cara, dicho sea de paso.

Hablamos de todo: de sus clases, de los chicos del equipo de fútbol, de *OT*, que había vuelto y ya teníamos nuestros favoritos (yo estaba a tope con Naiara y Paul Thin, por si me lo preguntáis), de cómo había evolucionado la entrevista que le di a Lauren y cómo había reaccionado la gente (tanto con el libro como contra Álex). Incluso se me ocurrió mencionar que...

—Ayer estuve con Alexis y Claudia.
—Ah, ¿sí?
—Sí.
—¿Y qué tal? —Parecía interesado de verdad.
—Bien, pero Claudia me echó una bronca digna de una ópera prima por no saludarla.
—Me parece razonable.
—¿A ti también tengo que explicarte que soy miope? Que no veo, joder —me quejé.
—Pues ponte gafas.
—Pis pinti guifis —me burlé, y él soltó un resoplido parecido a una risa.
—Te quieren mucho.
—Ya, y yo a ellos. —Fui sincera—. Habría estado genial que hubieras mencionado que están juntos, que son profesores en tu instituto y esas cosas.

—Quería que lo descubrieras por ti misma.
—Ya. ¿Cómo es tu relación con ellos?
—Buena. —Se echó hacia atrás en el taburete—. Aunque ya no es profunda.
—¿Por qué? —Fruncí el ceño.
—Los adoro. Los quiero como si fueran mis hermanos y sé que siempre van a estar ahí cuando los necesite, al igual que ellos me van a tener a mí, es solo que…
—Es solo que…
—Me alegro de que estén juntos, pero se me hace raro quedar solo con ellos. No porque sean pastelosos o porque no hagan caso, pero es algo mío. Me siento raro.
—Ya, te entiendo.
—Además, por mucho que te cueste creerlo, ellos son pareja y yo no hago tanta vida social como crees.
—¿Cómo se llamaban tus chicas Tinder? Solo me has hablado de Lola y me han dicho que hay más. ¿Marisa? ¿Lourdes?
—Pregúntaselo a tus amigos, que al parecer son menos discretos de lo que recordaba.
—¿Era un secreto? —Alcé las cejas.
—No, pero… Mira, vamos a dejarlo aquí —me pidió.
Yo sonreí. Lo estaba poniendo nervioso y eso me divertía.
—Pero entonces sí tienes más vida social de la que hablas.
Él negó con la cabeza.
—Bueno, teniendo en cuenta que no salimos de…
—Demasiados detalles —lo interrumpí, y Germán soltó una sonora carcajada.
—Si aún no había dicho nada.
—Es que no hace falta.
—¿Has probado ya lo que te dije?
—¿Lo de las aplicaciones de citas? —Levanté las cejas, sorprendida. Germán asintió—. Claro que no. ¿Tengo que volver a decirte que los hombres me dais asco?
—También hay mujeres.
—No eres tan gracioso como crees, Germán Castillo. —Le retiré la mirada y la dirigí al techo.

—¿Qué es lo más raro que puede pasarte? ¿Que tu cita sea un narco?
—No tiene gracia.
—Vale. —Se dio por vencido—. Bueno, ¿qué? ¿Vamos al cine?
—¿No habías dicho que no haces vida social?
—Pues por eso, ayúdame.
—¿Seguro que no quieres ir con alguna de tus chicas Tinder?
—¿Estás celosa, Velasco?
—¿Yo? —Mi voz imitó a Belén Esteban—. Para nada, si lo decía por ir los cuatro.
—Avisa a Alexis y Claudia —me propuso—. Con suerte no tienen planes y podemos revivir al cuarteto.

La propuesta de ir al cine me gustó, y que incluyera a Alexis y Claudia, aún más. Que el cuarteto resurgiera del olvido daba esperanza a mi corazón de adolescente, calmaba mi aburrimiento diario y confortaba mis pensamientos intrusivos. Sin embargo, también sentí vértigo. No quería que Alexis tuviera razón. No quería tropezar otra vez con la misma piedra. ¿Por qué no podía simplemente ser espontánea? Joder, solo quería volver a sentirme en casa y a salvo. ¿Era mucho pedir?

13

Quien se pica ajos mastica

Sé que no es lo que esperabais oír, pero empecé a tener una rutina. Y la disfrutaba. Me gusta el orden, ¿vale? Me gustaba sentir que tenía algo que hacer. Unos días de descanso no estaban mal, pero cuando ya llevaba un mes sin hacer nada, inmersa en una tormenta de miedos, dudas e incertidumbre, la rutina ayudaba. Es más, me salvaba. Así que preparaos para lo que voy a confesar: salía a correr todas las mañanas con Germán. Sí. Yo. Salir a correr. Con Germán. Es fuerte el tema, ¿verdad?

No negaré que los seis primeros días tuvo que venir a buscarme a casa, llamar a la puerta hasta que le abría de mala manera y con gritos y hacer tiempo mientras yo me ponía los *leggings*.

El ejercicio me hacía dormir mejor, me sentía bien y la idea de madrugar para sufrir empezó a no horrorizarme tanto. Sobre todo porque, después de ducharme, quedaba a desayunar con Claudia, con Alexis o con los dos, dependiendo de sus clases o de cómo tuviesen organizado el día. Con nuestra salida improvisada al cine, volvimos a conectar. Y eso me encantó. Me hacía pensar que, de todo esto, algo había salido bien. Claudia y Alexis eran una versión mejorada de lo que siempre fueron.

En cuanto a la novela, lo cierto es que ya no sabía ni cómo tratar el tema cuando hablaba con mamá, Germán o Candela (que tenía que informar a los de la editorial y ya no sabía ni qué soltarles; mi editora Miranda debía esperar el manuscrito como agua de mayo). No tenía necesidad de mentirles, pero quería evitar las caras de preocupación. No sabía si se me había ido el encanto, si había perdido el talento o si la idea de escribir algo que no quería estaba jugándome una mala pasada. La cosa no tenía ni puta gracia. Como consecuencia, había tratado de limitar mis mensajes con mi mejor amiga, incluidos esos en que me preguntaba si me había tirado ya a Germán. No tenía claras muchas cosas en esta vida, pero lo único que sabía es que eso no iba a pasar nunca. Antes me abría una cuenta en Tinder.

Era otra vez viernes, y, como cada semana, a las tres impartía la clase de escritura creativa. Afortunadamente, se habían animado dos niñas y dos niños más, así que ahora tenía a Bárbara, Carlota, María, Diego y Pepe. ¿Puedo llamar niñas y niños a adolescentes de dieciséis y diecisiete años? Da igual. Sea como fuere, lo sentía como todo un éxito. En mitad de la clase, una de ellas me preguntó cómo ser creativa. Quise esconderme detrás de la silla o saltar por la ventana, porque me hubiese encantado tener una respuesta rápida, pero, con una crisis existencial y personal en la que me debatía entre si tenía talento o no, el que esa bomba me estallara en la cara no me hizo especial ilusión. Se me encendió una bombilla justo cuando ya me planteaba fingir una parada cardiaca. Teniendo en cuenta cuánto me gustaba el drama, habría sido todo un éxito.

—Se puede ser creativa de muchas formas, y cada persona ha de encontrar la suya —me atreví a decir—. Algunos tratan de vivir experiencias en primera persona que luego les inspiren, otros deciden invertir tiempo en hacer un proceso de investigación, otros se van de viaje para desconectar y relajarse...

—¿Y tú? —me preguntó Bárbara.

—¿Yo? —Relajé el ceño—. ¿Estáis seguros de que no queréis que os cuente algún cotilleo de famosos? Conozco a muchos, ¿eh? —Les hice reír—. No sé, creo que simplemente he aprendido a observar.

¡Aviso! Me voy a poner intensa, pero haber aprendido a observar es algo de lo que me siento bastante orgullosa. Todo el mundo mira alrededor, pero nadie pone el ojo en el detalle. Para mí, mirar y observar son cosas distintas. Las separan matices, pero, por mucho que pensemos que son sinónimos, no lo son. Observar es lo que nos hace entender a la gente, y entender a la gente (y escucharla) te ayuda a crear buenos personajes, buenas tramas y buenos escenarios.

La primera vez que me di cuenta de eso tenía dieciocho años. Iba a la Facultad de Periodismo y me había olvidado los cascos en casa. No sé vosotros, pero hace ocho años la idea de ir por la calle sin música me volvía loca. El trayecto hasta la facultad duraba unos cuarenta minutos. Traté de distraerme con Instagram o de bajarme algún ebook con la imperiosa necesidad de hacer algo productivo, pero entonces me di cuenta de que una señora me estaba mirando. Le devolví la mirada y me sonrió. No sé por qué, pero también sonreí. Intuyo que por educación. Se bajó en la siguiente parada, y, a pesar de que es un detalle sin importancia y que podría haberse quedado ahí, le copié el gesto. Empecé a mirar a la gente en el metro, por la calle, en el césped del Retiro... Y aprendí. Mucho. Aprendí que Madrid se diferencia del resto de las ciudades porque acoge a todo el mundo. Aprendí que nadie es de Madrid, pero todos esperamos que nuestros sueños se cumplan en sus calles... Tenemos una fe ciega cuando hablamos de Madrid, y eso ayuda a que todo se vuelva real.

Al terminar la clase, escuché cómo las chicas compartían sus planes de fin de semana, y me hizo gracia que dos de ellas hicieran hincapié en la necesidad de ir a por un pintalabios nuevo. Me recordaron a Claudia y a mí, y me dio rabia, porque me sentí mayor y solo nos separaban nueve años.

Pensé en llamar a mi amiga, pero recordé las palabras de Germán: «Ellos son pareja». Alexis y Claudia ya organizaban su vida como dos personas que se iban a casar. Vivían juntos, compartían su tiempo libre y veían a amigos y familiares en pareja. No quería tampoco que sintieran la obligación de entretenerme, pero era raro. Me daba cuenta de que la vida de mis amigos seguía..., y seguía sin mí. No había hablado con ellos en años, pero verlos ahora tan felices, tan simples y tan plenos también me ponía triste. Porque ¿qué había hecho mal? Estaba sola. Me sentía sola. Papá ya no estaba, mi madre a saber por dónde andaba, Álex había sido un cabronazo sin cabida en mi vida, Candela hacía lo que podía a quinientos kilómetros de distancia, mis amigos apenas me preguntaban, porque no era capaz de responder y encima era una completa desconocida para la gente que me había visto crecer. ¿Por qué Alexis y Claudia habían conseguido lo que siempre había deseado, lo que siempre había perseguido, y yo estaba aquí, lamentándome y escapándome de mi propia realidad? Es que no sabía ni huir, porque había acabado dejando que Germán cuidase de mí. Es que ya valía con la broma.

Dicho lo cual, y ante la escasa lista de amistades que tenía, fui directamente a la pista de fútbol.

—¿Vienes a gritarme? —Germán me preguntó con tono socarrón.

—Hoy no, entrenador. —Sonreí.

—¿Qué tal la clase?

—Pues…

—Espera. —Acto seguido silbó y los chicos se pararon en seco—. Ya basta por hoy. Todos a los vestuarios y, por favor, este fin de semana dedicad menos tiempo a pajearos y practicad vuestros tiros libres. Lo de hoy ha sido lamentable.

—Sí, entrenador —acataron al unísono.

—¿Decías?

—¿Disculpa? —le pregunté horrorizada.

—Solo quería provocarte, normalmente no soy tan bruto. —Se echó el saco de los balones al hombro.

—Ya.

—Entonces la clase bien, ¿no? —Volvió a encauzar el tema.

—Bueno, no ha sido lamentable. Será que los míos se pajean menos.

—*Lucky girl*.

—¿Me dejas que te invite a esa pizza que tenemos pendiente?

—Me encantaría, pero… —Se detuvo.

—Es viernes —sentencié la frase por él.

—Sí —suspiró.

—¿Has quedado con Lola?
—Con Marisa.
—*Lucky girl*.
—Eso tendrás que preguntárselo primero.
—Empiezan a ser frecuentes...

Me había dado cuenta de que últimamente, o quedaba con Lola, o repetía con Marisa.

—¿Te imaginas que me enamoro? —me vaciló.
—Ya. —Hice un silencio que no quise alargar más de lo necesario—. Bueno, pásalo bien entonces. —Sonreí agradable.
—¿Estarás bien, Rocío? —Enarcó una ceja—. No quiero que te aburras.
—Te recuerdo que tengo una novela que entregar. Casi me estás haciendo un favor. Pásalo bien.
—Y tú.

¿Sabéis qué? Que no, no estaba bien. Una cosa es que me vacilase semana tras semana con que se follaba a tías con las que había hecho *match* en Tinder, Bumble o su puta madre. Eso significaba... ¿Qué coño significaba esto? ¿Y qué cojones era ese sentimiento agrio que me subía desde la boca del estómago? «Espera, espera, espera... Un momento —pensé para mis adentros—. Vamos a calmarnos. No será... No, por mis cojones treinta y tres que no. No. Es que no puede ser. No. No estaré... Joder. No me puedo creer lo que me está pasando. Como diría Janice de *Friends*: "Oh my God"».

14
No te putopilles

¿Estaba celosa? Dios, quería vomitar. Decidí evadirme. Tenía que quitarme esta sensación de encima como fuera. Di un largo paseo hasta casa, me puse a limpiarla a fondo y, ya que estaba, abrillanté las copas de mamá que seguían en la estantería acumulando polvo. ¿Podría haber formado parte del elenco de *Mujeres desesperadas*? Ya lo creo que sí. Sobre las ocho de la tarde, eché un vistazo a los libros que almacenaba en mi cuarto, pero no tardaron en llegar algunos recuerdos que precisamente ahora no necesitaba. Siempre he leído mucho, desde bien pequeña. Germán solía meterse mucho conmigo por ello. Me quitaba los libros cuando me pillaba leyendo en el patio o entre clase y clase. Me decía que era naif e inocente, que le parecía adorable que pudiera disfrutar con este tipo de literatura. Lo que él no imaginaba es que basaría mi vida en hacer feliz a la clase de persona que creía que era. Pero no pude evitar preguntarme si realmente él tenía razón. Quizá era naif e inocente por pensar que las historias que escribía podían ser posibles y tenían cabida en este mundo. Buscaba un amor como el de mis padres o como el de Claudia y Alexis. Una historia que saliese bien..., pero ¿era posible en un mundo dominado por las aplicaciones de citas? En aquel instante, yo esperaba que así fuese, porque mi plan B era ser una jubilada en Cascáis, donde jugaría al golf por las mañanas y escribiría historias por la tardes. Bueno, tampoco suena mal, ¿verdad?

—¿Podemos hablar?

—Claro.

Candela sonaba sorprendida y preocupada a partes iguales. No esperaba mi llamada. Para el resto de los mortales que no eran yo (y que no tenían un problema en la puta cabeza) seguía siendo un viernes a las nueve y media de la noche.

—¿Qué pasa?

—¿Has salido?

—Sí, estoy con estos, ¿por?

—No quiero molestarte —me apresuré—. O sea, puedo esperar. No es nada de vida o muerte.

—Rocío, ya he salido del bar. Dime lo que me tengas que decir y resolvámoslo.

—Es que no creo que tenga solución.

—¿Tiene algo que ver con el libro?

—No.

—Pues, si no tiene nada que ver con el libro, tiene que ver con Germán.

Guardé silencio un par de segundos, porque no sabía qué decir. Que Candela me conozca tanto, esté a cien metros o a quinientos kilómetros, da miedo. Sabe cómo funciona mi cabeza, y a veces me gustaría que me lo explicara ella a mí.

—Rocío...

—Sé que es un error esto que estoy pensando.

—¿Y qué estás pensando? —me preguntó con un tono despreocupado.

Escuché cómo se encendía un cigarro.

—¿Estás fumando? —la reñí.

—Tía, he salido tan corriendo que no me ha dado tiempo a sacarme el gin-tonic. No tengo palomitas que alimenten tu drama. Así que esto es lo que hay —se defendió.

—Esa mierda te va a matar.

—De algo tenemos que morir, Rocío, y no me cambies de tema.

—Creo que estoy celosa —solté sin miramientos.
—Define «creo que estoy celosa».
—Es solo que... —Chasqueé la lengua. ¿De verdad iba a poner sobre la mesa todo lo que pensaba? Claro que sí—. Desde que llegué, Germán ha estado mazo pendiente de mí, Candela. Y cuando digo mazo pendiente de mí es mazo pendiente de mí. No es que no me cobre por el alquiler o me haga la compra con la excusa de que la hace su madre pensando en mí, es que me saca de la cama para salir a correr para que duerma mejor, vamos al cine, me vacila y me hace la comida.
—¿Te hace la comida?
—Tía, me cocina unos *brunchs* los domingos que no te puedes imaginar lo ricos que están.
—Ajá.
—Y no es que sea todo idílico, porque no lo es y soy consciente de nuestros límites, de dónde estamos y de cuáles son nuestras prioridades. Yo acabo de salir de una relación y él sigue siendo un putero que le tiene miedo al compromiso.
—¿Pero...?
—Candela, pasamos toda la semana juntos. Y cuando digo toda la semana me refiero a que nos vemos una vez mínimo al día. Pero los viernes, los viernes queda con una chica de Tinder para tomar algo y follar. Y me parece estupendo, pero es que hay dos que se están volviendo frecuentes y hoy me he dado cuenta de que eso no me gusta.
—Pues la solución es fácil, el viernes, te acercas a él y le dices: «Fóllame».
—¡Candela!
—¿Qué?
—Que así no me ayudas.
—Tía, es que tu «creo que estoy celosa» es un «hola, me llamo Rocío Velasco, tengo veintiséis años y estoy muy celosa de mi vecino porque me lo quiero empotrar».
—Muy celosa tampoco.
—Por favor, Rocío. Me estás dando hasta pena.
—Gracias, amiga —solté un mohín.

—Tía.
—Qué.
—¡Que no te putopilles!
—No me voy a putopillar. —Me temblaba la voz.
—Ya lo creo que sí. Y volverás hecha una mierda, porque Germán está bueno, pero ya sabemos a lo que juega.
—Ya. Pero ¿y si ha llegado nuestro momento?
—¿Crees que alguna vez eso va a pasar de verdad, Rocío?
—No te he llamado para que me des un sermón, te he llamado porque estoy hecha un lío.
—Precisamente por eso mismo te estoy diciendo que no te putopilles. Si quieres follártelo, hazlo, pero… no-te-pu-to-pi-lles.
—Eres una nazi del amor.
—Y tú una ilusa, pero toda Charlotte necesita su Samantha, reina.
—En realidad, soy Carrie.
—Pues sí, querida, porque eliges igual de mal a los hombres.

15
La muerte de papá, el Ejército y la Feria del Libro de Valencia

El día que decidí apartarme de la relación de Germán y Violeta fue cuando tuve claro que mi vida estaba en Madrid. Durante las primeras semanas en la capital pensé en él todo el tiempo: qué estaría haciendo, adónde le llevaría la próxima vez que viniera a visitarme o qué posibilidades teníamos de que nuestros caminos coincidieran en el futuro. Con el tiempo, su recuerdo dejó de doler y la distancia y el contacto cero hicieron su función. Mi mente lo volvió borroso y, aunque tenía bajones, conseguí centrarme en mi carrera, en mis amigos de la universidad y en el trabajo.

Creo que ya es hora de hablar de la muerte de papá. Fue como un bofetón, una sacudida inesperada. Mamá me llamó una tarde cualquiera. Yo estaba con Candela y unas amigas tomando algo después de las clases. Pero se lo cogí, porque no era habitual que mamá me llamara, y mucho menos a esa hora.

—Hola.
—Hola, dime, mamá.
—¿Qué haces?
—¿Qué hago?

Mamá nunca me preguntaba qué hacía. Mi madre trabajaba en el Ayuntamiento, era la encargada de organizar los eventos del pueblo. Nunca había sido de esas personas que se aburren.

Siempre había tenido una vida muy activa y, cuando no estaba trabajando, andaba metida en algún berenjenal. De modo que la pregunta me resultó rarísima.

—Estoy con unas amigas tomando algo, ¿puedo llamarte después?

—No, Rocío.

—Mamá, ¿pasa algo?

Mi pregunta captó la atención de Candela, que me miraba con el ceño fruncido.

—Cariño —suspiró—, no sé cómo decirte esto, pero papá ha tenido un accidente.

—Pero está bien, ¿no?

Yo di por hecho que papá estaba bien. No me cuestioné lo contrario. A los seres humanos nos pasan cosas todo el rato. Se podría haber roto una pierna, un brazo; le podrían haber dado puntos... Había miles de opciones sobre la mesa. Por eso no me imaginaba que Marta, la madre de Germán, tomara el relevo:

—Rocío, a tu padre le ha dado un infarto. No ha sobrevivido.

—¿Es una broma?

Tenía que ser una broma. De mal gusto. Pero una broma.

—No es una broma, cariño. Y necesitamos que seas fuerte, todo lo fuerte que puedas, y cojas un tren hasta casa, ¿vale? Avísanos cuando lo tengas.

Todo lo que ocurrió a partir de ahí lo tengo difuso. Solo sé que activé el piloto automático y saqué una fuerza que no sabía que tenía para decirles a mis amigas que mi padre había muerto. No solté ni una lágrima. Candela hizo mi maleta mientras yo compraba un billete para el primer tren hacia Alicante que hubiera disponible, o lo hicimos al revés, no lo recuerdo; y la convencí de que no me acompañara. Durante el viaje, tuve que luchar contra mí misma porque no quería dar un espectáculo y llamar la atención de la gente, que se vieran obligados a preguntarme si estaba bien y yo tener que contarles que mi padre acababa de marcharse. Papá se había ido. No me había dado tiempo a despedirme. No me había dado tiempo para decirle que le quería. No me había dado tiempo a nada.

Cuando llegué, busqué a mamá con cierta desesperación. Mis ojos se fueron llenando de lágrimas a medida que me acercaba a ella. Marta y Gonzalo también estaban. Trataron de cobijar nuestro dolor con su abrazo, pero el llanto fue mucho más escandaloso.

Le pregunté qué había pasado, cómo era posible, porque no era posible, porque papá estaba bien. Era una persona que se cuidaba, que hacía deporte, que no comía demasiada comida basura ni carne roja. No bebía en exceso, no fumaba, ¡incluso me daba la tabarra con que no debía tomar tanto café! ¿Cómo era posible que le hubiera dado un infarto? ¿Cómo era posible que se hubiera ido y nos hubiera dejado?

Esa noche mamá y yo lloramos en silencio hasta que las lágrimas nos vencieron. Al día siguiente, en el tanatorio, todo el pueblo vino a presentar sus respetos. Todo el mundo adoraba a papá. Siempre me hacía madrugar para que lo acompañara al mercado porque luego él volvía para hacerle la compra a alguna vecina. Odiaba salir a desayunar con él porque cualquiera lo paraba para preguntarle qué tal. Se sabía las historias de todo el mundo, con sus problemas, traumas y alegrías. Papá era un buen hombre, y no podéis imaginaros cómo me sigue jodiendo tener que hablar de él en pasado.

Claudia y Alexis no me dejaron sola en ningún momento. Trajeron café y se aseguraron de que bebiera un vaso de agua cada hora. Germán estaba en Lisboa con Violeta cuando todo pasó. Por entonces no hablábamos mucho, y, aunque de vez en cuando coincidíamos con nuestros amigos, que tuviera novia nos distanció. Sin embargo, sobre las doce del mediodía, apareció. Juro que cuando lo vi a lo lejos no le di tiempo a que entrara a la sala. Me tiré en sus brazos y rompí a llorar con un llanto agudo con el que de vez en cuando todavía tenía pesadillas. Fue como ponerle sonido al dolor. Me rodeó la cabeza con un brazo y con el otro me acercó hacia él tratando de mitigar los espasmos que las propias lágrimas producían en mí. Creo que hasta entonces me había estado aguantando. Por mamá, por papá, porque tenía que ser fuerte. Pero ya no podía más, y me derrumbé cuando las piernas me flaquearon. Germán aguantó mi aullido de dolor con lágrimas en los ojos y corazón fuerte. Recuerdo que no paraba de decirle: «Se ha ido. Se ha ido, Germán, y no he podido despedirme», a lo que él me contestaba: «Lo siento, lo siento muchísimo, Rocío». Cuando conseguí serenarme un poco, se apartó de mí, me dio un beso en la frente y entró a abrazar a mi madre. Después del entierro, la vida empezó a ser otra.

Para empezar, Germán se volcó en mi madre y en mí al cien por cien. Nos traía la comida que su madre nos preparaba a diario, me llevaba y traía de la estación si mi madre no podía hacerlo, e incluso se convirtió en nuestro manitas particular cuando el lavavajillas se estropeaba, nos quedábamos sin agua caliente o teníamos que montar algún mueble de Ikea que mi madre insistía en comprar para llenar con discos de vinilo, una de las pasiones de mi padre. Tenía vocación y devoción por nosotras, y yo se lo agradecí, pero en el fondo, y a día de hoy, por muy injusta que suene, todavía sigo pensando que lo hizo porque se sentía culpable por todo lo que pasó entre nosotros y por las conversaciones pendientes que se habían convertido en una distancia traslúcida. Germán siempre había querido ser un héroe, y esta fue su oportunidad. Yo lo necesitaba y él quiso estar.

Esta tragedia nos volvió a unir. Sobre todo cuando decidimos que cada una se centraría en lo que le prometimos a papá, y mamá decidió irse a dar la vuelta al mundo. Aún recuerdo el día que Germán se plantó en casa con el cheque. Era un día soleado del mes de mayo, hacía mucho calor y el anuncio llevaba unas horas colgado en el grupo de vecinos de Facebook. Mamá acababa de poner uno de los discos favoritos de papá, se había sentado en su sillón y estaba releyendo *Rayuela*, de Julio Cortázar. Yo me había arrellanado en el sofá y repasaba unas páginas del borrador de mi primera novela. Sonaron dos golpes brutos en la puerta. La miré desconcertada y caminé hacia la entrada con los pies descalzos y el borrador en la mano.

—Ah, hola, Ger…
—¿Cómo es que vendéis la casa?

—Pasa. —Y cerré la puerta tras él.

No esperaba que Germán estuviera tan alterado con la noticia. Personalmente, tampoco es que me hiciera especial gracia, aunque entendía los motivos de mi madre y los respetaba.

—Quiere saber por qué vendemos la casa —anuncié al llegar hasta el salón.

Ella ladeó la cabeza y dejó el libro bocabajo.

—Me voy a dar la vuelta al mundo. —Sonrió triste.

—¿Cómo dices?

Germán se sentó. Yo lo hice en el brazo del sofá.

—Mi marido me prometió que lo haríamos cuando Rocío fuera a la universidad, y, ahora que no está, hemos pensado que vamos a cumplir sus últimas voluntades. Yo me voy...

—Y yo voy a terminar el libro. —Puse las hojas que estaba corrigiendo en su mano.

Germán sonrió levemente, aunque seguía igual de inquieto.

—Me parece genial, pero ¿por qué la vendes?

—Bueno, es obvio que necesito dinero. —Alzó los hombros de forma despreocupada.

—Pero es vuestra casa, ¿qué harás cuando vuelvas?

—Ha sido nuestra casa, Germán, pero todo en la vida se basa en un orden de prioridades —trató de explicarle—. No sé cuándo volveré ni qué haré cuando lo haga. Solo sé que para hacerlo necesito decidirme y esta casa me ata, los recuerdos me atan.

—¿Y tú? —Me miró—. ¿Qué opinas?

—Pues que mi padre ha muerto, Germán —hablaba con tono neutro—, y, si mi madre se va, ¿para qué voy a querer volver?

—Ya veo.

—Pero lo haremos —lo animó mi madre.

—Claro, para tu boda o algo así. —Sonreí, aunque a Germán eso lo puso más triste todavía.

Entonces, soltó la bomba:

—Os la compro.

—¿Cómo?

Mi madre y yo nos miramos atónitas.

—Os compro la casa.

—Pero ¿cómo nos vas a comprar tú la casa, Germán? —le pregunté.

—Escuchad: sois mis vecinas, lo hemos sido durante toda la vida. Si os vais, no quiero a gente nueva a la que tener que acostumbrarme. En todo caso, que mis padres sean mis vecinos.

—Pero...

—He estado hablando con mi padre y con el banco. Soy rentable, joven, mis padres quedan muy bien como avales y estoy a punto de ser funcionario cuando me vaya al Ejército.

—¿De verdad que te vas a ir al Ejército, Germán? —Yo pensaba que habría olvidado esa estúpida idea de seguir los pasos de su hermano.

—Es algo que siempre he querido, Rocío.

—¿Sí? ¿Seguro? Porque yo creo que solo quieres demostrarle a tu hermano que eres capaz de hacerlo.

—Rocío... —Mamá me llamó la atención.

—Es que no entiendo nada, Germán. —De repente, estaba muy agobiada.

—¿Qué es lo que no entiendes?

—¿Qué no entiendo? ¿Por qué se supone que quieres comprarnos la casa si te vas al puto Ejército de los cojones y a lo mejor te toca ir a una guerra en un país tercermundista y te mueres?

Soné bruta, seca y tajante. No entendía nada, pero, al ser consciente de la burrada que había soltado, me levanté del sofá y me fui al porche con la cabeza alta y las lágrimas ocultas bajo una capa de falsa dignidad. Estaba muy agobiada. Acababa de perder a mi padre ¿y este imbécil iba a poner en riesgo su vida? Germán no tardó en salir detrás de mí.

—Rocío...

—Déjame. Se me pasará.

—Es que no quiero que estés así. —Chasqueó la lengua.

—Pues no lo hagas.

—No, no me hagas esto tú a mí. —Soltó un bufido, lo que a mí me cabreó todavía más.

—Te has pasado toda tu puñetera vida intentando que Marcos te haga caso, y, pista, que vayas al Ejército no va a cambiar nada.

No va a hacer que se sienta orgulloso de ti, Germán —le apunté con el dedo—. Marcos es tan narcisista y egoísta que cree que tiene el derecho de opinar qué tienes que hacer con tu vida. Y no lo tiene, joder. ¿Es que no te das cuenta?

—Insisto en que él no tiene nada que ver con mi decisión.

—Vale, pues cuéntame en qué se basa tu decisión. —Me crucé de brazos.

—Simplemente, mírate —soltó, y sus brazos rebotaron a ambos lados de su cadera. Yo fruncí el ceño. No sabía a qué se refería, pero, antes de poder preguntarle, añadió—: Mira a Alexis, a Claudia, a tu madre, a Marcos...

—No sé qué quieres decir, Germán.

—Todos tenéis un propósito. Todos sabéis qué queréis hacer o qué camino queréis empezar a andar. Yo no sé nada, Rocío. No sé qué hacer con mi vida, no sé quién soy, no sé quién quiero ser...

—¿Y te vas al Ejército «a ser un hombre hecho y derecho»?

—No, me voy al Ejército a pasar mucho tiempo conmigo mismo. A obligarme a pensar, a estar solo y a hacerme preguntas a las que aquí no encuentro respuesta.

Fue una de las veces en las que más sincero fue Germán conmigo. Mis ojos bailaban en busca de los suyos mientras negaba repetidamente con la cabeza. Agradecía el esfuerzo, pero seguía sin convencerme.

—¿Qué piensa Violeta de esto? —quise saber, rogando que la cordura se pusiera de mi parte.

—Que, si es lo que yo quiero, me apoyará.

—Claro. —¿Por qué íbamos a estar *esa* y yo de acuerdo en algo?—. Pues entonces ya está. Si es lo que quieres, adelante. —Me giré con intención de volver al salón con mamá.

—Eh. —Me cogió de la muñeca y me obligó a mirarlo—. No me va a pasar nada.

—Más te vale, porque te juro por Dios, Germán Castillo, que, como hagas el tonto o te mueras, te buscaré donde haya que buscarte e iré a por ti. *Capisci?*

—A la orden. —Hizo un saludo militar.

No quería sonreír, pero... Pero no pude evitarlo. Germán enganchó mi nuca con su brazo y me abrazó. Días después mi madre le dijo que sí, habló con sus padres, con tres asesores financieros y con un banco, y en cuestión de semanas llegaron a un acuerdo. Saqué todas las cosas de mi habitación hasta dejarla lo más impersonal posible, pero seguía sintiendo que Germán podría descubrir todos mis secretos con solo entrar ahí. Unas semanas más tarde mamá se fue a dar la vuelta al mundo y yo volví a Madrid.

Tres meses después conocí a Rosana, la madre de Álex, en el *brunch*. El resto ya lo sabéis: Álex y yo comenzamos una relación.

Pero ahí no quedó todo. En mi primera Feria del Libro en Valencia, Álex no pudo acompañarme porque un primo se casaba en Galicia y él era el padrino. Yo era nueva, la editorial no era muy grande y no podían ofrecerme otro día. Además, llevábamos juntos tres meses, no teníamos muy afianzada la relación y acordamos que él iría a la boda, y yo, a la feria con Lucas, su ayudante. Más bien con su becario, que era majo pero un poco desastre. Aquel día en Valencia fue muy especial. Obviamente, no tuve largas colas de espera como otros autores venerados. Vendí tres libros, pero iba con la autoestima tan baja que esos tres ejemplares me supieron a gloria. Cuando estaba a punto de irme, tuve una visita inesperada.

—Perdone, ¿es usted la famosa escritora Rocío Velasco?

Germán. Me lancé a él de la impresión y nos fundimos en un abrazo lleno de melancolía que volvió a juntar nuestros caminos. Estaba muy cambiado. Se había rapado el pelo y tenía los rasgos más endurecidos. Había envejecido. Parecía mayor. Me compró dos ejemplares, porque quería llevarle uno a su madre, y esperó a que recogiera. Quería invitarme a una cerveza.

Lucas no quiso acompañarnos. Cosa que agradecí, aunque viendo su comportamiento y la aplicación de Gindr entendí que tenía mejores planes en mente que hacer de carabina de una chica que le sacaba tres años. Germán y yo fuimos a un bar de la zona de Ruzafa y empezamos con una inocente cerveza que nos sirvieron con unos frutos secos excesivamente salados.

El tiempo corrió sin que nosotros fuéramos conscientes. Un minuto detrás de una hora, una pinta detrás de una caña y una risa muda detrás de una sonora carcajada que provocó que el resto de los clientes nos mirara con cierta envidia. En medio de un *speech* en el que me contaba lo orgulloso que estaba de haber superado sus últimas maniobras alfa, fui consciente de que no le escuchaba. Me di cuenta de que solo pensaba en lo guapo que estaba, porque estaba increíblemente guapo. Pasar la noche a la intemperie y subsistir a base de penurias, miserias e intuición le favorecía.

—¿Qué tal Violeta?

Necesitaba que me dijese que estaba increíblemente feliz, que hasta se planteaba casarse con ella.

—Estamos en una etapa complicada. —Se llevó la cerveza a los labios—. No sé si sobreviviremos.

—¿Y eso?

—No entiende que en el Ejército no puedo responderle los mensajes cada cinco minutos.

—Ya.

—No me gusta que se haya vuelto tan dependiente.

—Quizá es inseguridad, Germán. —Alcé los hombros.

—Ya, pero no es solo eso, Rocío. A veces las cosas acaban porque tienen que acabar, y punto.

—*C'est la fucking vie.*

No estaba interesada en saber más del tema. Pero no puedo negar ahora que la noticia me hizo (un poco) feliz. ¿Soy una persona horrible?

—¿Y tú? ¿Alguien en tu vida?

—La verdad es que sí. —Sonreí—. Llevamos tres meses, pero pinta bien.

—¿Te trata como te mereces?

—Oh, sí. Es un perfecto caballero. —Mi broma hizo que Germán sonriera.

—Me alegro. —Parecía sincero—. No te mereces menos, Rocío.

—Lo sé.

—¿Algún día tú y yo coincidiremos en el espacio y en el tiempo? —soltó de repente.

Yo ladeé la cabeza e intenté seguirle el rollo:
—Por nuestro bien, eso espero.
—Algún día, Rocío.
—Algún día, Germán.
Esa noche llegué al hotel achispada, feliz y un poco cachonda. Pensé en llamar a Álex, pero seguiría en la boda y estaría de fiesta. Así que me desvestí, me puse el pijama y me metí en la cama. Las luces estaban apagadas, pero mis pensamientos no dejaban que mis ojos se cerraran. En mi cabeza no paraban de sonar las palabras de Germán: «¿Algún día tú y yo coincidiremos en el espacio y en el tiempo?». ¿Qué demonios significaba eso? ¿Y por qué coño me lo había preguntado? ¿Por qué había ido a la Feria del Libro? ¿Por qué estaba tan guapo? ¿Por qué seguía mirándome tan bonito? Dios, ¿por qué tenía que irle mal con Violeta? ¿Por qué yo había empezado con Álex?

Eran las dos y media de la mañana cuando decidí dejar que mi corazón creyera que era su momento. Escribí un mensaje y, tras dudar un instante, lo envié. La respuesta nunca llegó, y pasaron seis años hasta que Germán y yo nos volvimos a ver.

16
Guapo, rico y buen jugador

El fútbol no me interesa, quiero dejarlo claro. No me interesa lo más mínimo. Cuando alguien me pregunta de qué equipo soy, siempre respondo que del Madrid, aunque tampoco tengo ese orgullo blanco de algunas amigas mías que van a partidos y que entienden que la capital se colapse cuando sus jugadores salen al campo. Sin embargo, hay cosas de este deporte que me sorprenden: las opiniones polarizadas que se disparan, que la sociedad se divida por equipos y el dinero que se recauda. Es una barbaridad el dinero que da el fútbol. También he de reconocer que hay jugadores que me hacen gracia, porque no soy futbolera, pero hay una de contenido... que es para analizar. ¿Y por qué estoy hablando de fútbol? Amigas, porque en este momento de la historia llevaba veinticinco minutos chillando desde una grada cosas como «vamos», «ve a defender», «casi», «uyyy», «apoya al de la derecha»..., como si yo tuviera idea de lo que estaba pasando. Pero me había dejado llevar y, si en los primeros instantes me limité a aplaudir y saltar, acabé disfrutando un montón. Aquel día empezaba la liga de los chicos, y Claudia, Alexis y yo habíamos ido a animar al equipo, también a Germán. No me había parado a analizarlo mucho durante los entrenamientos, pero en el partido me sorprendió. No se cortaba un pelo. Gritos de ánimo e indicaciones expresadas, una delirante retahíla de gestos y movimientos que hasta entonces yo no había visto en él.

Todo el pueblo decía que nuestros chicos no eran muy buenos, yo no era quién para desmentir esa afirmación, pero no me lo parecía. Además, en el último cuarto de partido, los nuestros marcaron un gol. No sabéis lo loca que se volvió la gente. Por gente también me refiero a mí, ojo. Os juro que no había sentido tanta euforia desde que la dependienta de Las Rozas Village me dejó un capazo de Loewe a ciento treinta euros. Así que sí, ganamos. Las gradas estallaron en aplausos, vítores y muestras de cariño, y todos acabamos en la pizzería del pueblo. Ya allí, todo el mundo felicitó a Germán con palmadas en la espalda, abrazos de *bros* (esos en los que los tíos parece que se pegan) y brindis bruscos que hacían que la cerveza saltara por los aires y en todas las direcciones. Era el primer evento social al que iba y que hubiese sido a un partido de fútbol dejaba entrever lo que había cambiado mi vida durante esas últimas semanas.

Claudia y Alexis se fueron pronto, y yo decidí salir un momento a tomar un poco el aire. El ambiente de la pizzería estaba cargado. Demasiados adolescentes juntos. Abrí mi correo por si encontraba algo interesante que me hubieran mandado, como algún aviso de que mis editores habían cambiado de opinión y que podía negarme a escribir lo que me habían pedido. En lugar de eso, me crucé con una noticia que anunciaba que Álex se casaba con Bárbara, que estaba muy enamorado de la que iba a ser la mujer de sus hijos y que nunca había sentido ese amor incondicional con nadie. Guau. ¿Qué habían pasado? ¿Dos meses y medio?

—Hey, ¿te vas? —Germán salió a la puerta.
—No. Solo he salido a tomar el aire. Felicidades, entrenador.
—Gracias, ha sido cosa de los chicos.
—Buenos entrenamientos. —Sonreí.
—Guapo, rico y buen entrenador.
—Creo que la frase no era así...
—Eh, las frases también se versionan —se defendió, y yo sonreí—. Te he visto en las gradas. Parecías una hincha de verdad.

—Hombre, es que lo soy. En serio, no tengo ni idea, pero me ha parecido un gran partido.
—Creía que éramos muy malos...
—Es la suerte del principiante. No lo estropees —solté, y él rio.
—¿Te pasa algo? —Frunció el ceño.
—No, ¿por qué? —Ladeé la cabeza.
—No sé. De repente, es como si te hubieras apagado.
—No me pasa nada —traté de quitarle hierro al asunto—. A veces me pasa. Estoy algo cansada.
—¿Malas noticias de la editorial?
—No.
—Vale, ¿voy a tener que adivinarlo? —Alzó las cejas—. Porque tengo tiempo y una imaginación desbordante.
—No me pasa nada, Germán. —Sonreí.
—Ya sé, alguien te ha dicho que los amaneceres son mejor que los atardeceres.
—¿Qué? —Solté una carcajada. Aquello no tenía ni pies ni cabeza.
—Es eso, ¿no? Porque lamento decirte que es una afirmación cien por cien verídica.
—Claro que no es eso, pero ahora necesito que me lo expliques.
—Es fácil. Los atardeceres tienen una carga melancólica. Los amaneceres son más optimistas.
—Y entonces, según tu teoría, ¿por qué la gente solo hace fotos de los atardeceres? —Le miré, inquisitiva.
—Pues por el mismo motivo que se sienten más identificados con las canciones de desamor.
—No tiene ningún sentido, pero *touché*.
—Vale, pues, si no es eso, ya lo tengo. —Aplaudió.
—A ver...
—Te has enamorado del entrenador del equipo contrario —anunció, y yo sonreí todo lo que me dio la dentadura—, pero lamento ser yo el que te diga que es gay.
—¿Perdona? —Eso sí era una sorpresa.
—Lo sé, lo siento. —Me tocó el brazo sobreactuando—. A todas os pasa lo mismo. Yo negué con la cabeza.

—Mira lo que me he encontrado.

Le enseñé el móvil. Germán abrió los ojos al leer el titular y me pasó el botellín. Le pegué un sorbo.

—¿Estás bien?

—Sí, es solo que... —Chasqueé la lengua—. ¿Te puedes creer que nosotros nunca hablamos de casarnos? A ver, yo tengo claro cómo quiero que sea la boda de mis sueños, pero Álex decía que no creía en el matrimonio, que solo es un constructo social teñido de falso romanticismo.

—Puf. —Se pasó la mano por la cara—. Rocío, no me puedo creer que hayas estado con un tío tan imbécil.

—Ni yo —suspiré—. ¿Crees que estaba con ella antes de que le dejara?

—¿Lo crees tú?

—No lo sé. —Me encogí de hombros.

—Pues da igual, porque no importa.

—Ya.

—Además, piensa que ya ha dejado ver su cara real, y, aunque todavía no lo creas, es mejor ahora que no en unos años. Piensa que podrías estar prometida con ese esperpento de tío.

—Ya.

—Además, que a mí no me engañas. Sé que ese no es el verdadero motivo. Estás así por haber descubierto las preferencias sexuales del otro entrenador, y te compadezco.

—Me has pillado —le seguí el rollo—. Creo que no he lamentado más en mi vida no tener pene.

—Tía, no me tortures así...

Solté una sonora carcajada a la que él se sumó.

—¡*Gimme five*, Velasco!

—Esto me sigue pareciendo una gilipollez, Germán.

—Oh, ¡vamos! *Gimme five!*

Y al final, una vez más, Germán Castillo lo consiguió.

17

Cambiar el chip y la vieja canasta

¿Sabéis cuando sentís que necesitáis un periodo *Renaissance*? Las modernas de ahora lo llaman *Femme Fatale Era*, pero el significado es el mismo: tienes que romper con la chica que eras para poder ser la chica que quieres ser a partir de ahora. Pues bien, yo había pasado ya por varias de las fases de mi ruptura: el luto, el enfado, la aceptación y superar que tu ex remontase antes que tú. Incluso que se casara. Aquella semana había leído todas las entrevistas que habían concedido Álex y Bárbara, como si fueran dos celebridades. Sé que no debería haberlo hecho, pero nunca en mi vida había visto que el malo de la película se convirtiese en portada de *Forbes*, porque, vamos, eso era lo único que le faltaba al novio del año, que la editorial alcanzase los ingresos de algunas de las más veneradas. Así, por la cara.

Lo peor fue que todo el mundo estaba poniendo ahora el ojo sobre mi nuevo libro, ese que todavía ni había empezado. Qué bien. Fenomenal. Mirad, una cosa os digo: menos mal que Shakira, Olivia Rodrigo, Rosalía y Taylor Swift habían cambiado el concepto de despechada, porque, entre el emocionalmente inestable militar expulsado del Ejército que se había convertido en entrenador de fútbol y el editor que se casaba con otra dos meses y medio después de que lo hubiésemos dejado, si buscabais en el diccionario la expresión «desengaño en el amor», os juro que os topabais con una foto con mi puta cara.

Este estrés emocional había hecho que esos días fuese yo la que iba a por Germán para salir a correr. Necesitaba canalizar esta ira que sentía. Incluso había estado mirando para comprarme el aparato de boxeo con música que se había hecho viral en TikTok. Boxear al ritmo de Hannah Montana y Britney Spears sonaba a fantasía, no me digáis que no. También había empezado a ir a terapia por videollamada. Me ayudaría a gestionar lo que estaba pasando.

Aquel lunes, después de nuestros diez kilómetros —un par de meses atrás quién me iría a decir que sería capaz de correr diez kilómetros—, me puse a escribir. Estuve toda la mañana concentrada. Esto de cambiar el chip es maravilloso. Cuando fui a la cocina a hacerme otro café con leche de coco, descubrí a Germán en su jardín trasero. Estaba tratando de arreglar una canasta vieja. Abrí la ventana.

—¿Tú no deberías estar dando clase?

—¿Y tú no deberías dejar de estar menos obsesionada conmigo?

—Soy tu vecina. Acosarte es mi deber. —Sonreí.

—Los lunes no suelo ir al instituto. A veces voy, pero no a dar clase.

—¿Y por qué vas?

—¿Quieres saberlo? —Alzó las cejas—. Pues ven aquí, paso de gritar como si fuera un verdulero.

—Eres un aburrido.

Cerré la ventana, llené dos tazas con café recién hecho y abrí la puerta con la ayuda de mis pies y mis caderas. Tengo talentos inútiles de los que estoy muy orgullosa. Caminé hacia Germán y le ofrecí una taza.

—Qué generosa.

—Lo dices sorprendido. —Me hice la digna, él sonrió—. Dime, ¿vas al instituto por...?

—Porque organizo las actividades extraescolares y porque me gusta estar allí. —Se llevó la taza a los labios—. Oye, qué rico está esto, ¿no?

—Es leche de coco.
—Qué pija eres, Velasco. —Negó con la cabeza.
—¿No has dicho que está rico?
—Y lo está.
—Pues cállate.
—A la orden.

Hizo un saludo militar y puse los ojos en blanco tratando de aguantar una sonrisa sin mucho éxito.

—O sea, que eres un *workaholic* de mierda...
—¿Quién ha dicho eso?
—¿No has dicho que a veces solo vas allí por estar?
—¿De verdad va a hablar de putas la Tacones? —Fingió que lo había ofendido—. Porque te recuerdo que llevas casi tres meses encerrada en tu casa escribiendo una novela nueva con la que vas a callar al idiota de tu exnovio.

Me mordí el labio. Me sentía culpable. Me dieron ganas de contarle que no, que no estaba escribiendo una novela nueva y que era una farsante. Pero me contuve e hice lo mejor que sabía hacer en estos casos: eludir el problema y cambiar de tema.

—¿Qué haces con la canasta?
—Oh, nada. Simplemente la he devuelto a la vida. Desde que Marcos se fue, mis padres la tenían en el garaje.
—¿Le echas de menos? —Tomé un sorbo de café.
—Sí, aunque creo que nos llevamos mejor separados... —Su comentario me hizo sonreír—. Con el tiempo me he dado cuenta de que somos muy iguales, pero también muy diferentes.
—¿Qué te dijo cuando se enteró de que lo dejabas? —Germán cogió el balón y empezó a botarlo—. Germán...
—¿Qué crees que me dijo? —Me miró a los ojos.
—No quiero tener que adivinarlo. —Porque me lo imaginaba y no quería ser cruel haciendo que lo recordase—. Si no quieres hablarlo, está bien.
—Me dijo que no era un hombre de verdad y que se avergonzaba de mí.
—Tu hermano es gilipollas, Germán. —Le quité el balón—. Debería mirárselo.

—Ya —suspiró—. Me afectó bastante y estuve un poco raro cuando llegué, pero luego lo canalicé. Por eso insisto en que somos diferentes.
—Lo sois.
—Ya.
—¿Sabes lo que me explicó una vez mi psicóloga? —Boté el balón.
—¿Qué?
—Que la familia también se escoge —solté—. Me explicó una movida sobre los lazos de sangre que es un poco complicada de relatar, pero el resumen es que, a veces, solo es un constructo social y que, aunque tengamos los mismos genes, eso no obliga a la gente de nuestra familia a querernos.
—Ya.
—Del mismo modo, nuestros amigos también pueden convertirse en familia y puedes quererlos más que a personas de la tuya propia.
—¿Es lo que a ti te pasa?
Lo pensé. Pensé en el amor incondicional de mi familia de Madrid. En la bondad de Candela, la sobreprotección de Fran, los abrazos de María, el ingenio de David, la risa en sol sostenido de Celia... Era una chica con suerte.
—¿Que si mis amigos forman parte de mi familia? Absolutamente. —Volví a botar el balón—. Es más, si algún día los conoces, serás un chico afortunado.
—No me cabe la menor duda.
—Pero volviendo a tu hermano, Germán —reconduje la conversación—. A veces, de nada vale permanecer al lado de una persona que te trata mal y te hace daño, por mucha familia que sea.
—Lo sé, y sé que es difícil de entender, pero Marcos y yo nos queremos.
—¿Dónde está ahora?
—Se han retirado de Afganistán y ahora van a apoyar a Ucrania. Lo que está pasando allí es una locura.
—Ya, me imagino.
—Es buena persona, Rocío —me dijo. Yo desvié mi mirada hacia él un poco confusa—. Mi hermano.

—Nadie dice que sea una mala persona, Germán. Pero su forma de querer está pasada de moda.
—Qué educada de repente. —Me miró de reojo.
—Ya sabes lo que opino de él.
—Él también lo sabe.
—Fenomenal.

Al ver que la conversación moría, quise pinchar un poco más la sinceridad de mi vecino. A Germán siempre le ha costado horrores hablar de la relación que tiene con su hermano.
—¿Te gustaría ahora mismo estar haciendo lo mismo que él?
—No.
—No has dudado —espeté sorprendida.
—Es que lo tengo claro.
—Pues me alegro.
—¿De qué? —Su voz denotaba cierto interés.
—De que no estés en Ucrania.
—¿Por qué? —Su mirada se intensificó, aunque no entendí muy bien la razón.
—Porque te habrías perdido esto. —Y entonces lancé el balón y encesté—. Señora canasta, date por bautizada.
—Guau.
—Venga, Castillo. *Gimme five!*

18
Editaje

Estaba orgullosa de mi clase de escritura creativa. Había mucho talento en el aula, y eso me ponía de buen humor. Tras corregir los últimos relatos que habían escrito mis diez orgullosos alumnos, aproveché para abrir un debate en clase.

—¿Cómo se gestiona una ruptura?

Con aquella pregunta me quedé más ancha que larga. Los noqueé, pero Bárbara, recordad, la sobrina de doña Carmen, levantó la mano y yo la señalé antes de cruzarme de brazos.

—Con tiempo.

—Bien, más.

—¿Un clavo saca otro clavo? —se animó Pedro.

—¿De verdad crees que eso funciona? —le reté.

—¿Sí? ¿No?

—Vamos a plantearlo de otra forma. —Apoyé los brazos en el escritorio—. En este relato os pedí que hablarais de las emociones dolorosas porque son las más complicadas de expresar en el papel. Esta vez no acepto preguntas sobre cómo lo hago yo, porque sigo sin tenerlo claro. Pero lo que me ha llamado la atención es que, en los diez relatos que he leído, todos habláis de una ruptura. Algunos de vosotros habéis escrito sobre una ruptura de pareja, la muerte de un ser querido, una amiga que deja de ser amiga o una nueva etapa que os separa de la gente a la que queréis.

Por lo que os lanzo las preguntas siguientes: ¿cómo se gestiona ese dolor? ¿Cuáles son vuestras herramientas? ¿Creéis de verdad que si mi pareja me deja de la noche a la mañana voy a quedarme de brazos cruzados y voy a dejar que pasen las horas sin poner nada de mi parte? —Con la última pregunta noté que la clase había dejado de respirar. Ah, no; la que había dejado de respirar era yo—. Vale, quizá ese no ha sido el mejor ejemplo... —Y los hice sonreír.

—Creo que el tiempo es necesario —Bárbara volvía a tomar la palabra— y que cuando aceptas ese dolor te permites ser vulnerable.

—Continúa.

—No sé. La gente cree que ser vulnerable es ser débil, y a mí me parece todo lo contrario. Ser vulnerable es ser muy valiente, porque, cuando algo nos duele, deberíamos querer abrazar esas emociones y apoyarnos en nuestros seres queridos.

—Antes de dedicarme a escribir libros, también fui periodista, y un día entrevisté a Elísabet Benavent. —Ya me había asegurado la atención de la clase—. Le pregunté eso mismo, que qué opinaba de ser vulnerable. ¿Sabéis qué me dijo? —Creé un poco de expectación—. Me dijo: «Rocío, a la vida hay que mirarla a los ojos».

—¿Y eso qué significa?

—Justamente lo que ha dicho Bárbara, que hay que abrazar esas emociones y hay que ser valiente.

—¿Y qué hacemos con las emociones que duelen?

Pedro habló por todos los chicos. Sus caras reflejaban confusión. Suspiré y me apoyé en la mesa. Sabía la respuesta, pero me había costado años de lágrimas aprenderlo.

—¿Sabéis qué es el editaje?

La primera vez que oí hablar del editaje fue con Candela. Estaba obsesionada con él, y, a pesar de que yo no entendía muy bien qué significaba, parecía la cura a todos mis males. Mi amiga insistía en que lo necesitaba después de haber visto a Germán en mi primera Feria del Libro de Valencia, pero...

—Lo que me pides es imposible.

—¿Por qué? —Candela frunció el ceño.

—Porque es como si me pidieras que grabara un episodio de *Cómo conocí a vuestra madre* sobre el vídeo de mi boda.

—Ah, no. No has entendido nada.

—Entonces, ilústrame —le pedí un poco a la defensiva. Llevábamos hablando del tema media hora, y aún no había conseguido convencerme. Quizá el editaje no era para mí, y punto.

—Las personas estamos ancladas a los recuerdos porque es lo único que nos queda cuando algo o alguien desaparece —me dijo—. Esos recuerdos siempre van relacionados con momentos y lugares, y a veces esos lugares duelen.

—No te sigo, Candela —resoplé hastiada.

—Te pongo un ejemplo: cuando lo dejé con Rafa, me pasé dos años sin ir a Lisboa porque pensar en esa ciudad me dolía, y, cuando lo hice, fue una experiencia rara. Lloré, pero también descubrí nuevas cosas. Sobre la ciudad y sobre mí misma. Ahora Lisboa ya no duele.

—Porque has eliminado a Rafa de tu memoria...

—No, pero le he dado a mi memoria nuevos recuerdos con los que jugar. —Alzó los hombros—. Claro que Lisboa me sigue recordando a él, pero la última vez que estuve la viví de una forma tan intensa que ahora lo primero que pienso no es en el atardecer del mirador de Santa Lucía, donde soñaba que me pediría matrimonio algún día, sino en los paseos por el barrio de la Alfama y en la canción de Alejandro Sanz que un músico callejero destrozó cuando se enteró de que era española.

—Ya.

—¿No hay un lugar al que no hayas vuelto desde que Germán y tú os dijerais adiós?

En ese momento, miré a mi mejor amiga con cierta desconfianza. Lo que decía tenía sentido... Claro que tenía sentido, pero he de reconocer que su pregunta revolvió mis recuerdos y el corazón se me encogió. Suspiré rindiéndome.

—Hay uno peor —reconocí.

—Pues creo que es hora de liberarlo.

Por allá entonces estaba escribiendo mi segunda novela con Álex, quien insistió en que a mi protagonista nueva le hacía falta un *toque*, y eso suponía profundidad. No sé cómo Candela me convenció para que volviera al hotel del norte donde Germán y yo tuvimos aquella conversación que marcó un antes y un después en nosotros, pero hice una maleta pequeña y me preparé para enfrentar a los fantasmas de lo que pudo ser y no fue.

Mi primera lección fue aprender lo mucho que puede cambiar todo en cuestión de un año. Los lugares también se transforman, y eso no significa que sean mejores ni peores, simplemente son diferentes. Aquel hotelito del norte seguía teniendo escenarios que Germán y yo compartimos y que revivían en mi memoria al pasar por delante de ellos. Sin embargo, el verdor de las hojas de ese verano adoptó tonos más maduros, anaranjados, amarillentos y rojizos, que interpretaban la misma melancolía que yo sentía. Candela tenía razón. Llegó un momento en el que no pude más y lloré. Lloré hasta que fue mi propio corazón el que me pidió que dejara de hacerlo. Tenía la sensación de que Germán y yo nos habíamos aislado en una burbuja de permisión e irrealidad. Lo peor de aquellos días fueron las noches. Nuestra intimidad casi siempre tenía un ambiente claroscuro. No para recorrer centímetro a centímetro nuestra piel, sino para explorar nuestros miedos, dudas y frustraciones. Aquella noche, en la misma habitación, en la misma cama, pero con una realidad completamente diferente, volví a evocar aquella conversación que no había olvidado. Me pregunté por qué todas las conversaciones importantes y decisivas se hacen a oscuras. ¿Por qué las llenamos de «podríamos», «me encantaría», «ojalá algún día»…? ¿Por qué son tan reales y veraces y por la mañana cuando amanece es como si no hubiera pasado nada? ¿Por qué aquella noche no le pedí explicaciones? ¿Por qué él no quiso dármelas?

Hice nuevos recuerdos, sí; leí varios libros, comí muy rico y entablé amistad con la pianista del Bar Inglés del hotel en cuestión. Le conté mi historia y me prometió que aquella noche me dedicaría una canción. Adivinad cuál fue: «The Winner Takes It All», de ABBA. Muy apropiada. Dejé vagar mi mente entre copas de

vino y margaritas, y mientras la canción llegaba a su fin en lo único en lo que podía pensar era: «Ojalá el norte a él también le duela».
El libro se convirtió en un éxito.

Les conté a los chicos qué significaba aquel excéntrico término y les pedí que escribieran el editaje de sus propias historias. Lo veríamos juntos la semana siguiente. Que estuvieran tan motivados me llenaba de ilusión. Hacía tiempo que no sentía que alguien me necesitaba. Y me encantaba la sensación.

Volvía a ser viernes, y, mientras los chicos se despedían, miré hacia el campo de fútbol, supongo que por acto reflejo, y entonces vi a Germán con una rubia que parecía recién sacada de un catálogo de Barbies modernas. ¿Sería esa Lola? ¿Marisa quizá? Dios, ella corrió hacia él y le plantó un morreo ardiente. La recibió sorprendido y apasionado a partes iguales, y los dos se fueron hacia su coche, imagino que dispuestos a empezar el fin de semana.

Me senté en la silla e hice un ejercicio de reflexión. Iba a llamar a las cosas por su nombre, y para ello tenía que ser sincera conmigo misma: estaba celosa. Muy celosa. Los celos son como el barro. Cuando la lluvia empieza a mojar la tierra es hasta agradable, atractivo. El olor a tierra mojada presume de un nombre propio que ahora las pijas usan para definir sus findes en el norte, «petricor». Sin embargo, cuando la lluvia fina se vuelve torrencial, el barro se complica y se hace fangoso, molesto y resbaladizo. Y creo que en aquel momento estaba rozando la línea roja que separaba un campo del otro. No había sentido celos por Bárbara Martín de la Calle, así que no podía sentir celos de la Barbie Choni de los viernes.

De hecho, no podía estar celosa. No tenía sentido. Aquello no podía estar pasando otra vez. Era la tercera vez en nuestra historia que sentía esa conexión, ese sentimiento de que la piel tiene memoria. No quería que Germán me volviera a mirar como me estaba mirando. No quería que me tocara. No quería que me hiciera sonreír si luego se enamoraba de otra.

¿Cómo había llegado a aquel punto? ¿Cómo había permitido que una vocecilla pensara que quizá y solo quizá podría haber llegado nuestro momento? Nuestro momento no llegaría nunca, porque Germán y yo nunca llegábamos a tiempo. Entonces ¿por qué tenía interés en saber qué había sido de su vida en todo este tiempo? ¿Por qué quería saber si me había echado de menos, si había pensado en escribirme todas esas veces en que había pensado hacerlo yo, si los atardeceres seguían poniéndole triste o si La La Love You y las estrellas seguían recordándole a mí? Joder, quería saber si se arrepentía. Sobre todo eso, si se arrepentía de haber permitido que nos distanciáramos. Si también había pasado noches preguntándose si otro podría hacer que nos costara menos, si le entró miedo o si acaso yo me rendí justo antes de que lo nuestro saliera bien.

Pero eso no podía pasar. Claro que no. No iba a volver a ser la idiota que regresaba a su vida para saberlo todo sin estar dentro de ella. Porque Germán era experto en eso: te cuidaba, aparecía justo en el momento en el que más lo necesitabas, te demostraba que, a su lado, nada malo iba a pasar. Pero luego se largaba a la francesa. Siempre igual.

Dios, debería haber metido el Orfidal en la maleta cuando Candela me lo ofreció. Lo que habría dado entonces por una de esas pastillitas debajo de la lengua para que todo me diera menos vértigo. Tenía que calmarme para recuperar el control de mis emociones. ¿En qué momento dejé que se apoderaran de mí? Yo no era así. Era la reina de la compostura. ¿Por qué el puñetero Germán de los cojones me alteraba tanto?

De camino a casa estudié mis opciones, que no eran muchas. Pero, justo cuando me planteaba tirarme en el sofá a lo Bridget Jones, la voz de Candela me resonó en la mente como una canción vieja de rock: «Si no puedes con tu enemigo, únete a él». A ver, acababa de salir de una relación larga que había tenido un final muy abrupto. Tener una cita con un desconocido quizá no fuera algo tan horrible. Es más, podría ser hasta divertida. Al fin y al cabo, ¿a quién no le gusta un dulce de vez en cuando?

Entré en casa con la adrenalina a tope y supe que había llegado el momento: me descargué unas cuantas *dating apps*, por tener variedad. No me explayé mucho en los detalles, puse fotos que no fueran de estudio —nadie quiere fotos de estudio en Tinder, de nada— y empecé a deslizar a la derecha e izquierda de forma aleatoria. A medianoche, con media botella de vino blanco bebida, tenía tres candidatos. E iba a quedar con uno al día siguiente para ir a desayunar.

Cuando quedé con Chico A (mencionar su nombre carece de sentido y relevancia para esta historia), mi cuerpo se sintió mejor. Mi relación con Álex duró varios años. Fue mi primer y único novio serio, los otros habían sido rollos sin importancia, y en su compañía viví muchos aspectos de mi sexualidad. Con él perdí la virginidad y, aunque no éramos muy innovadores, encontramos qué nos funcionaba a los dos y con qué nos encontrábamos cómodos. Lo cierto es que probar cosas nuevas no entraba dentro de los planes de Álex. Una vez propuse algo diferente y me respondió: «Rocío, más vale malo conocido que bueno por conocer». No lo volví a intentar más.

Con Chico A desperté una parte de mí que no conocía. Entré a ese bar un tanto nerviosa, pero, tras comprobar que era una persona normal (y que tenía pelo), no tanteamos mucho el terreno. Pasamos directamente a la acción. Y me sentí bien. Y me sentí increíblemente bien las tres veces que lo hicimos. No se quedó a dormir y yo lo agradecí internamente, porque no tenía intención de volver a verlo.

A lo largo de la semana siguiente traté de evitar a Germán. Correr sola no era lo mismo, pero encontré un pódcast que me entretenía y que cumplía con su papel. Así que aquí paz y luego gloria. Llegaba a casa, me duchaba, salía a desayunar con Alexis, con Claudia o con los dos y fingía lo mejor que podía que estaba cómoda, que la situación me venía como anillo al dedo y que, obviamente, no me molestaba que Germán no me hubiese escrito ni se hubiese pasado por casa durante las dos semanas que pasé de su puta cara y quedé con Chico B, Chico C y Chico D.

Aquella noche decidí comentarle a Candela que había salido fuera de mi zona de confort:

—No soy quién para opinar...
—Pues no opines —la interrumpí.

Todos los domingos hablábamos por FaceTime, justo después de un intento de llamada con mamá. Nunca sabía por dónde andaba la tía, nunca tenía una cobertura sólida.

—Amiga —suspiró—, nunca pensé que diría esto, pero creo que tienes que hablar con Germán.

—Antes me hago una permanente y me pongo un chándal, Candela, ¿me oyes? —la amenacé.

—Tía, es que esto no es propio de ti.

—¿No decías que necesitaba terapia de choque? —No entendía el drama.

—Ya, pero llevas cuatro tíos en dos semanas.

—¿Y? —Seguía sin entender cuál era el problema.

—Que eso es algo que haría yo, no tú.

—Y ¿por qué no estás orgullosa? —me quejé.

—Porque tú eres la que cree en el amor, Rocío. —Hizo una breve pausa mientras yo la miraba—. Y, por ende, la que me hace creer a mí.

—Ya. —Deslicé los dedos por el tallo de la copa, incómoda. Los vinos con Candela siempre sabían a eternidad. Me dejé caer hacia delante—. Joder. No me puedo creer que no me haya escrito en dos semanas —confesé.

—Ya.

—Nos veíamos todos los días… Ahora pasamos catorce días sin hablar y sin cruzarnos y ¿no es capaz de escribirme? Tía, que somos vecinos.

—No debería sorprenderte —me dijo entonces—. Por lo que me has contado, eso es propio de él.

—Lo es.

—Tú eres quien lleva el timón emocional de vuestra relación. Él se limita a acatar lo que tú mandas.

—Pues ojalá no lo hiciera, Candela. —La volví a mirar—. Ojalá entendiera de una vez qué pasa por su cabeza. Nos haría la vida mucho más fácil a los dos.

—Él dirá lo mismo de ti.

—Puede —suspiré—. No sé, Candela.

—¿Nunca te has planteado escribir sobre él? —soltó de repente.

—¿Cómo?

—No sé. Simplemente, me sorprende. —Alzó los hombros—. Los dos estáis cucú Chanel de remate, pero, dejando a un lado ciertos patrones tóxicos, suena a libro con el que las adolescentes suspiran.

—Supongo que no me apetece desnudarme de esa manera.

—¿Por qué? ¿Por que Germán sepa lo que sientes?

—No, porque, una vez que lo deje escrito, la que lo tendré que aceptar soy yo.

19

El mercado está fatal

—¿Tan malo sería? Digo, el descargarte una aplicación para ligar.
—¿Crees que no lo he hecho, Claudia?
Aquella tarde había quedado con Claudia para tomar un vino, aunque habíamos dicho uno y ya íbamos por la tercera copa. Quería evadirme y también ser un poco sincera con quien había sido mi compañera de batallas. Ella me conocía muy bien, porque puede que hubiese cambiado, pero mi esencia era la misma; seguía siendo aquella niña con los mismos miedos e inquietudes que solo buscaba a alguien que la quisiese de verdad.
—Ah, ¿sí? —Parecía sorprendida.
Y lo entendía. Lo entendía porque no era algo típico de mí. Por eso asentí y confesé:
—A mí no me puedes dejar sola con una botella de vino, porque uno, me la bebo, y dos, hago tonterías como esta.
—¿Y has quedado con alguien? —Sentía curiosidad ante mi nueva faceta. La entiendo, yo también la habría tenido.
—Claro.
—¿Y? —Alzó las cejas.
—Y han sido las cuatro peores citas de la historia.
—¿Qué? —Se descojonó—. Linda —llamó a la camarera—, tráenos dos pinchos de tortilla. Tía, ahora sí. —Puso su mano encima de la mía—. Cuéntamelo todo con pelos y señales.

De repente, hablar de mis penosas citas para nada románticas me pareció divertido. Saqué mi móvil y le hablé a Claudia de los afortunados: Chico A, Chico B, Chico C y Chico D.

—Ay, no, Rocío...

—Ya lo creo. —Me llevé la copa de vino a los labios—. El resumen es: Chico A es facha.

—Aunque tengas una mala racha, no te folles a un facha.

—Pues que sepas que el refrán me lo pasé por el forro —solté, y Claudia se defendió con una sonora carcajada.

—Chico B piensa que mi trabajo no es serio, por lo que se pasó toda la cita hablando de cuánto curro tiene en el bufete y, las veces que le interrumpí para comentar algo sobre el mío, me decía: «Bueno, no te quejes por eso. Ojalá yo pudiera hacer algo así, porque en el bufete...».

—Lo que no sé es cómo aguantaste hasta el final de la cita.

—Yo tampoco lo sé —resoplé al recordarlo—. Chico C tiene *mommy issues*. De hecho, ni me salió a cuenta el polvo que echamos.

—¿Por?

—Porque nos llamó su madre mientras lo hacíamos, tía —solté.

—¿Qué? —Claudia se llevó las manos a la boca—. Dios mío, Rocío.

—Ya.

—¿Y el chico D?

—Chico D tiene hijos, maricón.

Claudia volvió a soltar una sonora (y larga) risotada a la que yo me sumé. Sí, todo era gracioso, pero me sentía un poco patética, las cosas como son.

—Claudia, el mercado está fatal —le advertí—. No sueltes a tu hombre jamás.

—Tranquila, no pensaba hacerlo. —Sonrió.

—Chica lista.

—¿Cómo llevas lo otro?

—¿Lo de Álex? —Claudia asintió—. Pues lo llevo.

—No me quiero imaginar por lo que estás pasando.

—No gastes energía en eso —le pedí—. Ya lo llevo mejor. En parte, eso ha sido gracias a vosotros.

—Y a Germán.

—Y a Germán. —Tampoco era cuestión de negarlo.

—¿Te lo has encontrado en alguna aplicación?

Claro que me lo había encontrado. Le di a la derecha para saber si una aplicación era capaz de resolver lo que nosotros no habíamos resuelto en un montón de años. ¿Y sabéis qué pasó? Que hicimos *match*. No sé con qué intenciones lo hice. Supongo que con la disposición de reforzarme el ego o hundirme en la miseria, pero, cuando vi el resultado, solté el móvil y me fui a dormir. A la mañana siguiente, salí a correr como siempre y recé por no cruzarme con él mientras desayunaba con Claudia y Alexis. Me moría de la vergüenza, creo que ni hubiese podido hacer una broma de quinceañera... ¿Aquel *match* sería de verdad?

—Sí. Y ¿qué?

—¿Cómo que «y qué»? ¿Hicisteis *match*?

—Por supuesto. —Me llevé la copa a los labios tratando de restarle importancia.

—Cuenta. —Me dio en el antebrazo y yo me recosté en la silla.

—No me ha dicho nada. No sé nada de él.

—Juro que a veces no os entiendo —resopló.

—Yo tampoco lo entiendo —suspiré—. Hace unos días que estamos raros. A ver, es cierto que lo he estado evitando para no pensar en sus putas novias Tinder, pero, joder, es mi vecino, paso de él a saco durante catorce días... ¿y no me dice nada? Deja un poco que desear.

—Rocío, os gustáis.

—¿Nos gustamos? —Alcé los hombros—. No lo sé. O sea, está claro que tenemos algo que resolver. He estado muy colada por Germán, y Dios sabe que me lo tiraría sin pensármelo...

—Rocío... Que no lo harías sin pensártelo, tronca —resopló sonriendo—. Es más, te lo pensarías tanto que quizá ni lo harías.

—¿Sí? No lo sé —confesé—. Mira que ahora estoy muy desesperada.

Y no porque con Álex follara a todas horas, porque no lo hacía, pero ni de lejos. No obstante, Chico A abrió la caja de Pandora y sacó una faceta mía que no conocía: la sexy, la salvaje, la poderosa. Siempre me había gustado conocer a los hombres antes de quitarles la camiseta, pero, a esas alturas de la *movie*, con que supiera follar bien y no tratara a mi clítoris como un botón de ascensor me bastaba.

Germán me gustaba. Es decir, tenía ojos y era algo obvio. Siempre nos habíamos atraído y éramos adultos. Aunque era cierto que sacaba de mí una parte íntima y peculiar que no surgía con nadie más, que ni siquiera asomó del todo cuando estaba con Álex. La culpa no era suya, Germán nunca trataba de aparentar ser alguien que no era, y eso me encantaba. Pero me conocía, más de lo que me hubiese gustado reconocer. En aquel momento me apetecía una atracción simple, segura y sin compromisos. Con Germán las cosas siempre se acababan complicando, y lo peor era que yo salía perdiendo.

—El día que estéis juntos, os voy a recordar lo tontos que habéis sido durante todo este tiempo... —dejó caer.

—Eso no va a pasar. Nos tenemos superados.

—No os tenéis para nada superados. —Se rió—. Solo hay que veros, parecéis dos adolescentes.

—¡No parecemos dos adolescentes!

—Rocío, la pasividad tóxica no es chic.

—No estoy siendo pasiva. ¡Ni tóxica!

—Pues entonces, si quieres saber qué pasa entre los dos, ¡pregúntaselo!

—Que lo haga él, ¿no?

—Ya lo ha hecho y le dijiste que no.

—¿Te lo ha contado? —Estaba flipando. ¡¡¡No me lo podía creer!!!

—A mí no, pero a Alexis sí.

—Tía, pero ¿por qué siempre soy yo la que tiene que tirar de la cuerda?

—Porque funcionáis así —quiso recordarme, pero yo no estaba tan convencida—. Es increíble que hayan pasado tantos años y sigáis haciendo el imbécil. ¿Sabéis la de cosas que os estáis perdiendo?

—Si Germán y yo tuviéramos que estar juntos, ya estaríamos. Hemos tenido muchas oportunidades.

—¿Y no se os ha ocurrido pensar qué ha fallado?
La pregunta de mi amiga me descolocó completamente. Se llevó la copa de vino a los labios mientras yo me metía una chuche de sandía a la boca con el ceño fruncido.
—No sé si quiero que continúes...
—Le he dicho a Linda antes que no permita que estas copas estén vacías, así que es momento de sacar la carta. —Cogió su bolso.
—No...
—Ya lo creo...
—¿Todavía la tienes?
—Ya lo creo.
Cuando éramos pequeñas, Claudia y yo discutíamos mucho por dudas de adolescentes. Miedos ridículos, rumores que iban de boca en boca y nos preocupaban o inseguridades que disfrazábamos de verdades a medias. Un día estábamos en su casa y me preguntó si sentía algo por Germán. Obviamente, dije que no. Que nos gustáramos podía ser un problema, podía romper la dinámica de nuestro grupo. Así que se levantó enfadada de la cama, buscó un álbum de cromos de cuando era más pequeña y sacó *la carta*: un cromo de Demi Lovato en la película *Camp Rock*. Me dijo: «Atrévete a mentirle a Demi. Mírala a esos ojos marrones que cantan "This Is Me" y dile que no te gusta Germán, que todo se lo ha inventado». Claudia podría haber sido lo que quisiera en la vida, porque aún no sé cómo lo consiguió, pero me pasé las siguientes dos horas, con el cromo de *Camp Rock* entre las manos, contándole a Demi Lovato cómo me había enamorado de Germán, aunque era lo último que quería. *La carta* se convirtió en nuestra arma secreta para recordarnos que éramos un espacio seguro y que podíamos hablar de todo con franqueza. No podía creer que todavía la tuviera.
—Pero voy a hablar yo —espetó mi amiga.
Eso me sorprendió.
—Desde el día que confesaste tus sentimientos por Germán delante de Demi Lovato, supe que lo vuestro tenía que pasar.
—Claudia...

—No, ahora te callas y escuchas —me interrumpió—. Y bebe, que me estás dejando sola y crees que no me estoy dando cuenta.

—Vale, sigue. —Apoyé la espalda en el respaldo y le pegué un sorbo a la copa de vino.

—Como iba diciendo, me di cuenta de que lo vuestro tenía que pasar. Cómo os miráis, cómo os buscáis... Tía, te apoyé cuando decidiste mandarlo a la mierda al volver del viaje ese, pero cuando tu padre murió, por mucho que Alexis y yo tratamos de estar a tu lado, lo único que necesitabas fue a Germán.

—No es cierto —la interrumpí—. Vosotros me ayudasteis mucho, no os separasteis de mí, aguantasteis mis lágrimas, me arropasteis mucho. No he olvidado lo de los vasos de agua...

—Sí, claro; hicimos todo lo que creíamos que podíamos hacer dadas las circunstancias, pero, Rocío, cuando Germán apareció por la puerta, tu cuerpo reaccionó como si fuera lo único que necesitaba. Y luego él, cómo aguantó, cómo os cuidó a tu madre y a ti... Tía, os compró la casa.

Quise preguntarle si sabía por qué nunca la había alquilado o que pensaba devolvérsela a mi madre cuando volviera, pero decidí no hacerlo porque Germán me pidió que no lo hiciera. En lugar de eso, añadí:

—Pero eso no significó nada, Claudia. Simplemente fue una tragedia. Semanas después, seguía con Violeta, se fue al Ejército y yo volví a Madrid.

—Y os cruzasteis en la Feria del Libro de Valencia.

—¿Lo sabes? —Me salió una voz aguda de incredulidad. Mi amiga se mordió el labio—. Dime que no lo has leído.

—No lo he leído —me dijo; me refería al último mensaje que le envié justo después de que me preguntara si alguna vez llegaría nuestro momento—, pero, como podrás imaginar, Alexis sí.

—Me cago en la madre que me parió.

—Alexis y Germán hablan mucho, al igual que lo hacemos nosotras. Yo dije que no quería saber nada del tema, que era algo entre vosotros dos y que no nos metieran.

—Pues, mira, precisamente eso es lo que desmonta tu teoría, Claudia. Le mandé ese mensaje a Germán, mensaje que nunca respondió, por cierto, porque me preguntó cuándo sería nuestro momento y si alguna vez coincidiríamos en el futuro. Esa noche no podía dormir, Álex estaba en una boda y decidí ser valiente. ¿Sabes lo que obtuve? Silencio. Por segunda vez.

—Rocío...

—No, Rocío no. Estoy harta de que Germán tense la puta cuerda, lo deje todo en mis manos y luego se cague, la líe y me haga daño.

—No te haría daño si tú no quisieras lo mismo.

—Oh, vamos, ¡vete a la mierda!

—Si tanto lo odiabas, si tanto rencor le tienes, ¿por qué no has querido hablar las cosas? ¿Por qué has dejado que él sea el que te ha arrastrado hasta aquí? ¿Por qué lo llamaste a él y no a mí?

—Porque tú y yo llevábamos años sin hablar y no quería molestar. —Alcé los hombros.

—Pues ahora a la mierda te vas tú, porque tú dejaste de hablarme y yo me cansé de intentarlo.

—Ya —suspiré—. Lo siento por eso.

—No estoy enfadada, Rocío, pero sabías que, si hubieras llamado a mi puerta, habría ido a socorrerte.

—Ya.

—Y dejaste que Germán te cobijara, otra vez, como hiciste el día de tu padre.

—No sé adónde quieres ir a parar.

—A que Alexis tiene razón, os atraéis como dos imanes.

—Pero nos destrozamos como dos dementores —le recordé.

—Eso es porque siempre dais las cosas por hecho. Tía, llevas toda una vida diciéndome que quieres un amor como el de tus padres, uno de verdad. ¿Crees que tus padres no lucharon por su relación? ¿Tú crees que yo no he tenido que sentarme a preguntarle a Alexis qué pasaba y hacia dónde íbamos? La semana pasada escuché a la sobrina de doña Carmen decirle a otra niña que le habías dicho que a la vida hay que mirarla a los ojos. ¿Cuándo piensas hacerlo tú?

Me puse a llorar. No fue un llanto amargo ni quejoso, pero las lágrimas empezaron a resbalar por mis mejillas y no me pude contener. Me tapé los ojos con las manos y mi amiga se sentó a mi lado y me abrazó. Llevaba mucho almacenado dentro de mí y me sentía un poco perdida. Echaba de menos a mamá, echaba de menos a Candela y a mis amigos de Madrid, a quién era yo hacía unos meses, y encima no sabía cómo librar esta guerra que desde hacía años tenía nombre y apellidos. La situación volvía a quedarme grande.

—Eres una amiga horrible. —Me separé de ella cuando me calmé un poco.

—No, soy una amiga genial. Así que de nada —bromeó volviendo a su sitio.

—Dios. —Me limpié el bajo de los ojos por si se me había corrido el maquillaje.

—¿Estás mejor? —Me cogió la mano.

—Sí, pero guarda esa puta carta ya —bramé, y Claudia sonrió.

—Tranquila, que la Lovato vuelve al bolso.

—Genial.

—¡Linda, necesitamos más vino!

20

Tensión y tiramisú

Aquella noche había decidido preparar una cena para cuatro. A pesar de que soy mejor pinche que chef, en Madrid organizaba muchos saraos en mi casa. Me divertía y me fascinaba recibir a la gente. Creo que mi espíritu de anfitriona lo había heredado de mamá. Daba muchísimas fiestas cuando yo era pequeña. Todavía recuerdo aquellas tardes que se convertían en noches de risotadas y barullo. Mis padres siempre tenían alguna excusa para celebrar algo que, en el transcurso de la velada, ya nadie recordaba qué era. Mi sueño era comprar algún día una casa grande para poder llenarla de las personas que quería. Con los precios de Madrid, todavía me quedaban muchos libros que vender.

Había vuelto a cambiar —otra vez— el chip. Trataba de fusionar mis dos mundos para encontrar el equilibrio. Si Hannah Montana pudo hacerlo, yo también. Como me aburría, porque ya no tenía eventos ni rutinas con las que estresarme, decidí copiar mi *modus operandi* favorito de los jueves en Madrid: cena y margaritas. En la capital siempre encargaba un cáterin, pero en el pueblo las opciones se reducían a una sencilla cocina que desde pequeña siempre me había aterrorizado quemar. Sin miedo, me puse manos a la obra.

La comida estaba lista, la mesa montada y me sentía guapa. Diez de diez. Había invitado a Alexis, Claudia y Germán. No tenía nada en contra de él y quería dejarlo claro. Como él no daba el paso, lo había dado yo. Adivinad. Tardó cero coma en responderme con un «allí estaré», con lo que la posible excusa de «he estado muy ocupado» no me serviría. Es más, odiaba que la gente hiciese eso. No es que no tuviesen tiempo de responder o enviar un mensaje a X persona, sino que no querían. No era una cuestión de tiempo, sino de prioridades. Y, si yo no era su prioridad, me la sudaba y podía encajar el golpe, pero me decepcionaría, y no por las razones que creéis. Había creído que por una vez dejaría de ser un cero a la izquierda en la vida de Germán. A la vista estaba que no. Éramos los mismos de siempre.

Mis amigos llegaron puntuales. Alexis y Claudia trajeron vino y ginebra, y Germán, mi postre favorito: el tiramisú de su madre. No sé cómo lo hacía Marta, pero nunca había probado uno igual. En una ocasión le pedí la receta, pero me respondió con toda una declaración de intenciones: «Es una receta familiar. Así que, querida, ponte las pilas». En ese momento le habría dicho que la persona que tenía que ponerse las pilas era su hijo, no yo, pero me mordí la lengua y cabeceé complaciente.

Pasamos una noche muy agradable entre cotilleos, historietas que acababan en carcajadas y recuerdos que dibujaban en nuestros rostros sonrisas llenas de melancolía. La cena no estuvo nada mal, cosa que corroboraron mis invitados, pero yo lo gocé con el postre. Puse los ojos en blanco y todo. Ninguno quiso acompañar el tiramisú con un café. No sé por qué la gente no bebe café por la noche. Dicen que afecta al ritmo circadiano del sueño, pero ya os digo yo que al mío le da lo mismo. Puedo tomarme un café ahora y caer dormida media hora después. Lo que sí hicimos fue abrir la ginebra.

—Es japonesa —comentó Alexis—, y sé cuál es la forma correcta de tomarla.

—¿Perdona? —Puse cara de incrédula.

—¿Qué pasa? —me preguntó.

—No, nada —fingí desinterés—, pero ¿quién eres y qué has hecho con mi amigo? —Lo apunté con un cuchillo de forma irónica, lo que hizo que el resto sonriera, incluido él.

—¿Sabes qué pasa? Que ahora me he vuelto un pijo de los destilados.

—Que no te engañe —terció Claudia—. Estoy segura de que la mayoría de las cosas que dice se las inventa.

—Pero ¿cómo eres capaz de decirles eso? —Su novio parecía indignado—. Si soy un barman magnífico...

—Eso habrá que verlo. —Germán sonó conciliador.

Alexis preparó unos cócteles muy buenos, había que darle al chico el valor que se merecía, y yo saqué la baraja del UNO. Los juegos de cartas sacaban lo peor de mí. Como jugásemos al UNO, al Mentiroso o al Pueblo Duerme, de dulce y conciliadora pasaba a ser una deslenguada que soltaba improperios como «tú qué hablas, hija de la grandísima puta, desgraciada, podrida, envidiosa de mierda», y me quedaba tan ancha. Por cierto, espero que hayáis pillado la referencia del vídeo de TikTok, porque es uno de mis favoritos.

A lo tonto, se hizo tarde y a las dos y media de la mañana —las cartas son muy peligrosas porque una sabe cuándo empieza, pero no cuándo acaba— la pareja decidió retirarse. Salí a despedirlos con la convicción de que mi vecino también se marcharía, pero no nos siguió a la puerta. Cuando entré en el salón Germán estaba recogiendo la mesa.

—No te preocupes, ya lo hago yo mañana.

—Recoger entre dos es más rápido.

—Pero...

—¿Siempre tienes que discutirlo todo, Rocío?

—Claro, forma parte de mi encanto. —Sonreí.

Hay silencios que son tan familiares que se agradecen. Es más, hay quien dice que, cuando eres capaz de estar en silencio con alguien, entre esa persona y tú existe una conexión libre de inseguridades y miedos. Esos silencios significan placer, bienestar, que estás a gusto compartiendo tu espacio y tu individualidad. Germán y yo habíamos establecido ese vínculo, siempre agradecí que nuestra relación se basara en esa complicidad, pero a la vista estaba que no pasábamos nuestro mejor momento. Mientras el agua caía y la porcelana chocaba contra la encimera, pude notar la tensión.

—No ha sido tan horrible, ¿verdad? —Me vi en la obligación de romper el hielo.
—¿Por qué iba a serlo?
—Ha sido la primera vez que hacía de anfitriona con vosotros. —Alcé los hombros fingiendo desinterés—. En Madrid lo hago todo el rato con mis amigos. Se me da bien.
—En eso te pareces a tu madre. Sois generosas y os gusta la farándula.
—Hombre —alargué la «e» de forma un poco sobreactuada—, donde esté un buen sarao que se quite lo demás.
—Ha estado bien, sí. —Sonrió y me dio un plato para que lo secara.
—Alexis me ha sorprendido como barman.
—Ya, a mí también.
Solté una carcajada haciendo que él copiara mi gesto.
—Gracias por la invitación —carraspeó.
—Estaría feo no invitar a mi vecino, la verdad.
—Pues llevas evitando a tu vecino dos semanas.
Controlé el impulso de gritarle que era un gilipollas. Guardé mis demonios, lo miré de reojo y me eché al hombro el paño con el que estaba secando los platos. Germán seguía fregando. Entonces dije:
—No te he estado evitando.
—Ah, ¿no? —Su tono era sarcástico.
—Germán —le reñí.
—Rocío, que no pasa nada.
—No. —Le cerré el grifo obligándolo a que me mirara—. Esta semana he estado muy centrada con el libro, he salido a correr varias veces durante el día para tratar de despejarme. —Mentira, pero bueno—. Y no pensé que te apeteciera correr a las seis de la mañana.
—Tampoco me has preguntado —espetó con la boca pequeña.
—Y tú tampoco me has escrito para ver si me pasaba algo. —Me crucé de brazos. Germán se dio la vuelta y se apoyó delante del friegaplatos—. ¿Todo esto es porque el otro día hicimos *match* en Tinder?

—¿Qué? No —respondió rápido.
—¿Y entonces qué puñetas nos pasa?
Había levantado la voz. No lo pude evitar. Estaba enfadada, también un poco frustrada porque no entendía nada. Cada vez que se producía un malentendido entre nosotros, el patrón siempre era el mismo: dejarlo pasar o huir. Pues no me daba la gana. Estaba harta de dejar las cosas pasar.
Germán cogió un paño, se secó las manos y me miró.
—Te vi.
—¿Dónde me viste?
—En el bar.
—¿Cuándo?
—El sábado —suspiró—. Fui con unos colegas y te vi.
—¿Y por qué no viniste a saludarme?
—Porque estabas con un tío alto, rubio y de facciones nórdicas. Estaba hablando de Chico D.
—¿Y?
—¿Cómo que «y»? No iba a ir a...
—¿A saludar a una amiga porque un tío estaba ligando conmigo? Tú me animaste a que lo hiciera, ¿recuerdas?
—Ya, pero pensé que sería incómodo —resopló.
—¿El que un amigo viniera a saludar a una amiga?
—Supongo que sí.
—Los tíos tenéis un grave problema. —Su comportamiento me había vuelto a cabrear—. A mí no me pasa nada contigo.
—Ni a mí contigo.
—Bien.
—Bien.
—Genial.
Claro que nos pasaba algo, en nuestras voces se notaba el reproche. Si yo hubiera visto a Germán con una tía, habría ido a saludarle. O me hubiese escondido como una completa desquiciada y ese encuentro hubiese sido un secreto que nunca JAMÁS habría confesado. Vamos, es que ni borracha. Si actúas así, no lo cuentas, es de primero de novato. Porque lo conocía bien, sino hubiese pensado que estaba celoso.

—Pues me voy.
—Vale.
—Gracias por la invitación —se despidió serio.
—Germán.
—¿Qué? —Me miró como si esperara que fuera a decir algo decisivo.
—Dale las gracias a tu madre por el tiramisú.

21

No soy una *femme fatale*

—No voy a decirte algo que ya sabes... —Claudia me miró a los ojos.
—Te equivocas, porque no sé nada. Me pareció rarísimo.
—Está celoso, Rocío —respondió Alexis por su novia.
—¿Germán? ¿Celoso? —Los miré incrédula—. Germán no está celoso.
—¿Cómo estás tan segura?
—Porque es Germán. —Me llevé la taza de café a los labios tratando de mantenerme serena—. Germán no se pone celoso con nada, y mucho menos si tiene que ver conmigo.
—Tú sabrás... —me dejó caer Alexis.
—Si tienes algo que decir, dilo —le pedí.
Conocía a Alexis desde hacía muchos años, sabía cuándo las palabras le ardían en la garganta.
—A Germán siempre le has gustado, Rocío. Y no es algo que me guste decir con orgullo, porque los dos sois mis amigos y porque él no sabe nunca lo que quiere, pero a la vista está lo que os dije hace unas semanas.
—¿Lo de los imanes? —Él asintió—. Un momento, ¿has dicho «os dije»? ¿Has hablado con él de mí? —Hice como si Claudia no me hubiera dicho nada y no supiera que había leído los mensajes que le envié y que hablaban de mí.

—¿Crees que no ha venido a decirme lo guapa que estás y las cosas raras que siente? —me preguntó como si fuera algo obvio, pero mi cabeza colapsó. No esperaba que fuera tan directo—. La verdad, Rocío, es que a mí Germán no me gusta para ti.
—Pues a mí sí —intervino Claudia—. Y a ti también.
—Claudia...
—No, dile lo que piensas de verdad —le pidió. Yo los miraba un poco desconcertada, no sabía a qué se referían—. No necesita que la protejas, Alexis, para eso ya me tiene a mí.
—Germán nunca ha luchado por ti, Rocío —dijo al fin Alexis—, y lo que tenéis es un tira y afloja constante que a ti te hace daño.
—Pero...
—Claudia, por favor.
—Pero... —insistió mi amiga.
—Pero tú tampoco has hecho las cosas bien —me dijo, y yo fruncí el ceño más desconcertada todavía—. Está claro que has actuado mejor que Germán, pero también podrías haberlo hecho mejor.
—Está claro —dije.
—Tenéis que sentaros y hablar.
—¿Para qué, Alexis?
—Rocío, si Germán pensara que eres la mujer de su vida, ¿no te gustaría que peleara un poco más?
—No voy a responderte a eso.
—Pues piensa que quizá él está pensando lo mismo que tú.
—¿Y que no pelee, Alexis? Dime, tú que has leído los mensajes, ¿no crees que debería pelear?
—Solo digo que quizá tú piensas que sí, pero escribir algo parecido a un microcuento a una persona que no tiene el mismo bagaje emocional que tú es más bien un ataque.
—En eso consiste pelear, ¿no?
—Pero lo que queremos es una victoria conjunta, Rocío, no una guerra que arrase con todo y en la que solo haya un ganador.
—Entonces ¿ahora la mala soy yo? —Estaba flipando.
—En absoluto —me tranquilizó Claudia.

—Pero en esta historia no hay buenos ni malos —dejó caer Alexis—. Solo miedos, dudas y muchas conversaciones pendientes.

Estaba más rayada que mi disco *Fearless*, de Taylor Swift. No me había planteado ningún tipo de realidad con Germán. ¿Que me había levantado algún día con la tontería y me había imaginado su brazo rodeándome el cuerpo como si fuera un brazalete? Sí. ¿Que me había imaginado el mejor polvo de mi vida con él incluyendo momentos gráficos diseñados por una mente que me jugaba malas pasadas? También. Pero una relación, que yo fuese la mujer de su vida o que el fuese el hombre de mi vida… Eran cosas diferentes… porque queríamos cosas distintas. Él nunca abandonaría el pueblo y yo jamás abandonaría Madrid, que me había dado todo lo que tenía y me había ayudado a ser quien era. Madrid era mi lugar seguro, aunque muchas veces me hubiese llevado unos buenos golpes que me habían dejado prácticamente inconsciente. Lo que teníamos Germán y yo era una curiosidad envuelta de tensión sexual por lo que pudo ser y no fue. Porque, si eso no fuera así, ¿por qué nos estaríamos complicando tanto? Si nos gustábamos, ¿por qué no nos liábamos? La cosa era bien sencilla, ¿no? No nos hacía falta sentarnos a remover mierda. Esos sentimientos ya no existían, ¿no?

A ver, compartimos momentos. Nos unía un vínculo de muchos años en los que habíamos pasado de todo, pero en el terreno sexual psicoafectivo buscábamos cosas distintas: él, emociones fuertes que acababan siendo placeres descafeinados, y yo, sanar junto a una persona que volviese a hacerme sentir la emoción de las mariposas en el estómago y la adrenalina de encontrar a un compañero de vida que me abrazase por las mañanas como si fuera la joya más cara de una exposición. Yo era una chica de relaciones largas. Eso era lo que quería. Eso era lo que merecía. Pero no tenía claro que estuviera preparada. Hacía ya varios meses que lo había dejado con Álex, pero no sabía si me apetecía dejar entrar a alguien de esa manera.

Cerré las aplicaciones de ligues. Buena parte de la población estará en desacuerdo con lo que voy a decir: había entrado en una dinámica que me hacía sentir vacía. No entendía cómo Germán aguantaba, pero lo único que tenía claro en ese momento es que ese mercado no era para mí. Candela tenía razón. Lo de acostarse con un desconocido estaba bien, había que probarlo una vez en la vida, pero yo no ansiaba eso. Creía que una época de *femme fatale* me vendría bien, que me inspiraría para escribir, pero solo había durado cuatro citas. Sí, las cuatro citas penosas que le conté a Claudia en el bar. Me había dado cuenta de que quedar con un tío con todas las cartas puestas sobre la mesa le restaba toda la emoción al asunto. Recordaba lo que le dije a mi amiga: Chico A era facha, Chico B pensaba que mi trabajo era *cute* pero no serio, a Chico C le llamaba su madre cada veinte minutos (incluso tuvimos que poner el cronómetro mientras follábamos) y Chico D… Chico D tenía dos hijos, y no estaba preparada para ser la madrastra de nadie. Ninguna de las cuatro ocasiones mereció la pena.

Había recuperado *mi norte*. Había vuelto a ser la esperanza de las chicas que aún pensaban que era posible encontrar el amor en el lugar más insospechado. No podía evitar ser el rayito de luz de esos sentimientos que emergían fuera de un chat vacío y forzado. Pero allí había gente que de verdad pensaba que encontrar al amor de sus vidas era posible. Supongo que en un contexto de mierda como el que vivimos tiene sentido, pero aquello no era para mí. Nunca he estado de acuerdo con ese refrán de «tienes que besar a muchos sapos para encontrar un príncipe». Ligar por *dating apps* no era lo mío, y punto final.

22

Catwoman

Volvía a ser viernes. Mientras mis alumnos (me costaba llamarlos así, pero la verdad es que lo eran) compartían en voz alta sus planes, yo decidí que me centraría de una vez por todas en la novela. Podría empezar con una reflexión sobre el sentirse plena o vacía, tampoco era una mala idea, no, y podría tirar del hilo y ver por dónde me llevaba. También podía llamar a Candela para que me entretuviese. Al acabar la clase, Germán me estaba esperando en la puerta. Ladeé la cabeza algo sorprendida. No lo esperaba. ¿Qué hacía allí?

—Hey, hola. —Sonreí tímida tratando de ocultar las conversaciones que había tenido últimamente sobre él, como si pudiera averiguarlo solo por mi expresión.

—Hola. ¿No me dijiste que solo tenías una alumna apuntada a tu clase? —Me guiñó un ojo—. Han salido diez.

—Hay algunos adolescentes más tímidos que otros —opté por responder, pero en mi cara se notaba mi orgullo.

Germán sonrió enseñando la dentadura.

—Claro, que seas una escritora de éxito seguro que les impone.

—¿Te impone a ti?

—Claro que no. —Pero sí lo hacía.

—Ya, claro. Pero, bueno, quien me conoce bien sabe que soy de todo menos una persona que impone. —Al escucharme, me di cuenta de que mis palabras sonaban a indirecta, una indirecta que él pareció calar porque asintió. Carraspeé—. ¿Necesitas algo? —le pregunté mientras ordenaba unos libros. Todo fuera por parecer desinteresada y lo menos nerviosa posible.

—No, no. —Se metió las manos en el bolsillo—. Es solo que...

Me giré para mirarle.

—¿Qué haces hoy?

—¿Hoy? —Fruncí el ceño.

—Sí.

—Es viernes.

—Lo sé.

—Pues ¿qué hago hoy? —resoplé—. A ver, la verdad es que no debería contarte esto, porque es un secreto mundial, pero en cuanto anochezca me pondré un mono de látex e iré a pegarle una paliza a todo aquel que ejerza el mal.

—Guau. —Se sacó las manos del bolsillo y se apoyó en un pupitre al mismo tiempo que decía—: Ya sabía yo que eras especial.

—Guárdame el secreto —lo amenacé.

—Lo haré. —Sonrió, y yo le copié el gesto—. ¿Hacemos algo?

—No.

—¿No? —Parecía desilusionado.

—No quiero que Lola o Marisa me hagan vudú. *Not my style* —espeté, y Germán miró hacia arriba con hartazgo.

—¿Te he dicho alguna vez que eres insoportable?

—Creo que a insoportable puedes ganarme. No te rindas.

—Pasaré a por ti a las ocho.

—No, Germán, voy a escribir.

—Te pasas el día escribiendo, Rocío.

—Pero...

—Eres una pesada —me interrumpió—. Te recojo a las ocho. Sé dónde vives, tengo paciencia y soy insistente.

—Eso no hace falta que lo jures.

23

Placeres descafeinados

—Te juro que ahora me encantaría tener mi armario de Madrid.
—¿Para qué? Cuantas más opciones, más difícil lo tendrás —opinó Candela al otro lado del FaceTime—. Además, tienes muy buen gusto, y, sea lo que sea que vayáis a hacer, no creo que necesites tu vestido de palabra de honor con volantes y lentejuelas.
—¿Quién sabe? A lo mejor, hoy era el día —suspiré.
Estaba nerviosa. Bastante nerviosa. Y no debería, joder. No debería porque el plan era parecer desinteresada. ¿Cuándo había empezado a interesarme esto, eh? Germán no solía planear. Era más bien espontáneo, pero gracias a nuestros amigos tenía cierta información que me aterraba. Además, habíamos intercambiado unos mensajes que no me habían ayudado una mierda. En aquel momento la moda era lo último que me quedaba.

> Puedes decirme adónde vamos?

> Claro que no.
> Es una sorpresa

> Uno, no me gustan las sorpresas

> Dos, es para saber qué ponerme, Germán

Cualquier cosa está bien

> Mira, no.
> Los tíos siempre decís eso.
> Y no.
> Cualquier cosa NO está bien

Cuando las tías quedáis con un tío, créeme, en lo último en lo que piensan es en lo que lleváis puesto

> Te sientes identificado?

Que si te he imaginado desnuda? Claro que sí

> Germán!

Y muchas veces

> No deberías estar diciéndome esto…

Por qué?

> Porque es algo íntimo

Ah, tranquila.
No tengo ningún problema en que lo sepas.
Además, eres tú la que me abre en camisón.
No culpes a la víctima

> Pues tranquilo, la próxima vez me aseguraré de abrirte con un burka

Ah, no.
No es necesario.
No me he quejado en ningún momento
Pero has preguntado
Mi deber contigo era ser sincero

> Eres...

Rocío, no te compliques.
Como si vienes disfrazada de la abeja Maya

—¿No te ha dicho adónde vais? —me preguntó Candela.
—Claro que no. —Omití el resto de la conversación—. Es una sorpresa.
—Tía, pues déjate llevar —me recomendó—. Un vaquero, y para delante.
—Te juro que ahora le pegaría un puñetazo.
¿Qué coño era eso de que me había imaginado desnuda? A tomar por culo todo. Porque yo también me lo había imaginado desnudo y no me había tomado la libertad de decírselo. Un poco de decoro, joder. Al final, me decidí por un conjunto de punto color crema. Hacía fresquito y los jeans siempre me helaban las piernas. Además, los vaqueros eran para las que no se complicaban, y yo me complicaba con todo. A las ocho cero cero, Germán tocó la puerta. Abrí.
—Qué puntual.
—Qué vestida —contraatacó.
—No será por tu ayuda. Cojo el bolso y voy.
—Vale.
—¿Sabes? No hacía falta que vinieras hasta aquí.
—Quería asegurarme de que no habías huido a Singapur.
—No pudo evitar sonreír.

—No he encontrado vuelos. —Hice un mohín irónico y me puse a su lado—. Ya estoy. ¿Vamos? —Pero al ver que no decía nada, que ni se movía, pregunté—: ¿Qué?

—Nada, estás guapa. ¿Vamos?

Germán era desconcertante. Sabía cómo sacarme de mi zona de confort y cómo sorprenderme sin cartas elocuentes, extravagantes o lujosas. Subimos a su Ford Ranger y no hablamos en todo el camino. El cielo comenzó a mutar de color de forma gradual durante los veinte minutos que estuvimos en la carretera. No me gusta conducir, pero me encanta ir con alguien en el coche. Me gusta la sensación de alejarme y dejar atrás las líneas blancas que se van cuarteando. A mitad de camino, mientras sonaba «Yellow», de Coldplay, analicé los gestos de Germán: las venas en relieve, la mandíbula ligeramente tensa y los ojos marrones concentrados en la carretera. Lejos de buscar su atención, traté de memorizar algunos detalles que creía haber olvidado, como ese lunar en la frente o esa nariz bien distinta de las famosas narices grandes de hombre que a mí siempre me habían horrorizado. Cuando quise darme cuenta, ya habíamos llegado. ¿Destino? La playa.

—¿Un paseo en la playa?

—Un pícnic en la playa. —Me miró, y yo sonreí.

Una de las cosas que más me gustan del mundo y que Madrid no puede darme es el mar. Soy una chica de olas, mareas y olor a salitre. Si estaba nerviosa, si no sabía cómo afrontar una situación o si simplemente necesitaba pensar, el mar era mi mejor aliado. Mamá y yo solíamos venir mucho cuando murió papá. Nos sentábamos una al lado de la otra y nos limitábamos a ver cómo las olas más salvajes destruían a las pequeñas para llegar antes a la orilla. Al final, acababan como las primeras, sin forma y absorbidas por la arena. Todos acabábamos un poco igual.

—¿Cómo se te ha ocurrido venir a la playa?

—Sabía que te iba a gustar.

Germán había pensado en todo, hasta había traído unas linternas que introdujo en unos tarritos de cristal para disfrutar de una luz más íntima que no nos cegara. Había comprado pizza y preparado unos aperitivos. Se lo había currado. Mucho. Incluso diría que demasiado.

Fue una noche muy especial. Una de las cosas buenas que teníamos Germán y yo era que podíamos hablar de cualquier cosa. Siempre había algo que nos rondaba la cabeza y me parecía asombroso que pudiésemos elegir entre hablar sin miedo a quedarnos sin tema de conversación o compartir un silencio sin sentirnos incómodos.

—¿Puedo hacerte una pregunta? —Lo miré.
—Por favor.
—¿Cómo sabías que correr me ayudaría a dormir mejor?
—Porque piensas demasiado.
—En serio. —Le di en la pierna.
—No, en serio, piensas demasiado —insistió—. Simplemente necesitabas algo que te obligara a dejar de hacerlo.
—¿Esto también lo aprendiste en el Ejército?
—Sí y no.
—Desarrolla.
—Al principio, lo que peor llevé fueron las maniobras.
—¿Eran muy duras?
—No especialmente. A ver, pasabas mucha hambre y frío y no estabas en las condiciones más confortables, pero las noches... —Hizo una pausa—. Las noches eran muy tranquilas y silenciosas. Te obligaban a estar solo con tus pensamientos.
—Ya —dije—. ¿En qué pensabas?
—Pues en mis padres sobre todo. En mi hermano y en cosas de la vida, no sé. Si era lo que quería, si sabía quién era, si seguía queriendo a Violeta...
—¿Pensaste en mí?

Era una pregunta intencionada, repleta de confusión, dudas, y con la esperanza herida esperando ser reconfortada. Me esforcé por que no sonara así con un tono dulce y despreocupado. Germán me miró a los ojos, parecía no haberme entendido.

—¿Que si pensé en ti cuando estaba a solas con mis pensamientos? —Yo iba a decirle que lo olvidara, que había sido una pregunta estúpida, pero se me adelantó—: Claro que sí, Rocío.

Creo que no ha pasado una sola noche que no haya pensado en ti desde que te fuiste a Madrid.

No supe qué decir. Eso era lo que quería escuchar, lo que esa débil esperanza albergaba como una respuesta poco probable, pero no lo esperaba. Asentí y decidí darnos un descanso:

—¿Qué van a pensar Lola y Marisa esta noche? —Germán negó con la cabeza—. Las has dejado sin plan.

—Lo superarán.

—¿Qué buscas en ellas?

—¿En dónde? —Frunció el ceño.

—En las *dating apps*.

—¿De verdad que tengo que decírtelo? —Me miró confuso, pero, al ver que no decía nada, continuó—: Follar, Rocío —soltó sin pensarlo—. Follar y ya está.

—*No feelings*.

—*No feelings* —afirmó con convicción mirando al frente—. Supongo que lo que todo el mundo.

—Ah, no, a mí no me metas en ese saco.

Aquel comentario llamó la atención de Germán, quien desvió su mirada hacia la mía.

—¿No hicimos *match* en Tinder? —Se encogió de hombros.

—Sí, pero me he borrado.

—¿Y eso? —Parecía sorprendido.

—Porque a mí me hacen sentir vacía y porque yo no busco lo que tú buscas.

—¿Y qué busco yo? —Tenía las cejas ligeramente arqueadas.

—Le tienes miedo al compromiso y por eso buscas placeres descafeinados.

—¿Qué es eso de placeres descafeinados?

—Pues eso, placeres descafeinados…

—Explícate.

—Según el diccionario, el placer es una acción o sentimiento que implica el disfrute. Puede ser momentáneo y también continuado. Follar con una desconocida no renta a largo plazo, y si algo he aprendido en mis cuatro penosas citas es que hay demasiada tontería haciendo ruido para conseguir un polvo —resoplé.

Germán no dijo nada—. Preguntas de cortesía que no te importan realmente, cervezas aguadas en una conversación vacía que tampoco es necesaria, porque ambas personas saben de antemano cómo van a acabar. ¿Para qué? ¿Un polvo de veinte minutos cuando ni te planteas que se quede a dormir? —le pregunté, pero Germán guardó silencio—. Es un placer descafeinado.

—No todas son así.

—Claro que no, y, ojo, que no tiene nada de malo y yo estos meses tampoco he sido casta y pura, pero, joder... —Miré a Germán a los ojos. Él me devolvió la mirada—. Creo que prefiero hacerlo con alguien que me guste realmente a con un desconocido de Tinder o lo que sea. —No quería convencerlo, pero de verdad que me parecían cosas tan diferentes...

—Ya, pero ¿cómo vas a conocer a alguien que te guste realmente si no le das la oportunidad?

—¿De verdad crees que vas a encontrar al amor de tu vida ahí? —No quería sonar prepotente, pero en ese momento Germán me parecía demasiado ingenuo.

—No lo sé, Rocío, pero no quedo con tías que me molan porque le tenga miedo al compromiso. —Parecía enfadado, pero no conmigo, más bien consigo mismo—. No le tengo miedo al compromiso.

—Ah, ¿no?

—No.

—Entonces ¿qué les pasa a tus chicas Tinder?

—Que no me despiertan nada.

—Tío, me estás dando la razón —me quejé.

—No te estoy dando la razón. —Su voz se volvió más aguda.

—¿Les has dado una oportunidad?

—¿Se la has dado tú a ellos?

—Entrenador, no estamos hablando de mí —espeté—, pero, ya que insistes, te diré que una chica sabe cuándo un chico no es para ella. Facha, narcisista, niño de mamá y con hijos. Añade un calvo a la lista y están todas mis *red flags*.

—Qué exigente eres, escritora de éxito.

La tensión entre nosotros desapareció de pronto. Le di en el brazo.

—¿Qué buscas en una chica, Germán? En serio. —No sé cómo acabamos hablando de esto, pero ya íbamos cuesta abajo y sin frenos.
—Que me llene.
—Guau, qué explícito —ironicé—. Me gusta que seas tan concreto. —Él puso los ojos en blanco—. ¿Qué te gusta de las mujeres?
—¿Todo?
—LOL, esfuérzate. —Le volví a dar en el brazo suave.
Germán entrecerró los ojos y segundos después soltó:
—Sois suaves.
—De verdad que me impresionas —solté, él no pudo por menos que sonreír—. Espero que no se lo hayas dicho a ninguna chica.
—Solo a las especiales.
—¿Y no lo son todas?
—Trato de no generalizar —bromeó.
Puse los ojos en blanco y, al mismo tiempo que negaba con la cabeza, añadí:
—Eres de lo que no hay.
—No me gustan las mujeres artificiales ni las excesivamente complacientes.
—Continúa —le pedí abrazándome las rodillas, la cosa se ponía interesante.
—Me gustan las que tienen mal genio; no sé, me divierten. —Alzó los hombros—. Me gustan las chicas a las que no les da miedo reírse fuerte y que sean un pelín contradictorias —respondió. No me esperaba que se pusiera profundo después de todo—. No sé, quiero estar con alguien que me haga sentir que soy un chico con suerte.
—Lo eres por estar aquí conmigo.
—Lo soy. —Sonrió—. Estoy con la chica más alucinante, famosa y talentosa de España, ¿qué te parece?
—¿Te puedo dar un consejo? —Me mordí el labio.
—Claro.
—No hagas eso con las chicas.
—¿El qué? —Parecía no entenderme.

—Bromear sobre lo especial que te parece una chica si no lo piensas.
—Estás de suerte, porque sí lo pienso de ti.
—Ya.
—Rocío, te lo he dicho muchas veces, eres la mejor persona que conozco.
—Bueno, pues entonces está claro que a veces eso no es suficiente.

Si soy sincera, aquello me dolió. Pero Germán no estaba preparado para ahondar ahí, así que cambió de tema:

—Háblame de tus experiencias completas.
—¿Cómo? —Me había desconcertado.
—Está claro cómo me pintas en el terreno del amor. Me da un poco de pena, porque no soy así, pero...
—Ger...
—No, no —me interrumpió—. Podré vivir con ello, pero, ya que soy un mochilero del amor, quiero saber cómo es ir por la vida con la pulsera del todo incluido.
—Yo también he sufrido mucho por amor, Germán.
—Lo sé, y esa persona tiene nombre y apellidos —sabía que me refería a él—, pero quiero saber, en palabras de una escritora de éxito, qué debo buscar si mi forma de hacerlo te parece... ¿Cómo has dicho? Ah, sí, un placer descafeinado.
—No quería ofenderte.
—No lo has hecho, pero responde, porque quiero entenderlo.
—No sé, supongo que me encanta esa mezcla acojonante de nervios y emoción que marca el latir de tu pulso mientras vas caminando hacia *esa* persona. Me encanta pensar en lo guapa que está *esa* persona y saber que también está pensando en lo guapa que estoy. Y que lo diga. Siempre que lo diga.
—Qué más.
—No lo sé. —Alcé los hombros.
—Sí lo sabes —insistió—. Me has preguntado qué buscaba en las chicas. Dime qué buscas tú.
—Supongo que quiero una persona con la que sienta que estoy a salvo, que es el jodido bienestar que calma mis pensa-

mientos intrusivos. Quiero estar nerviosa por verlo, pero luego no estarlo, porque somos un equipo. Quiero que me roce y se me erice hasta el último folículo piloso de mi cuerpo y que sea capaz de ponerme cachondísima en cuestión de segundos y sin apenas tocarme...

—Desde luego, eso es muy importante. —Germán sonrió.

—Lo es. —Sonreí—. No sé, Germán. Quiero despertar a su lado y descubrir que nuestros cuerpos se han buscado durante la noche. Quiero escuchar gruñidos, tanto de placer como los que le cabrean. Quiero provocarlo, hacerle reír y tontear... Oh, Dios, ¿qué hay mejor que el tonteo?

—La verdad es que nada.

—¿Suena creíble o estoy pidiendo mucho?

—Es posible, pero tendrás que buscar...

—No creo que haya que buscarlo —le contradije—. La vida te sorprende y, aunque ya nadie sepa querer o se haya olvidado de hacerlo, todos buscamos lo mismo.

—Ya. —Calló unos segundos—. ¿Así fue tu relación?

—Pues la verdad es que no. —Negué con la cabeza—. Álex y yo tuvimos una relación muy bonita antes de que se estropeara y me enseñó muchas cosas sobre el amor, pero, no sé, quizá no estaba pensando en él cuando te he soltado todo este *speech*.

—¿Y en quién pensabas?

—Pues creo que en ti, Germán.

Germán palideció al instante. Me miró con curiosidad y yo alcé los hombros a modo de resignación. Aquello no era nuevo. Esta sensación tenía años de historia. Sin embargo, hizo algo que no me esperaba. Me besó. Y, en vez de seguirle el juego y conseguir que la película que mi cabeza llevaba rodando desde que era cría se hiciera realidad, colapsé. Y me bloqueé. *Like* a pared de pladur.

—Creo que... —lo paré reprimiendo mis ganas— no es buena idea.

—¿Crees que no lo sé? —suspiró con resignación. Le copié el gesto—. Lo siento.

—No lo sientas —me mordí el labio—, pero es que... Me voy a ir pronto y... Es liarlo todo demasiado.

—¿Y por qué crees que no he hecho esto antes, Rocío? ¿Porque no me apetecía, es lo que crees? —Iba a responder algo que calmara las aguas, pero Germán se me adelantó—. ¿Por qué crees que no hice esto cuando viniste al pueblo por primera vez? ¿O por qué he estado evitando cenar contigo los viernes o preguntarte qué te pasaba? Porque sé cómo eres y porque yo también necesitaba un respiro.

—¿De qué?

—De ti, de esto —resopló—. De esta sensación que siempre tenemos cuando estamos juntos.

—No debería ser tan difícil —anuncié—. Esto... Esto también es lo que yo quiero.

—No es lo que quieres, Rocío.

Lo miré con los ojos vidriosos.

—¿Por qué tiene que ser todo tan complicado entre tú y yo, Germán? —Enterré mi cara en su hombro.

—No lo sé. —Me rodeó con el brazo—. Te juro que no lo sé.

24

Le gustas, pero no lo suficiente

Vale, necesito hacer un paréntesis en esta historia. Necesito parar un momento. Porfi, leed lo que tengo que deciros porque es importante que lo tengáis claro.

Tener un *casi algo* no es una bendición. Es una mierda. Y creo que ya es hora de abrir este melón que nos obsesiona. Hay películas, canciones, series, libros y miles de estudios que hablan de ello. Casi todo el mundo o tiene uno, o quiere tenerlo. El cliché de enamorarte de un vecino o del capitán del equipo de fútbol está muy pasado de moda, pero hacerlo de un *casi algo* siempre será la tendencia más atemporal. Es el sueño de cualquier quinceañera. Que esa persona que ahora no la ve se quite la venda de los ojos y lo haga. Lo que nadie dice es que los *casi algos* tienen dos formas de verse. Y, aunque la versión netflixiana es posible, no siempre triunfa. Y no pasa nada. A ver, duele como si te clavaran un cuchillo oxidado en una herida de guerra, pero nadie muere de amor. Simplemente sufres porque el cuento de hadas tiene una moraleja.

Ojo, a veces, no es el momento. Las personas somos muy diferentes, en exceso complicadas y puede que no reparemos en lo que tenemos delante de nuestros ojos por muchas señales que haya. A veces, no somos capaces de volver visibles a las personas más próximas que nos hacen felices, que nos atraen y a las que podemos llamar casa porque lo entenderán.

Sin embargo, en la gran mayoría de las ocasiones, ese gran *casi algo* sabe (y no os quepa la menor duda) que la otra persona está interesada. Va jugando, probando, fluyendo… Y, cuando la cosa se vuelve algo más seria, dice que ahora no, que no está preparado para una relación, que os encontráis en momentos vitales distintos, porque sí sabe que esa otra persona es un diez, pero siente que la situación le queda grande… Pues no os lo creáis porque no es verdad. Simplemente no reúne el valor necesario para deciros que le gustáis, pero no lo suficiente como para comprometerse. Vamos, como lanzarse a una piscina e ir viendo qué pasa (que, por cierto, es lo único que nosotras solemos querer).

Y, sí, amigas, quiero que os quede claro: les gustáis. Sí, les gustáis, pero están esperando encontrar a otras que les gusten más. Lo peor es que en estas historias —por mucho que las comparaciones sean odiosas— es frecuente sentir que esa otra opción es mucho más sencilla. Entonces una se lleva las manos a la cabeza porque no entiende nada y se pregunta cómo puede preferirla a ella cuando entre los dos «hay una historia». Entiendo esa frustración, pero son cosas que pasan.

Tengo potestad para deciros esto porque es lo que yo sentí cuando Germán empezó a salir con Violeta. Otras veces no estáis en el mismo punto vital, como cuando Germán vino a Valencia y yo ya había conocido a Álex… Siempre os queda la esperanza de que el destino haga su magia, que la vida juegue sus cartas y las vuestras sean las que ganen la partida. Puedes llegar a tiempo, pero también puedes llegar tarde. Así que ¿ahora qué?¿Qué excusa de mierda pondremos sobre la mesa?

Creo que ya podemos continuar la historia. Siento la interrupción, pero necesitaba soltarlo. ¿Por dónde iba? Ah, sí, la cita, el beso, echar el freno… ¿Listas para saber qué pasó cuando llegamos a mi casa?

25

Tía, tía, tía, *welcome to the drama*

Cerrar la puerta de casa fue una agonía. Resbalé por el marco de madera. Traté de concentrarme en lo que había pasado y quise gritar. Quise que mis cuerdas vocales se lesionaran y que eso consiguiera reconfortar la torpeza incoherente de mi cerebro. En lugar de abandonarme al delirio, me abracé las rodillas y dejé que tres lágrimas silenciosas liberaran mi rabia y frustración intensas. *Welcome to the drama*. Saqué mi móvil.

—¿Diga?
—Me ha besado —solté sin más.
—¿Cómo?
—Germán. Me ha besado. —Yo seguía sin asimilarlo.
—¡Tía! —La voz de mi mejor amiga me hizo suspirar.
—Lo sé.
—Tía. —Quería que reaccionara, pero yo solo podía pensar en que era estúpida y que me había bloqueado, porque tenía una mente que no me dejaba en paz—. ¿Y qué ha pasado?
—Que he colapsado como si fuera una pared de pladur, Candela —resoplé.
—Mi niña...
—Soy idiota, de verdad. —Me pasé la mano por las sienes.
—No, amiga. Eres humana, como Chenoa.
—Ya.

—¿Cómo ha sido? ¿Me lo quieres contar?

Y lo hice. De cabo a rabo. En realidad, había sido bonito si obviamos la parte en que lo fastidié y lo mandé todo a tomar por culo, claro. Hay veces que la vida te enfrenta a situaciones en las que hay que estar a la altura. Algunas las superas con creces y con otras fracasas estrepitosamente. Sin embargo, a rasgos generales, aquel beso torpe hubiese gustado en los libros. Pensadlo un momento fríamente: llevábamos años tratando de juntar nuestros labios y por fin había ocurrido en un escenario idílico, tras una conversación llena de confesiones y debates profundos. No había estado mal. ¿Que me había bloqueado porque pasaban muchas cosas en mi mente al mismo tiempo y no lo había sabido gestionar? Sí, joder. Pero, pero... Volví a la playa de nuevo.

—Gracias por el plan de hoy.

Me vi en la obligación de decir aquello tras ver cómo Germán echaba el freno de mano. Después de nuestro beso accidentado, nos quedamos abrazados escuchando cómo las olas rompían en la orilla. Apagamos las linternas y prestamos atención al cielo. Era increíble la cantidad de estrellas que lo salpicaban. No sé cuánto tiempo pasó, pero, tras un rato apacible, decidimos volver a casa.

—Cuando quieras. —Sonrió forzado.

Yo iba a decir algo, quizá a disculparme, pero en el último momento cerré el pico. Me estaba alejando, pero la voz de mi vecino me detuvo:

—No quiero que por lo de esta noche ahora estemos raros.

—Eso no va a pasar —le aseguré.

—Vale, porque no me gustaría. Eres muy importante para mí, Rocío.

—Tú para mí también, Germán.

—Buenas noches.

—Buenas noches.

Fingir que no había pasado nada tal vez podría ser una solución... Siempre hacíamos lo mismo.

—¿Que vais a fingir que no ha pasado nada? Eso no te lo crees ni tú. —Al parecer, Candela no pensaba lo mismo. Ni yo tampoco, la verdad.

—Dime por qué.

—Eres la puta Rocío Velasco, una *overthinker* de manual que lleva colgada de ese tío demasiados putos años. Encima le has besado y te has bloqueado. Si piensas que ahora vas a estar así, como si nada, estás flipando, colega. Y me preocupas, porque eso significa que no te conoces para nada.

—Sí me conozco, pero tú lo has dicho, la que la ha cagado he sido yo. Tengo que poder, Candela.

—No tienes por qué poder, Rocío. —Su voz se volvió aguda.

—¿Y qué hago? ¿Vuelvo a Madrid? ¿Así es como voy a manejarlo todo en mi vida ahora? ¿Huyendo?

—No, justamente haciendo todo lo contrario —respondió—. Enfréntate al puto Germán de los cojones y dile cómo te sientes, qué te ha pasado y qué necesitas.

—¿Y qué necesito, Candela? —le grité—. Porque ahora mismo no lo sé.

—Pues entonces piénsalo. —Y me colgó.

Resoplé y lancé el móvil a la cama. Pensé que una ducha no me vendría mal. Sí, ¿por qué no? El agua caliente siempre ayudaba. Traté de limpiar toda mi frustración, pero los labios de Germán aparecieron sobre los míos. Sus manos ásperas acariciaron mi rostro y sus pestañas me hicieron cosquillas en las mejillas. Si a partir de ahora la cosa iba a ser así, estaba jodida. Aún notaba sus labios sobre los míos, y eran más suaves de lo que nunca pensé jamás.

No sabía qué hora era, pero qué más daba. Salí de la ducha, me sequé el pelo y me puse un camisón. Mirando el lado bueno de la situación, quizá podría usar esta experiencia nefasta para algún momento de la novela, si tuviera algún sentido, porque no estaba del todo segura; tal vez mis lectores tirasen el libro a la basura tras leer esas líneas. Me arrastré hasta mi cuarto. En cuanto abrí la puerta, la luz de la habitación de Germán se apagó. Suspiré, a punto de ganar un récord Guinness en intensidad. Apagué entonces también la luz y me obligué a resignarme ante esta situación incomprensible.

No sé qué me había pasado. Bueno, sí lo sabía, pero no entendía por qué me había pasado. Había soñado durante toda la vida con este momento, y ahora que las cartas estaban de mi parte, ahora que el destino me daba luz verde, era incapaz de besarle. ¿Qué me frenaba? ¿Sería miedo? Pero ¿miedo a qué? ¿A hacerlo mal? ¿A que no se cumpliesen las expectativas? ¿A que la realidad fuese una pesadilla? ¿Por qué todo me parecía tan estúpido, y aun así estaba allí, con los ojos abiertos como un búho, con una desazón en el pecho al sentir que había desperdiciado una de las oportunidades más importantes de nuestras vidas?

En ese momento, me pareció que tocaban a la puerta. Pensé que eran imaginaciones mías. Si me había bloqueado delante del tío que me molaba, ¿por qué no iba a estar loca? Tendría todo el sentido del mundo, desde luego. Entonces escuché un ruido en la ventana. ¿Qué coño estaba pasando?

—¿Germán?

No estaba entendiendo nada. Un momento, ¿estaba tirando chinas contra mi ventana?

—Abre.

Estaba confusa, pero puse el piloto automático, bajé las escaleras e hice lo que me pidió.

—¿Qué pasa? —le pregunté preocupada.

Germán pasó al interior del salón y yo le seguí. Esa noche había luna llena y gracias a ella conseguí distinguir sus rasgos. Estábamos en la penumbra, pero mi vecino tenía el pulso acelerado, le veía nervioso y lucía una expresión tensa. Seguía sin entender nada.

—No quería besarte.

Aquello dolió.

—Sí quería besarte —«Mira, Germán, aclárate porque mis niveles de depresión y oxitocina están perdidísimos»—, pero no quería besarte si tú no querías besarme.

—Germán...

—Rocío, no sé qué coño nos ha pasado, pero llevamos así más de una década —me recordó, yo suspiré de abatimiento.

—Tranquilo. —Quise calmarlo—. Yo tampoco sé qué es lo que me ha pasado a mí. A veces, mi cabeza es complicada de entender y me juega malas pasadas. Tranquilo, está todo bien.

—¿Podemos dormir juntos esta noche?

¿Dormir juntos? ¿Germán y yo? No estaba ayudando a que me aclarase con todo esto. ¿Habíamos vivido la misma noche? Quizá su cerebro y el mío habían entrado en películas diferentes.

—No creo que sea buena...

—Por favor. —Dio un paso hacia mí—. Solo te pido que durmamos juntos. Desde que he entrado en mi casa llevo dando vueltas como un tonto, porque solo puedo pensar en que te vas a alejar porque soy un idiota.

—No eres un idiota y no me voy a alejar. —Quise que lo tuviera claro.

—Dime que no le has dado ochenta mil vueltas a lo que ha pasado esta noche.

—No le he dado ochenta mil vueltas. —«¡Le he dado más, joder!».

—Mientes fatal. —Se apoyó en el respaldo del sofá.

La luz del exterior desdibujaba la silueta de su brazo. Yo crucé los míos.

—Vale —claudiqué. Quería ver adónde me llevaba esto—. Digamos que lo he estado pensando...

—Vale, porque no dejo de pensar en ese beso y no quiero levantarme mañana y que vuelvas a evitarme o, lo que es peor, que te vuelvas a Madrid.

—No tengo pensado irme a Madrid aún, tranquilo.

—Rocío, los dos estamos muy perdidos, ninguno de los dos entendemos qué nos pasa, pero ahora mismo tengo un miedo atroz a haberme cargado esto y a perderte —confesó—. No puedo permitírmelo, otra vez no.

En situaciones normales me hubiera puesto a llorar. Eso es lo que hubiera hecho, porque la confusión que sentía me desbordaba. Sin embargo, no podía pasar por alto lo que significaba que

Germán se hubiera abierto de esa forma conmigo, con esa voz titubeante que desmontaba su aparente seguridad. Nunca lo había hecho. Me había vuelto a descolocar. Quizá por eso dije:
—Ven aquí. —Y lo abracé.
Hay muchos tipos de abrazos. Abarcan distintas formas, colores y texturas. Pero no existe un sentimiento parecido al de abrazar a alguien que tiene miedo. Eso fue lo que sentí con Germán. Lo abracé, y, aunque su cuerpo estaba a la defensiva, tenso, errático y preparado para lo que viniese, cuando entró en contacto con el calor de la confianza, se volvió frágil y vulnerable. Fue como abrazar una piedra que de pronto se fundiese entre mis curvas y recovecos. Noté que me apretaba contra él, como buscando un pulso que lograra parar el suyo. Percibí que se iba relajando, que se calmaba... No, no hay nada parecido a abrazar a alguien que tiene miedo.
—Vamos. —Tiré de él—. Ha sido una noche larga.
Germán solo había subido una vez a mi habitación, cuando yo era una adolescente enamorada, y fue porque pillé un virus de estos que te dejan moribunda durante una semana y sin poder separar el rostro del retrete. Me dijo que su madre me había hecho una sopa y que me haría un tiramisú cuando me pusiera bien. Me dio un beso en la frente y se fue, no sin antes dejar un libro a los pies de mi cama. Obviamente, cogí el libro en tiempo récord cuando escuché cómo sus pasos bajaban las escaleras. Era de Emily Brontë, *Cumbres borrascosas*. En la primera página había escrito:

Me ha gustado.
Recupérate, canija.

Ahora nos encontrábamos con los mismos nervios, pero en un escenario que ya no reconocían. Estaba todo igual, pero nuestros sentimientos no eran los mismos. O puede que sí. Me metí en la cama rápido. Sentí cómo su cuerpo se hundía sobre el colchón. No era la primera vez que Germán y yo compartíamos un espacio tan íntimo y reducido, pero parecía que lo fuese. Me sentía extraña, y, sin embargo, tardé unos segundos en quedarme profundamente dormida. Estaba en casa.

26

Lo juro por Balenciaga

A la mañana siguiente, abrí los ojos lentamente. Todavía notaba los efectos del sueño haciendo mella en mis rasgos. Sin embargo, noté algo diferente que me costó segundos identificar. Germán me había rodeado con el brazo. Curvé los labios en una sonrisa de forma inconsciente. Al ver que había despertado, se apresuró a quitarlo.

—Lo siento —dijo.

—No pasa nada. —Sonreí y me di la vuelta para mirarlo. Solo esperaba no tener restos de baba. «Por favor, que no tenga restos de baba en la cara»—. ¿Has dormido bien?

—Sí. ¿Y tú?

—También —reconocí—. ¿He roncado?

—Ya lo creo —soltó—. Pero como un estibador ruso, además. —Rio y yo le di en el hombro—. No, no has roncado. Pero de vez en cuando haces un ruidito agudo de lo más adorable.

—Ah, ¿sí?

—¿Nunca te lo han dicho? —Pasó una mano por debajo de la almohada.

—La verdad es que no.

—¿Yo ronco?

—Si lo has hecho, no me he enterado.

—Genial.

Nos quedamos en silencio. Si hubiese medido nuestra distancia en aquel momento, no hubiésemos superado los quince centímetros. De cerca, sus pecas incluso eran más bonitas. ¿De verdad Germán se levantaba así por las mañanas? ¿Esto es lo que verían mis ojos si compartíamos la vida que nunca nos habíamos permitido? Mi cerebro se vio obligado a cargarse el ambiente para poder sobrevivir.

—Tengo una pregunta.
—Dime.
—Hoy no me obligarás a correr, ¿no?

Germán soltó una sonora carcajada y su cara se hundió en la almohada. Su nuca quedó al descubierto y me dieron ganas de acariciarlo. Así que eso hice.

—No, creo que hoy podemos saltárnoslo.
—Estoy de acuerdo. —Sonreí.
—Mmm...
—¿Qué?
—Que a este paso me voy a quedar dormido otra vez. —Me miró.
—¿Tienes algo que hacer?
—No.
—Pues hazlo —repliqué sonriente—. Se llama procrastinar. Pruébalo, sienta genial.
—No quiero ocupar tu cama más tiempo. —Se giró hacia mí.
—No creo que a ella le moleste...

Obviamente no quería que se fuera. Si hubiera podido congelar ese momento y quedarme atrapada en él, juro por Balenciaga que lo habría hecho.

—¿Y a ti?
—A mí tampoco, Germán.

Nos quedamos profundamente dormidos otra vez y, cuando volvimos a abrir los ojos, ninguno hizo el amago de aparentar que había sido un error de nuestro subconsciente. Dejó descansar un brazo en mi abdomen y yo paseé una mano furtiva por ese brazo que me rodeaba. No sé cuánto tiempo más permanecimos así.

—Creo que ya entiendo por qué te gusta procrastinar... —dejó caer.
—Me alegro.
Sonó mi móvil. Algo en mi interior hizo clic. Me aparté de Germán y cogí el teléfono, que estaba en la mesita. Era la una del mediodía. Guau. ¿De verdad habíamos dormido tanto? Tenía un mensaje de Candela pidiéndome perdón. Disculpas que iba a aceptar, porque tenía toda la razón del mundo, pensaba demasiado.

> Lo siento.
> Anoche creo que
> me pasé

> No lo hiciste,
> tranquila

> Me da mucha rabia que te
> pongas tantas limitaciones, Rocío.
> Te mereces que alguien
> cuide de ti.
> Y he llegado a la conclusión de que
> no sé si será Germán, pero creo
> que ahora mismo estás en un momento
> en el que es peor no averiguarlo

—Esos camisones son una tortura, lo haces a propósito, ¿verdad?
—¿Puedes superarlo de una vez? —Puse los ojos en blanco. Escuché cómo se le escapó una risa—. Anoche tampoco es que supiera que ibas a venir.
Seguía con el móvil en la mano. No sabía qué responderle a Candela.
—¿Qué haces? No es que esté incómodo, pero...
—Perdona. Era un mensaje de trabajo. —Bloqueé el móvil, pero, antes de que pudiera volver a ocupar mi lado de la cama, el otro brazo de Germán me tumbó contra el colchón.

—¿Trabajo? ¿Acaso a tu cerebro de procrastinadora oficial se le ha olvidado que es sábado?

—Era Candela.

—Has dicho trabajo. —Ladeó la cabeza.

—Te recuerdo que es mi agente. —Lo miré con los ojos muy abiertos—. Además, ¿qué más te da? Hay semanas que trabajo todos los días y no me he muerto.

—¿Me vas a obligar a enseñarte qué hace la gente durante el fin de semana? —Alzó las cejas, tanto que yo solo pude pensar en...

—¡Germán! —Le di en el brazo.

—Eres una pervertida. —Sonrió todo lo que le dio la dentadura—. Iba a decir *pancakes*.

—Ya, claro, *pancakes*.

—Aunque no te voy a negar que la otra opción te volvería loca —me susurró al oído.

De haber estado de pie me habrían fallado las piernas. Pero no lo estaba y no me achanté. Sostuve su mirada con una leve sonrisa. Quería ver hasta dónde llegaba. Germán aguantó un par de segundos, después asintió sonriendo y tiró de mí.

—Vístete. —Dio un salto de la cama—. Vamos a hacer *pancakes*. Los auténticos. Te espero en mi casa.

—¿Seguro que no quieres probar la otra opción?

—Tú juega, Velasco. Tú juega. —Y lo escuché bajar las escaleras.

¡Qué coño había pasado! ¿Así iba a ser nuestra dinámica? No sabía si iba a sobrevivir a ella, tampoco si quería sobrevivir. Me vestí con unos vaqueros, un jersey de hilo fino y me puse unos mocasines. Me lavé la cara, me cepillé el pelo y me maquillé un poco: cejas, pestañas y colorete. Nada más. Cogí mi móvil y me eché un poco de un perfume que me encantaba y que mamá me había enviado de la India las Navidades pasadas.

> Creo que te voy a hacer caso

> Ah, sí?

> Qué es lo peor que me puede pasar? Que me vuelva a romper el corazón?

La verdad, espero que no sea tan imbécil esta vez

> Hablamos de Germán, Candela. No debería estar diciendo esto, pero con él nunca se sabe

Pues entonces te voy a dar un consejo: disfrútalo mientras dure

27

Pancakes

—Está abierta.

Entré a la casa de Germán esperando revivir cada uno de los momentos que pasamos juntos de pequeños, pero no había nada en su interior que me recordara a la que un día fue. Había hecho reformas: la distribución era diferente, no había rastro de gotelé y le había dado un rollo industrial que me obligó a controlarme para no abrir la boca.

—¿Estás bien? —me preguntó un poco confuso.

—Sí, es solo que... —Tragué saliva—. Guau, no se parece en nada a la casa de antes.

—Esa era la idea —dijo con una sonrisa—. No tengo nada que ver con los gustos decorativos de mis padres, y mucho menos con esas cortinas que mi madre tenía en la cocina.

—Ya —asentí.

—En tu casa me dijiste que eras mejor pinche que chef, ¿estarás a la altura o solo has venido a molestar y beberte mi café? —Me ofreció una taza.

—Qué subestimada me tienes, entrenador. —Cogí la taza suscitando en él una sonrisa que yo me aguanté—. Puedo hacer las tres cosas. Y sin despeinarme.

Su cocina era impresionante. Era grande, mucho más grande que la mía. Además, tenía toda esa clase de botes y tarros todos iguales que arrasaban en los vídeos de ASMR que buscaba en TikTok cuando me aburría. Era ordenado, limpio y meticuloso. Increíblemente meticuloso, pero también muy divertido y un provocador nato. Me reí mucho. Tras veinte minutos...

—*Voilà*. —Llevó los platos a una isla que separaba el salón de la cocina.

—Valoro lo mucho que me has ayudado a hacer este desayuno, Germán. —Le puse la mano en el hombro—. Has sido un pinche genial y espero de verdad que lo disfrutes, porque es uno de mis platos estrella.

—Eres una camorrista —espetó, y yo sonreí enseñando los dientes.

—Habló de putas la Tacones. —Sonrió.

—¡¿Hola?!

¿Esa voz?

—En la cocina —anunció Germán no dándole importancia al asunto.

Me giré para me encontrarme directamente con los ojos de Marta y Gonzalo, los padres de Germán. Me puse de pie con ilusión y vi cómo ambos se alegraban de verme.

Me había estado escondiendo de ellos, eso era lo que parecía y eso era un poco lo que había pasado. Los padres de Germán siempre me habían demostrado su amor, pero después de lo que pasó con Álex, TikTok y medio mundo, me sentía agobiada, aturdida y necesitaba un poco de espacio para recuperarme. Ocurrió igual con la muerte de papá. Mi madre y yo somos de arreglarnos en soledad y llegó un momento en el que tuvimos que pedirle al pueblo —con la mayor educación— que nos dejaran en paz para colocar en su sitio esos sentimientos que nos desequilibraban. Con ruido alrededor eso no era posible. También odiamos molestar, y, claro, todo suma. Además, los padres de Germán vivían en las afueras. Eso y que no estaba saliendo mucho... Vale, quizá estaba poniendo demasiadas excusas. Volvamos a la historia.

—Pero ¿y esta quién es? ¿Dónde está la chiquilla llena de granos que se fue un día con un maletón más grande que ella?

—Todos queremos olvidar a esa chica, Gonzalo. Solo ayúdame un poquito.

Mi comentario los hizo sonreír. Lo abracé.

—Anda, que hemos tenido que ir casi a por ti para verte... —me dejó caer Marta.

—Han sido unos meses complicados. Espero que tu hijo te diera todos mis agradecimientos.

—Lo ha hecho, preciosa. —Me cogió de la barbilla—. Y no hay de qué.

—La verdad es que deberíamos darte las gracias nosotros a ti. —El padre de Germán dejó las bolsas en la bancada de la cocina—. Desde que estás aquí, es menos desagradable.

—No me digas... Qué información tan valiosa. —Lo miré mientras me sentaba otra vez en mi taburete.

—Es porque vamos ganando la liga —se defendió.

—Bueno, yo creo que es por los *pancakes* —intervine, y Germán trató de aguantarse la sonrisa.

—¿Por qué no llevas camiseta? —le preguntó su madre.

—Porque te recuerdo que soy el entrenador del equipo de fútbol del instituto, mamá. ¿De verdad crees que me pagan lo suficiente como para llevar una camiseta diaria? Qué equivocada estás... —ironizó.

—Que no te engañe. —La miré cómplice—. Simplemente está intentando impresionarme.

—Eso tiene más sentido —contestó Marta colocándose al lado de su marido.

Germán se mordió el labio, y yo sonreí. Dos a cero.

—Hablando de impresionar, ¿vendrás mañana al partido, Rocío? —me preguntó Gonzalo.

—Claro que irá, es nuestra mejor hincha —contestó su hijo por mí.

—¿No te he enseñado que las mujeres pueden responder ellas solas a las preguntas que se les hacen? —contraatacó su madre.

—Sí, mamá. —Soltó un bufido que me hizo reír—. Perdone, señorita Velasco, a mis padres les gustaría saber si podrá acudir usted mañana al partido —bromeó.

—Claro, allí estaré.

—Estupendo —aplaudió el padre—. Pues nosotros nos vamos. Solo habíamos venido a traer la fruta. Aún tenemos muchas cosas que hacer.

—Genial, gracias, papá.

—Hasta mañana, Rocío —se despidió Marta—. Os dejamos con los *pancakes*.

—Adiós.

Acto seguido sonó el golpe seco de la puerta al cerrarse. Me había gustado mucho esa visita inesperada.

—Te crees muy graciosa, ¿no?

—Has perdido tres-cero, ¿tú qué crees?

—Come y calla.

—Sí, entrenador. —Le guiñé un ojo.

28

La prima

Aquella mañana fui al campo de fútbol del instituto con unos vaqueros y una sudadera. Busqué a mis amigos y al final acabé en las gradas con los padres de Germán a un lado y con Claudia y Alexis al otro. Cada vez estaba más convencida de que mi vida era una *sitcom*. No había podido dormir demasiado. Mis sábanas olían a Germán y mi cabeza no había dejado de dar vueltas: el beso torpe, la noche que pasamos juntos y los *pancakes* en familia. Sin hablar de su insinuación. Algo bueno que saqué de todo eso fue que había vuelto a escribir. Oh, ¡ya lo creo que lo había hecho! Había decidido que no iba a escribir la historia que la editorial quería. Iba a escribir otra. Y si la querían bien, y, si no, pues chao. Me había pasado toda la noche en vela dando forma a unos personajes que aún no sabía cómo quería que viviesen su destino. Me había ido a correr para despejar la mente y ahora estaba allí, con una siesta de veinte minutos, chillando a unos chavales que corrían, se defendían y trataban con todas sus fuerzas de ganar un partido. Y ganaron. No fue ninguna sorpresa. La gente se volvió loca, y entre abrazos, vítores y enhorabuenas terminamos en la pizzería del pueblo. Tampoco eso fue ninguna novedad, ¿verdad? Pues...

—¡Lola! —La voz de Germán parecía sorprendida—. No te esperaba.

—No me podía perder otra victoria.

Se abrazaron, y en ese momento mi estómago mandó señales a mi cerebro. Germán reparó en mí.

—Oh, claro. No os conocéis —dijo nervioso—. Lola, te presento a Rocío, es mi...

—Prima —me adelanté y le estreché la mano.

Germán presionó los labios tratando de no sonreír.

—Joder, pues ya veo que la belleza es parte de la familia —espetó, y yo asentí.

—Lo mismo puedo decir de ti. —Mi cabeza estaba funcionando a mil: «Ahora mismo exijo mi óscar. No es que sea fea, porque no lo es, pero es demasiado... ¿Barbie? ¿Rubia? ¿Alta? ¿Angulosa? Oh, Dios mío. Ahora mismo me siento Ken. O sea, ¡¡¡que la Barbie Choni era Lola!!!».

—Vamos a por una cerveza —le propuso Germán.

—¿Vienes con nosotros? —me preguntó Lola.

—Oh, no, mi cerveza sigue muy fría. —La levanté.

—Ah, vale. Pues ahora nos vemos. —Y se fueron a la barra.

—¿Quién era esa? —me preguntó Claudia.

—Lola. —Puse los ojos en blanco y mi amiga me chocó la cerveza en señal de apoyo.

No aguanté mucho más. Estaba cansadísima. Me despedí de mis amigos y de los padres de Germán y, justo cuando me disponía a salir, me encontré con Lola.

—Ah, Lola. —Sonreí—. ¿Estás esperando a Germán?

—No, estoy esperando un Uber. —Me enseñó el móvil—. Me voy ya a casa.

—Ah, pero ¿Uber llega hasta aquí? —Estaba sorprendida, no entendía muy bien qué estaba pasando.

—Eso parece. —Alzó los hombros.

—Bueno, ha sido un placer conocerte y —carraspeé y sonreí— gracias por pasarte. Seguro que a mi primo le ha hecho mucha ilusión.

—Seguro. —Curvó los labios en una sonrisa. Yo me iba a ir, pero entonces añadió—: Sé quién eres.

—Ah, ¿sí? —Mi mirada se volvió una súplica. Pues nada, otro día más haciendo el ridículo.

—Claro. Germán hace semanas que me habla de ti.

—Ya —resoplé—, y no como su prima…

—Oh, no —le añadió un toque de drama—. Te aseguro que no como su prima. —Me sonrió, y le devolví la sonrisa—. No tenemos nada, si eso te preocupa.

—Nosotros tampoco.

—Rocío, por favor. —Puso los ojos en blanco.

—Es complicado.

Un coche se paró delante de nosotras. Pues sí, Uber llega a mi pueblo. Simplemente, LOL.

—Por suerte, estáis tan enchochados el uno con el otro que tenéis tiempo para averiguarlo.

—No estamos enchochados.

Nos despedimos y se subió al coche. ¿Qué significaba que el tío que me molaba le hubiese hablado de mí a una tía con la que se estaba acostando?

No sabía cómo sentirme al respecto, pero estaba tan cansada que mi cabeza me pidió una tregua. Ya overthinkinearía mañana. La pizzería estaba a pocas calles de mi casa, pero se me estaba haciendo eterno…

—Anda, prima. —Germán acababa de aparcar.

Yo negué con la cabeza.

—¿No deberías haber venido andando?

—No he bebido tanto como crees.

—Ya —asentí—. Buenas noches, Germán.

—Le hablé de ti a Lola. —Cerró el coche y caminó hasta mí. Yo me paré.

—Lo sé. Me lo ha dicho. —Sonreí.

—¿Habéis estado hablando? —Parecía confuso.

—Oh, sí —asentí con un poco de drama.

—Vaya.

—Ya.

—Anoche no podías dormir…

—¿Te tocó turno de noche durante el espionaje de ayer? —le pregunté.

—Yo tampoco podía dormir.

—Entonces esta noche dormiremos los dos como lirones… —dejé caer.

Nos quedamos en silencio. Otra vez. Sus ojos bailaban con los míos. Brillaban por el cansancio acumulado. Ambos suspiramos a la vez y fue él quien rompió el silencio.

—¿Mañana a la misma hora? —Se refería a nuestra sesión matutina de *running*.

—Me lo pensaré.

Él sonrió.

29
Cualquier parecido con la realidad es pura coincidencia

—¿Qué quieres de mí?

Estaba cansada. Cansada de jugar, de vacilar, de fingir que no me importaba lo que pasara entre nosotros. Me sentía tan triste... Él me miró. Si no estuviera borracha, casi podría decir que él estaba igual de desolado que yo.

—Yo...

—¿Tú qué? —insistí—. Tienes que dejarme hacer mi vida —solté, y, al ver que no decía nada, añadí—: Este año he decidido que voy a esforzarme en mantener únicamente a aquellos que quieren quedarse, y tú ya me has demostrado que no quieres estar en ella.

—Sí que quiero.

—No, no quieres. —Negué con la cabeza—. Quieres que me quede en calidad de algo que no nos hace bien a ninguno de los dos.

—¿Por qué tienes que ponerlo tan difícil? —Se mordió el labio.

—¿Difícil? ¿Yo te lo pongo difícil? —Estaba flipando—. Mira, durante estos meses he sacado tres conclusiones sobre ti: eres un cobarde, un mentiroso y no estoy segura de que seas buena persona.

—Eso lo dices porque estás dolida.

—Es lo que pienso. —Alcé los hombros—. Eres un cobarde porque, desde que la situación se descontroló entre nosotros, no has sido capaz de decirme qué piensas. Me da igual que tus sentimientos no sean recíprocos, pero no has sido capaz de decirme: «Hey, estoy hecho un lío» o «Hey, vamos a hablar». Tus opciones eran infinitas: «Hey, te echo de menos», «Hey, estoy asustado», «Hey, vuelve»...

—Oye...

—También eres un mentiroso, porque aquella noche después del entrenamiento, cuando yo te grité porque pensaba que me la habías jugado, me dijiste que tú y yo, por muy raros que estuviéramos, siempre estaríamos por encima de lo que nos pasara. A la vista está que no ha sido así.

Ante aquello, volvió a cerrar el pico. Llevaba tanto tiempo preparándome para esta conversación que ya no podía decir nada, solo le quedaba acatar.

—Pero eso no te convierte en una mala persona. —Quise dejarle claro—. Eso solo te convierte en un cobarde y en un mentiroso. Lo que te convierte en una mala persona es esto.

—¿Esto? —me preguntó como si no entendiera lo que acababa de decirle.

—Consigues que me abra a ti, que te diga cómo me siento, porque es lo que querías escuchar, cómo me haces sentir, y, cuando lo consigues, desapareces —remarqué esta última palabra—. Ni siquiera eres capaz de contestarme a dos microcuentos que te envié porque tampoco me dabas la libertad de que lo habláramos.

—Yo...

—Me besaste —le interrumpí—. Y te besé. Y nos acostamos. Después de eso, ¿cómo quieres que haga como si nada?

—Ya.

—No es la primera vez que nos pasa esto —le recordé—. Y siempre soy yo la que sale perdiendo. Trato de no hacerme ilusiones, pero tú no me dejas, porque te atraigo y, aunque lo reconoces, no lo asumes. Siempre es la misma historia: consigues que piense que lo nuestro es posible, porque lo es, pero luego te rajas y me dices que no estás preparado para una relación, que estás roto, que la última te dejó tocado. Y yo me lo creo, porque alguien dijo una vez que no es el momento, y puede que sea así. Sin embargo, ¿cómo quieres que no me sienta ridícula? «Lo nuestro no es posible», «Tenemos que asumirlo», «No es nuestro momento»…, bla, bla, bla, pero aquí estás, tirándote a otra tía que es mucho más guapa que yo, mucho más pelirroja y que al parecer conoce tus dinámicas. ¿En qué lugar me deja eso a mí?

—¿No crees que es demasiado?
—¿Cómo?
—El capítulo de la pelea.
Candela había puesto su voz profesional, y a mí no me gustaba cuando adoptaba esa actitud conmigo.
—¿No te gusta? —Porque a mí me encantaba.
—Sí, pero creo que a esta ensalada le has echado demasiada dosis de realidad.
—No te entiendo. —Y de verdad que no sabía a qué se estaba refiriendo.
—No sé. Yo me he dado cuenta de quién hablas.
—¿De quién hablo?
—Rocío… —resopló—. Que esta es tu historia de amor con Germán.
—¡Venga ya! —exclamé escéptica.
—Oye, a mí no me mientas —me pidió—. No quieres escribir la segunda parte de *No sin París*, me parece fenomenal y estoy en tu barco, pero te conozco, no nací ayer y no me vas a mentir, porque no me da la gana. ¿Entendido?
Suspiré y me levanté a por un vaso de agua. Había decidido confesar. No tenía ningún sentido no hacerlo y confiaba en este proyecto. No obstante, Candela tenía razón. Me estaba dejando llevar por una inspiración que se asemejaba demasiado a la realidad. Sí, ¿vale? Puede que Julián y Lucía fueran familiares, pero no éramos Germán y yo…
—Entendido.

—¿Estás segura de que quieres hacer esto, Rocío? —insistió—. Es decir, no has cambiado ni las profesiones… Es un canteo, amiga, es un canteo que alucinas.

—Es ficción, Candela —le recordé—. Cualquier parecido con la realidad es pura coincidencia.

—Ya —suspiró—. Y hablando de ficción, ¿la escena en la que Julián y Lucía se van a besar, pero luego ella se bloquea, también es coincidencia?

—¿Recuerdas cuando has mencionado las similitudes con la realidad?

—Sí, lo recuerdo.

—Bueno, querida Candela, es que a veces la realidad supera la ficción.

30
Tapas frías y quince copas de cabernet

Una de las cosas que más me gustan del mundo es dormir abrazada a alguien. Duermo mejor, el sueño es más profundo y me siento más protegida. No obstante, no esperaba que dormir con Germán esa noche me resultara tan especial. Tanto que se me hizo cuesta arriba cambiar las sábanas. Su tacto, su olor, su aliento en mi nuca... Me sentía un poco ridícula e incómoda. No sabía cómo tenía que interpretar esas sensaciones y, lo que es peor, si estaba preparada para aceptarlas. Me obligué a pensar en otras cosas, como esa novela a la que aún no le había puesto título, pero que prometía. Esa semana transcurrió entre salir a correr, el desayuno con mis amigos y un par de entrevistas más (en las que obviamente me preguntaron por la boda de mi ex). También asistí al club de lectura de Marta, la madre de Germán, porque a sus amigas les hacía ilusión conocerme. Esa no os la esperabais, ¿eh? Pero, bueno, sobra decir que Germán se presentó allí. Cuando su madre lo vio, lo miró desafiante:

—Es solo para los miembros del club.

—Vale, pues quiero entrar y, probablemente, mañana me dé de baja. —Alzó los hombros.

—Pero si ni siquiera te has leído el libro, Germán... —dejó caer Marta.

—¿Y tú qué sabes?

—¿Cómo se llaman los personajes?
—Nina y Álex.
—¿De qué va la historia?
—De la relación entre Nina y Álex.
—¿Cuáles son los miedos de Nina? —intervine en ese momento.

Germán desvió su mirada hacia la mía y cambió el peso de su cuerpo de una pierna a otra antes de responder:

—Nina tiene heridas del pasado y le cuesta confiar. —Lo miré impresionada. ¿Se lo había leído de verdad?—. Al principio le cuesta confiar en los hombres, pero su mayor miedo, en realidad, es ella misma: decir lo incorrecto, hacer lo incorrecto o sentir lo incorrecto. Te haría spoiler, pero casi prefiero que el resto de mi club de lectura comente. —Me guiñó un ojo.

—Marta, haz lo que quieras —la miré—, pero se lo ha leído.

—Vale —se resignó—. Puedes quedarte, pero compórtate, de verdad te lo pido.

—Claro que sí. —Sonrió—. Doña Carmen, ¿qué le ha parecido el libro? ¿No le parece que la prota está un poco desquiciada?

Sonreí un tanto descolocada. Me hacía ilusión que Germán se hubiera leído el libro, pero he de reconocer que también me dio un poco de vértigo. ¿Por qué lo había hecho? Estuvo bastante participativo y cuando preguntaba era como si se refiriera a mí, no a Nina, sino a Rocío Velasco. Por un momento creí que habíamos convertido aquella tertulia de señoras rodeadas de tapas frías y cabernet en una conversación donde mi vecino de siempre trataba de encontrar el porqué de mis cicatrices. Me escuchó leer con atención y rompió el silencio tras mi punto y final con unos aplausos que animaron a las demás. Me sentí halagada, pero también abrumada: iba cuesta abajo y sin frenos. La hostia no iba a ser pequeña. Una hora y media más tarde, firmé los libros de las lectoras y recogí mis cosas. Ya era hora de marcharme.

—¡Estamos deseando leer el siguiente, Rocío! —Doña Carmen me cogió las manos, gesto que, viniendo de ella, me impactó—. Este me ha enganchado tanto que no sé qué vas a hacer.

—Ya lo verá. —Sonreí—. Gracias por comprarlo.

—A ti, bonita. —Me apretó la mano.

—Bueno, gracias por invitarme —me dirigí a Marta—. Creo que ya es hora de que os deje con el cabernet.
—Quédate si quieres. Nos hará mucha ilusión y te prometo que te acogeremos como a una más.
Decliné su invitación.
—Tengo que ponerme a escribir, porque el tiempo apremia y…
—No digas más. La obra requiere al artista. —Hizo un aspaviento muy gracioso que me provocó una sonrisa.
—Más o menos.
—En ese caso, no te entretengo.
—Te llevo. —Germán siempre de lo más oportuno.
—No hace falta. Lo divertido de los clubes de lectura es el cabernet, quédate —espeté convencida.
—Vamos, Velasco. No tengo toda la noche. —Me guio hacia la salida.
—Es un mandón —le grité a su madre.
—Igualito que su padre —me respondió ella.
Una vez en el coche, camino a casa, empecé a trastear en la radio hasta que encontré una emisora en la que sonaba «La Salvación», de Arde Bogotá. Apoyé el cuerpo en el respaldo y lo miré. No parecía que fuese uno de esos momentos en los que Germán necesitase hablar, pero yo tenía muchas preguntas:
—No sabía que te habías leído mi libro.
—Quería saber si el imbécil de tu ex tenía razón. —Sonrió un instante.
—¿Te ha gustado?
—¿Tienes dudas todavía de lo que me interesaban los sentimientos de los personajes? —Alzó las cejas.
—En realidad, solo me has preguntado por Nina… —dejé caer.
—Es la más interesante. ¿Qué? —soltó al ver que lo estaba mirando de reojo.
—No, nada. Es solo que algo me dice que crees que tiene mucho de mí.
—¿No hacéis eso todas las escritoras? —Se giró un segundo hacia mí y luego volvió a centrarse en la carretera—. Nutrir vuestras historias con sentimientos y experiencias que ya conocéis.

—No tanto como crees —traté de disimular.

«A ver, no siempre. Es un comentario demasiado general», me dije a mí misma sonriendo.

—Ya. —Curvó los labios en una sonrisa—. Bueno, sea como fuere, es un buen libro, Rocío. Es entretenido y me ha sorprendido que seas tan graciosa.

—Gracias, supongo.

—¿Cómo llevas el nuevo?

—Bueno, lo llevo. —No quise darle muchos detalles—. Creo que va a dar mucho de que hablar.

—No irás a poner verde a tu ex, ¿no?

—No, tranquilo. No es mi estilo.

—Bien. —Paró el coche. Habíamos llegado—. ¿Mañana qué haces?

—¿Mañana viernes? —insistí.

—Sí.

—¿Tengo que recordarte mi función con el mundo a lo gata salvaje? —Mi comentario lo hizo sonreír.

—Mañana te recojo a las ocho.

—¿Dónde vamos?

—Es una sorpresa.

—¿Vas a volver a intentar besarme para comprobar de nuevo lo patética que soy?

Germán negó con la cabeza sonriendo.

—Tranquila, tendremos carabinas.

—Qué divertido. —Puse los ojos en blanco—. Bueno, pues te veo mañana.

Me detuvo cuando me disponía a abrir la puerta del coche. Me giré hacia él.

—Quiero que lo tengas claro: no eres patética.

—Lo sé. Solo me nutro de experiencias para escribirlas después en libros. Me debo a mi contenido.

—Está bien, pero que sepas que la próxima vez te toca a ti.

—¿El qué?

—Besarme.

31
Libre

No pude dormir en toda la noche, lo entendéis, ¿verdad? Porque, en el momento en el que Germán soltó que la próxima vez tendría que besarlo yo, tuve la intención de desmayarme para luego fingir que había perdido la memoria y no me acordaba de nada. Al menos, la vida me había preparado para guardar la compostura frente a cualquier situación. Así que respondí con un sutil y sarcástico «tomo notita» con una sonrisa y me retiré muy elegantemente.

    Subí las escaleras de mi porche y encontré el alivio a este estrés latente en el baño y con la ayuda del consolador que Candela me había metido en la maleta a traición. No sabía cómo gestionar lo que me estaba pasando. De verdad que no lo sabía. A veces dudaba si me habían puesto una cámara oculta y Toñi Moreno aparecería de sopetón para decirme que era una grandísima persona. Me lo estaba empezando a creer, ¿vale? Me lo estaba empezando a creer y, si después de esto venía el hostión, pues no me apetecía. No me apetecía una puta mierda que me volviesen a romper el corazón.

    Así que, con la que tenía montada en mi cabeza, deberíais haber visto mis ojos a las tres de la mañana. Vueltas hacia la derecha, vueltas hacia la izquierda, bocarriba, bocabajo, del derecho, del revés… Logré conciliar el sueño alrededor de las cinco de la mañana. Cuando Germán vino a las seis como de costumbre, ni lo oí.

Abrí el ojo a las once y media y mi primera sensación fue la de que me había pasado un camión por encima; no, un tráiler. Me levanté de una forma ridícula y patosa, y el espejo me devolvió el reflejo de mi lamentable estado: marcas del colchón en la cara, el pelo revuelto y los ojos enrojecidos. Además, tenía un sueño demoledor. Bajé a trompicones en busca de un café bien cargado que paliara estos efectos. Mientras me lo preparaba, revisé el móvil. Tenía varios mensajes: fotos de mamá en Dubái, una nota de agradecimiento de la madre de Germán por la lectura del día anterior y wasaps de Candela, Germán y Claudia. La primera me mandaba una foto con nuestra familia de Madrid: Fran, Celia, David, María y Paula.

> Te echamos de menos

> Yo a vosotros también

Claro que los echaba de menos. No os imagináis cuánto. Sin embargo, me había dado cuenta de que no extrañaba tanto como pensaba el estilo de vida que antes definía mi vida. En Madrid, cuando llegaba la temporada de eventos y no podía ir a uno o no me apetecía acudir, me entraba un FOMO que me moría. Pero en el pueblo… En el pueblo simplemente ni pensaba en eso. Qué fuerte. Pero en mis amigos sí. Desde que papá murió y mamá emprendió la vuelta al mundo, se habían convertido en mi familia, la que se escoge, la que te riñe cuando haces algo mal, la que te abraza cuando más lo necesitas y te lleva un caldo de pollo si coges un catarro. Candela y nuestros amigos le habían dado sentido a mi vida en la capital, porque Madrid me había regalado mucho, pero ellos lo habían dotado de sentido, coherencia y pasión. A todo. Sin ellos, mis recuerdos ni siquiera tendrían valor. Quizá solo necesitaba cargar mi batería social para apreciarlo. Tal vez necesitaba echarlos de menos.

Seguí contestando mensajes ya con un café a mi lado. El siguiente a mi buena amiga Claudia.

> Te hemos echado de menos en el desayuno.
> Estás mala?
> No puedes estar mala.
> Alexis me ha dicho que esta noche
> somos vuestros carabinas

> No estoy mala, pero anoche no podía dormir.
> Podéis rechazar ser nuestros carabinas.
> No creo que os necesitemos

> Yo creo que sí.
> Además, no me lo pierdo por nada

> Sabes cuál es el plan?

> Alexis no me ha dado muchos detalles.
> Creo que vamos a ir a la costa.
> Pero no a un restaurante de lujo.
> Así que deja esos zancos
> a los que llamas zapatos en casa

> Vale.
> Pues te veo esta noche

> Más te vale

No me importaba que Alexis y Claudia nos acompañaran. Es más, el plan de salir los cuatro me parecía de lo más divertido, como en los viejos tiempos, pero que Germán pensase que necesitábamos carabinas después de nuestro encuentro torpe me generaba confusión. ¿Qué significaba? ¿Tendría que medir cada palabra, cortarme? La presencia de nuestros amigos no me cohibía, pero, joder, luego tendría que dar explicaciones que aún no había meditado. Hablando del rey de la discordia...

> Dime que no has huido a Canadá

>> No, sigo aquí.
>> Viva.
>> Anoche no podía dormir.
>> Volvió el insomnio

> Se me ocurren muchas formas de combatir el insomnio

>> Dime alguna

> Mejor no

>> Qué gallina, entrenador

> Te escandalizas de nada

>> Yo? Perdona?
>> Me subestimas

> Demuéstramelo

Me mordí el labio y dudé. Me encantaban estos intercambios porque me dejaban una sonrisa bobalicona que me duraba todo el día. Ahora, cuando me hacía la chula, nunca sabía cómo continuar. Falta de práctica, supongo. Germán, al ver que no contestaba, añadió:

> Qué gallina, escritora de éxito

> Me han dicho que esta noche mejor me deje los zancos en casa

> Gran consejo. Por la integridad de tu morfología, deberías seguirlo al pie de la letra

No me crucé con Germán en el instituto después de la clase de escritura creativa. Ni siquiera a la salida, como siempre solía pasar. Eché un vistazo a las pistas, pero ya estaban vacías. Me extrañó un poco, pero lo dejé pasar porque quería ir a hacer la compra, escribir un rato y lavarme el pelo. Al final, solo logré hacer la primera y la última de estas tareas, porque, en cuanto vi el teclado, me derrumbé en el sofá y me quedé profundamente dormida. Si no llega a ser por la alarma que puse para que no se me fuera el santo al cielo dándole a la tecla, estos tres se hubieran tenido que ir sin mí adonde quiera que fuésemos. Puntual como un reloj, sonó el timbre.

—¿Dónde vas tan elegante? —Enarcó una ceja conteniendo su sonrisa.

—¿Al teatro?

—Más quisieras, vamos. —Y tiró de mí, y yo de la puerta hasta que se cerró.

El camino fue ameno. No había nada nuevo que me llamase la atención, se había vuelto familiar, y eso me gustaba. Alexis y Claudia nos esperaban *allí*, donde quiera que fuera *allí*. Yo me concentré en la *playlist* de canciones que sonaban en el coche, y Germán, en la carretera. Álex odiaba mis gustos musicales. Los odiaba a muerte. Él era más de tecno, clásica y reguetón. Yo siempre había sido una amante de la música, y lo mismo ponía una rumba que una canción de tontipop. No compartir gustos musicales es una *red flag*, y no me daba miedo decirlo. Germán y yo siempre habíamos sido bastante parecidos. Algún punto a favor tenía que tener.

Por fin llegamos a nuestro destino: la feria. Sentí un conglomerado de sentimientos. En Madrid no había ferias como las de los pueblos, y, a pesar de que cuando era niña había ido cientos de veces, en aquel momento me parecía exótico.

Me divertí. Mucho. Montamos en los coches de choque, en las camas elásticas y en la noria. Los chicos jugaron a los dardos y al tiro libre. Germán me consiguió todos los premios, y Alexis... Alexis lo intentó, pero al final decidí compartir mis peluches con Claudia y mi amigo me hizo prometerle que lo llamaría si algún día quería montar una web de lo que fuese. Sobre las diez y media de la noche, fuimos a cenar a un bar del paseo marítimo. Pedimos hamburguesas, Coca-Cola y patatas fritas.

—Lo de que el tiempo pase tan rápido es una movida... —dejó caer Alexis.

—Ya.

—Creo que ahora mismo estamos viviendo la edad más complicada, porque antes, más o menos, todos íbamos a la par, pero ahora te encuentras a gente con veintiséis años que no ha terminado de estudiar, otros que se pierden y se van a Australia a trabajar, otros que se casan, otros que consiguen aquello que siempre dijeron que iban a conseguir... Y los que estamos en el centro, los que han conseguido acabar una carrera sin destacar y ahora están en un trabajo de mierda, conformes con un sueldo de mierda y que nunca jamás en su vida van a poder comprarse una casa, ¿qué? —terminó su homilía al mismo tiempo que le pegaba un mordisco a su hamburguesa.

—Pero ¿se puede saber qué te pasa? —Claudia lo miró extrañadísima—. Qué intensa, joder.

—No, intensa no. Es la verdad.

—Sí, Alexis, pero también somos felices, ¿no? ¿Que nos ha tocado vivir en un contexto de mierda? Sí, pero no somos la generación de cristal. ¿Quiénes están luchando por los derechos LGTBQ+ y por que seamos más igualitarios? Los jóvenes. ¿Quiénes hablan de salud porque estamos fatal y antes no se podía ni mencionar? Los jóvenes. No es culpa nuestra. Simplemente nos han dejado un mundo de mierda.

—Colega, tú también estás superintensa... —dejó caer Germán.

—Venga, pues por la intensidad —propuse un brindis y mis amigos se sumaron.

—Pero es verdad todo lo que habéis dicho —retomó Germán el tema. Él es así.

—Completamente —dije—. Al final, los que estamos en el centro estamos jodidos.

—No te lo tomes a mal, pero tú no estás en el centro —replicó Alexis—. Has conseguido tu sueño y eres famosa.

—No soy famosa y no sabría decirte si esto es mi sueño. —Crucé los brazos sobre la mesa y sentí los ojos de Germán en la nuca—. O sea, forma parte de él, pero ahora mismo estoy bastante lejos de tener la vida que quiero.

—¿Y qué es lo que quieres? —preguntó Germán.

—A ver —me aclaré la garganta tratando a la vez de aclarar mis ideas—, siempre he sido de metas más complejas, ya me conocéis. Pero me he dado cuenta de que, en realidad, lo que quiero es lo más simple. O sea —chasqueé la lengua—, estoy muy agradecida de todo lo que tengo, de la vida que vivo y de las amistades que he hecho, porque está claro que no sería la misma sin Candela o cualquiera de mis amigos...

—¿Pero...? —intervino Claudia.

—Las fiestas no son reales, el glamour de este mundo tampoco lo es, y quizá las preocupaciones de alguien de mi edad deberían dirigirse a tener una casa, una familia o una vida estable. Este año TikTok ha hecho un meme de uno de los momentos más duros de mi vida, me he enfrentado a una popularidad que me ha hecho más daño que cura y mi editorial me ha pedido que escriba una historia que no quiero escribir. Aun así, todo el mundo piensa que tengo éxito. Pero ¿realmente el éxito es eso?

—Creo que te estás centrando en ver lo negativo —opinó Claudia—. Claro que tienes éxito y también muchas cosas buenas...

—Está claro, Claudia, pero no soy lo que todo el mundo quiere ser.

—¿Y eso es?

—Libre.

32

Como una vieja canción de rock

Después de una cena agradable, Alexis y Claudia partieron a casa con la excusa de que tenían que madrugar. Lo que querían era dejarnos solos. Germán me propuso tomar unos helados y dimos un paseo por la playa descalzos. Apenas distinguíamos nuestras siluetas, pero el agua nos mojaba los pies y era una sensación agradable. Fría pero apacible.

—Antes has sido bastante injusta contigo.

—¿Cómo? —Aquel comentario me acababa de noquear.

—Coincido en que ha sido un año especialmente duro para ti, pero, aun así, creo que te ha traído cosas buenas.

—No lo niego.

—¿Y por qué no las valoras?

—No te entiendo. —Me paré.

—Has reunido el valor para dejar a un tío que no te molaba nada, vas a escribir una nueva novela que tú misma dices que promete, te estás conociendo a ti misma… Estar perdida también forma parte del camino, Rocío, y no por eso estás en el saco de la gente que se ha quedado estancada.

—Pero me siento así.

—¿Y crees que yo no me siento así, Rocío? —Se puso delante de mí—. ¿De verdad piensas que todos los días no me pregunto si esto es lo que quiero?

—¿Y es lo que quieres?

—Pues aún no lo sé, pero me preocupa más que no te sientas libre, porque lo eres —me dijo—. Y eres asquerosamente joven para sentir que hay cosas que te atan. Ni siquiera tienes un perro.

—Ya —suspiré—. Es raro que me sienta así teniendo una madre que está recorriendo el mundo por segunda vez.

—¿Qué te detiene?

—Creo que yo misma. —Eso, al menos, lo tenía claro.

—¿Y por qué te haces eso?

—¿Por miedo a hacer el ridículo? —Alcé los hombros.

—¿Y qué tienes que demostrar?

—Yo qué sé, Germán. —Me salió una risa nerviosa. No me gustaba hablar de mí. Me hacía sentir incómoda.

—Ven. —Tiró de mí, pero yo le frené—. Vamos a bañarnos.

—¿Qué? —intenté zafarme de su agarre—. ¿Ahora?

—¿Por qué no?

—¿Porque es de noche, el agua está fría y no llevamos bañador? —No sé por qué no le sonaba lógico.

—Uno, da igual que sea de noche; dos, el agua no está tan fría como crees, y tres, puedes bañarte desnuda o en ropa interior.

—¡No me voy a bañar desnuda en el mar, Germán! —exclamé horrorizada.

—¿Por qué?

—¿La alerta medusil no te dice nada?

—Las medusas no salen de noche.

—Germán.

—¿Qué, Rocío?

—¿Cómo que qué? —Estaba alucinando.

—Te quejas de que no eres libre, pero antes de hacer algo que no le encaja a tu racional cabeza ya te dices a ti misma que no. —Iba a replicar, pero se me adelantó—: ¿Cuál es tu excusa para el sentido del ridículo? ¿A quién tienes que demostrarle algo? ¿A mí? —Hizo una breve pausa—. Pues estás de suerte, escritora de éxito. Es de noche, apenas te veo y ya sé que tus tetas son pequeñas, rosas y redondas.

—Pero ¿cuándo me has visto tú a mí el pecho? —Estaba flipando.

—Te recuerdo que tus camisones dibujan una línea muy fina entre lo explícito y la imaginación. —Sonrió socarrón—. Y he visto muchos. Soy un hombre afortunado.

—Dios... —Quería enterrar mi cabeza bajo tierra como si fuera un avestruz.

—Te espero dentro. —Se quitó la camiseta—. Aunque también puedes esperarme aquí si quieres. No se trata de obligarte a hacer algo que no quieras, sino de que salgas de tu zona de confort porque quieres hacerlo.

El tumulto de estímulos que me sobrevino me abrumó. Germán tenía razón, pero una parte de mí me frenaba.

Cuando era adolescente solía tener debates intensos conmigo misma. Yo era la buena, la niña que no daba problemas, la que sacaba buenas notas y la que se vestía con faldas, vestidos y tacones. La que ayudaba a su madre en las tareas del hogar, la que lloró la muerte de un padre al que quería mucho y que se fue demasiado pronto y la que siempre prefería esperar a que la esperaran. Sí, era del saco bueno de la gente normal, pero también era de la que se aprovechaban siempre y a la que rompían el corazón en mil pedazos porque «era Rocío y lo iba a entender». Por eso siempre pensaba en hacer algo loco, algo impropio de mí y que mantuviera la inocencia de las primeras veces. Cuando descubrí esa sensación, me volví adicta a esa adrenalina. A ese sentimiento de incertidumbre cuando saltas al vacío. No hay una sensación parecida a esa. El primer beso en los labios, tu primera vez o la primera vez que sientes mariposas en el estómago. Los primeros celos, saber quién es alguien por cómo huele o la primera vez que reconoces cuánto necesitabas un abrazo. El dolor del ego cuando te tratan de usted, la muerte de un ser querido o cuando descubres que el amor también duele. La sensación más horrible y hostil es cuando percibes que ya nada te sorprende o, lo que es peor, te decepciona. Es heavy cuando pierdes la inocencia y todo se vuelve predecible, racional y decadente. Si la primera vez que sientes eso no pones remedio, ten por seguro que todo irá cuesta abajo y sin frenos. Yo, con veintiséis años, lo siento, no podía permitírmelo.

—¡VAMOS! —exclamó Germán cuando me vio aparecer sorteando las olas.

—¡Espero que tu madre esté dispuesta a prepararnos los cientos de sopas que vamos a necesitar para curarnos de la pulmonía que vamos a coger!

—Lo estará.

—¡Esto no tiene ningún sentido!

—De eso se trata. —Me tiró agua.

—¡Germán, tu puta madre! —El agua estaba todo lo fría que prometía—. ¡No quieras empezar una guerra conmigo, Germán Castillo! —lo amenacé.

—¿Cómo dices? —Me volvió a tirar agua—. Con el sonido de las olas no te escucho.

—Mi recomendación es que te estés quieto —masculló.

—¿Cómo? —Volvió a mojarme—. De verdad, que no te escucho, estás muy lejos.

Así, sin más, nos enzarzamos en una guerra cruzada cargada de morbo y tensión de la que, obviamente, Germán salió victorioso, y yo, calada y maldiciendo en cuatrocientos idiomas su raza. Pero, justo en ese momento, el karma equilibró la balanza y mandó a Germán a la orilla con la fuerza de una enorme ola, solo que también me arrastró a mí.

—Te tengo. ¿Estás bien? —me preguntó preocupado.

Y, aunque en condiciones normales habría estado cabreadísima, lo único que me salió del alma fue un ataque de risa. Al verme así, mi vecino se contagió. Nos levantamos de la arena mojada y caminamos hasta nuestra ropa. Afortunadamente, no hacía mucho frío.

—Toma. —Me ofreció su camiseta—. Por si quieres secarte.

—No te preocupes —dije—. ¿Y tú qué?

—Rocío, te recuerdo que he dormido a la intemperie y pasado hambre, frío y sueño. Podré ir con una camiseta mojada.

—¿Ya has acabado de intentar impresionarme?

—¿Ha funcionado? —Se hizo el gracioso.

—Ya lo creo que no —bufé, y él sonrió.
Nos vestimos y volvimos al coche. Germán puso la calefacción. Cuando llegamos a nuestras casas, estábamos prácticamente secos. Nos bajamos del coche y cerramos las puertas a la vez.
—Me lo he pasado muy bien. —Hablaba en serio.
—Me alegro.
—Gracias por hacer que salga de mi zona de confort. —Le di un golpe suave con el bolso.
—Cuando quieras. —Esbozó una sonrisa—. Ah, espera. Llevas un trozo de alga en el pelo.
—La guardaré como recuerdo. —Se la quité de la mano y le guiñé un ojo.
—Rocío.
—Qué. —Me volví hacia él.
—Hazlo.
—¿El qué?
—Bésame.
—¿Y dónde queda la espontaneidad?
—Creo que podré vivir sin ella.
Podría deciros que me di media vuelta, que caminé hasta mi casa y que eché el cerrojo sin mirar atrás.
Pero eso no es lo que queréis leer.
Ni yo tampoco.
Así que sí, quizá por el subidón de aquella noche improvisada, por la nostalgia de mi yo adolescente o por tener enfrente la esperanza de lo que pudo ser y no fue, besé a Germán como nunca antes me imaginé que lo haría. ¿Y sabéis qué pasó?
Que encajamos como una vieja canción de rock.

33
Fluyendo...

¿Habéis oído hablar de los sueños vívidos? Son un arma de doble filo porque juegan con tus sentimientos. Porque no son reales, pero los sientes como tales. Da igual que el sueño sea una bendición o una agonía, porque lo único que importa es que nunca han ocurrido. Te mantienen en vilo hasta machacar hasta la última de tus mariposas.

Abrí los ojos de repente. Vale, había sido una pesadilla. Menos mal. Mierda. Tenía la cabeza embotada, como si me hubiera pasado toda la noche bebiendo chupitos de tequila de fresa.

—Oh, no. ¿Dónde vas? —El brazo de Germán me inmovilizó.

—A lavarme la cara, tomarme un café... Cosas de la gente normal —respondí.

—De eso nada.

Él apretó el brazo contra mi vientre, y me di la vuelta sonriendo.

—Hola. —Curvó los labios en una sonrisa.

—Hola. —Le imité.

—¿Has tenido una pesadilla?

—Sí.

—Bueno, pues bienvenida al mundo real. También es una mierda, pero a veces está bien —bromeó, y yo contuve la risa.

Germán me besó. Nuestros cuerpos se giraron buscando una posición más cómoda. Nunca había recibido así un beso mañanero. Con pasión, deseo y ganas. Nuestras manos se acariciaron, aprovechando la armonía de nuestras bocas, y así fue como los inocentes teloneros anunciaron la banda sonora de un sábado prometedor que empezaba con muy buen pie.

—Bueno, bueno, ya era hora, maja —me dijo Germán horas más tarde.

—No sé de qué te quejas. La culpa ha sido toda tuya. —Arrastré un taburete para sentarme esperando recibir un café que tardó poco en llegar—. Yo he madrugado.

—No, señorita. Te has despertado por una pesadilla y con ella me has despertado a mí.

—Claro, y ha sido un sacrificio para los dos... —Puse los ojos en blanco.

Germán sonreía.

—Ya te advertí que conocía muchas formas eficaces de combatir el insomnio.

—Ya lo he visto, ya.

—Aunque he de decir que por fin le he encontrado el gusto a esos camisones tuyos.

—Estás obsesionado. —Me llevé la taza a los labios.

—Te aseguro que la culpa no es mía.

Hice un gesto de incredulidad, Germán sonrió y se dio la vuelta hacia lo que quiera que estuviera cocinando. Encerré la taza entre las manos y me concentré en mi café en un intento de asimilar qué había pasado entre nosotros y sortear las preguntas para las que carecía de una respuesta clara. Una cuestión se abría paso con fuerza: ¿y ahora qué?

—¿Lo hablamos? —pregunté.

—Claro. —Puso sobre la encimera un plato con tostadas francesas. Qué pinta tenían—. ¿Qué quieres hablar?

—Creo que es bastante obvio. —Di un bocado a una tostada—. Tú, yo, desnudos, anoche.

—Y esta mañana.

Asentí.

—Qué estampa más bonita. —Se metió un arándano en la boca—. ¿Te han dicho alguna vez que estás buenísima, Velasco? Porque te juro que has superado el poder de mi imaginación.
—Tú tampoco estás mal. —Curvé los labios en una sonrisa.
—Tú lo has dicho, Rocío. —Me miró y eso hizo que yo lo mirara también—. Es obvio. Hace años que queríamos que esto pasara. Me gustas, creo que te gusto... ¿Por qué no vemos adónde nos lleva esto?
—Pero ¿qué somos?
—¿Qué quieres que seamos?
Mi cabeza colapsó. No lo tenía claro, pero no quería que me dijera que fluyéramos, porque yo no sé fluir. Me incomoda. No quería ser una chica Tinder, aunque luego me volviera de las «frecuentes». ¿Quería que fuéramos pareja? ¿Quería que..., qué? Y ¿esto qué significaba? Porque yo me volvía a Madrid, seguro. ¿Era buena idea, entonces, que viéramos adónde nos conducía esto?
—Ahora mismo te está saliendo humo de la cabeza —me dijo. Yo me derrumbé sobre el brazo—. Oh, oh, el ordenador murió.
—Dios. —Enterré la cara en las manos—. No lo sé, Germán, pero, como me digas que fluyamos, me voy a poner a llorar.
—Vale, pero ¿tendré que localizar a tu madre para ofrecerle cuatro cabras por ti? —bromeó.
—¿Crees que solo valgo cuatro cabras? —Alcé las cejas.
—Quiero un abogado. —Me apuntó con el dedo—. No vas a engañarme. Sé cuáles son mis derechos.
Aquel comentario hizo que soltara una carcajada y, sinceramente, lo necesitaba. La situación no era la más idílica. Me cogió la mano.
—Es complicado.
—Oh, sí, Rocío. —Puso los ojos en blanco—. Supercomplicado.
—Lo es —le reñí. Quería que se lo tomara en serio—. Yo no vivo aquí, tú sí; yo tengo mi vida en Madrid, tú la tienes aquí, y no va a ser fá...
—Dame tus condiciones —me interrumpió.

—¿Mis condiciones?

—Dices que es complicado. Veamos cuáles son los términos de cada uno y si es viable que lo intentemos.

—No te entiendo.

—Vale, mira, empiezo yo. —Se cruzó de brazos—. Quiero exclusividad contigo. No quiero una relación abierta.

—Yo tampoco.

—Vale, ¿ves? Es sencillo.

—Venga, continúa —lo animé. Quería ver hasta dónde llegaba esto.

—No me gusta llevar las cosas en secreto. Luego siempre termina liándose y, si me apetece darte un beso porque hemos ganado un partido, quiero hacerlo.

—Pero, si es público, vamos a tener que dar explicaciones —le advertí, aunque lo cierto es que yo tampoco quería una relación en secreto. Eso siempre sale mal.

—Por eso vamos a ponernos de acuerdo en qué vamos a decir.

—Pfff —resoplé.

—De eso nada. No resoples, porque esto lo estamos haciendo para que estés tranquila. Para mí sería mucho más fácil decir que eres mi novia y ya está.

Hay palabras que hacen que nuestra mente reaccione, y esta era una de ellas.

—¿Qué pasa? —me preguntó al ver mi cara.

—Nada, que acabo de colapsar un momento. —Me erguí.

Por decir algo, porque la verdad es que estaba más tiesa que el palo de una escoba.

—¿Por qué? —Enarcó una ceja.

—No sé, no me esperaba la palabra novia tan pronto.

—¿Tantos años no te parecen suficientes?

—No es eso.

—¿Crees que no nos conocemos? Nuestras familias son una familia.

—Ya.

—¿A estas alturas tienes dudas?

Yo lo miré a los ojos y pensé. ¿Tenía dudas?

—De que siento algo por ti no —me apresuré a responder—. De que seamos capaces de tener una relación puede.
—Vale, pues fluyamos.
—Germán. —Hice un mohín.
—Mira, en el pueblo hay una porra sobre cuándo va a pasar algo entre tú y yo —anunció—. Cuando se enteren, a nadie le va a extrañar. Solo te aviso de que, probablemente, nos organicen una fiesta.
—Ya —resoplé—. Es solo que...
—¿Qué ocurre? —me interrumpió—. Tampoco hace falta que le demos tanta importancia, Rocío. —Aquel comentario captó mi atención—. Nos conocemos desde hace años, pero siempre nos va a quedar algo que aprender del otro. El tema del café ha sido una movida, *bulldog*.
—Lo de que te guste correr a las seis de la mañana tampoco ha sido fácil... —Ambos sonreímos.
—Mira, si algún amigo me pregunta, voy a decir que por fin lo estamos intentando, y, si es alguien que nos conoce poco, diré que eres mi novia.
—Vale.
—Entonces ¿todo claro?
Germán y yo nos miramos unos segundos a los ojos antes de que nuestras lenguas se exploraran, curiosas. En el fondo, estábamos pensando lo mismo: ¿de verdad que íbamos a intentarlo? Yo sentía un vértigo brutal, pero él tenía razón: llevábamos más de una década tratando de que nuestros espacios y tiempos coincidieran. Los obstáculos que se interpusieran en nuestro camino ya los iríamos viendo. En ese momento habíamos decidido elegirnos y que fluyera todo lo demás. Era lo que importaba. Bueno, o al menos era el principio.
—Sí, entrenador. Todo cristalino.

34

Hannah Montana is back!

Ya os podéis imaginar que fuimos noticia en el pueblo durante unas semanas, pero la verdad es que hicimos caso omiso. Germán y yo éramos los okupas de una burbuja de miradas furtivas, bromas internas y orgasmos intensos. ¿Que me mataba a preguntas cuando me quedaba a solas? Sí. Él no me daba motivos, pero tenía ansiedad y un miedo a cagarla atroz. Sin embargo, me apetecía vivir todo lo que estábamos viviendo. Así que puse todo de mi parte para que la incertidumbre y la esquizofrenia se mantuvieran a raya. La terapia también me estaba ayudando.

El tiempo corría, volaba el doble de rápido. Habían transcurrido casi los seis meses y no había escrito nada que pudiera enseñarle a mi editora. Me sentía estancadísima, y en mi defensa diré que superar una ruptura, regresar a casa tras la muerte de papá, retomar la relación con mis amigos del pueblo, dar clase y aceptar que Germán y yo por fin habíamos llegado a nuestro momento... ¡eran muchas cosas! Joder, ahora que lo pienso, es fuerte lo mucho que te puede cambiar la vida en seis meses.

Aquel fin de semana tenía una firma de libros a la que no pude decir que no y le pregunté a Germán si quería acompañarme. Ahora estábamos los dos en un AVE con destino Madrid. Era raro acostarse con tu vecino. Los dos seguíamos viviendo solos, pero las noches en las que cada uno dormía en su casa eran cada vez más raras. Y me daba vértigo. A veces, me frenaba, aunque no entendía bien por qué lo hacía si lo único que quería era sentir su piel sobre la mía. Lo cierto es que lo vivía con tanta intensidad y rapidez que necesitaba espacio. Cuando le propuse venir, no se lo pensó. Así conocería a Candela y al resto de mis amigos. Germán y yo nos habíamos criado juntos. Mi padre pasó mucho tiempo con su hermano y con él cuando eran críos, quería a mi madre y yo quería a sus padres (porque hablar de Marcos sería hablar de otro tema). Que conociese a mis amigos era como presentarle a mi familia, a la familia que no conocía y había cuidado de mí todo el tiempo que habíamos estado separados.

—¡Rocío!

El abrazo de Candela al llegar a la estación casi me hizo perder el equilibrio, pero, cuando mi cerebro fue consciente de que era ella, apreté con fuerza nuestros cuerpos, como si anhelara que pudiéramos fundirnos en uno solo. Nunca habíamos pasado tanto tiempo separadas, ni con la pandemia de por medio. Qué fuerte.

—Qué guapa estás —me dijo—. Te noto mucho más descansada.

—Lo estoy.

—Y te brilla mazo la piel, puta. —Me cogió de la barbilla.

—Se llama «procrastinar». —Desvié la mirada hacia Germán.

—Oh.

—Candela, te presento a Germán Castillo.

—En ocasiones más conocido como su novio.

—O sea que por ti le brilla así la piel... —Le estrechó la mano.

—Cocino muy bien —presumió.

—Ajá. Llámame loca, pero creo que no es por eso.

Candela y Germán tardaron dos preguntas en conectar. Los dos eran muy fans de Izal y del tenis, por lo que se enzarzaron en una conversación a la que yo no le presté mucha atención y dejé que la ciudad me recibiera con los brazos abiertos, sus calles anchas y sus edificios neoclásicos. Había estado mucho tiempo separada de Madrid.

Al llegar a casa, Candela se despidió para dejarnos un poco de intimidad; quedamos en vernos unas horas más tarde para cenar con el resto. Esperaba que no fuera demasiado para... ¿Cómo había dicho Germán? Ah, sí, mi novio.

Girar la cerradura a la derecha supuso una avalancha de recuerdos para los que no me había preparado, pero me mantuve fuerte por la responsabilidad que sentía para con la persona que tenía al lado. La casa estaba igual que la dejé. Ordenada y medio vacía. Álex siempre había sido un hombre sencillo, pero durante los años que vivimos juntos habíamos acumulado muchos trastos que había decidido llevarse. Mejor así.

—Bienvenido a mi dulce hogar. —Sonreí dejando la maleta a un lado.

—Guau.

Me encantaba mi casa. Siempre me había gustado. Vine a verla con Candela y el amor que sentí hacia ella fue inmediato. Aquella noche, mamá y yo hablamos, le mandé el vídeo que había hecho del tour, y me preguntó si lo había sentido. Yo no entendí a qué se refería, y ella me explicó que una sabe cuándo una casa será su hogar. Según ella, es un sentimiento de pertenencia y escenas imaginarias que rondándose suceden en la cabeza conforme recorres el espacio. Volví al día siguiente, y el chico de la inmobiliaria me dejó sola. De repente, lo sentí. Y la sensación tuvo mucha personalidad. Imaginé miles de cenas como las que había hecho, noches de lágrimas, otras de sexo desenfrenado y otras de pelis, manta y chimenea. Mamá tenía razón. Había que sentir todo aquello. Al día siguiente firmé la hipoteca, y lo hice sola, porque mamá siempre me inculcó eso, independencia. La compré cuando mis novelas empezaron a funcionar y, aunque durante los primeros meses viví sola, Álex pasaba mucho tiempo en ella. Entonces vivía con su madre, pero terminó mudándose conmigo. Cuando lo dejamos, Candela se aseguró de recordarle que era mi casa y que tenía que venir a recoger sus cosas. Le agradecí que lo hiciera por mí. No sé si yo hubiera reunido el valor.

Era muy diferente a la casa de Germán. A él le encantaba el estilo industrial y minimalista, yo era un poco más *japandi* con toques franceses neoclásicos —no tenéis por qué saber a qué equivalen estos estilos, a mí me los chivó la decoradora que contratamos. Solo os diré que la mía era blanca y con molduras; y la de Germán, un poco más gris.

—No dejes que te impresione, soldado. —Lo miré de reojo—. Venga, que te la enseño.

Le hice un tour detallado. Durante cinco días iba a ser también su casa. Tenía que saber dónde estaban las toallas, el papel higiénico y el café; cómo funcionaba el mando de la tele, las persianas y el lavavajillas. Todo me parecía información útil. Al ver mi vestidor, se volvió hacia mí con una sonrisa camorrista y yo sentí la necesidad de defenderme:

—Tu patrimonio está en casas, el mío en todos esos zapatos y bolsos que ves ahí.

Decidí darle un poco de intimidad para que deshiciera la maleta. Yo había hecho poco equipaje. Me serví un vaso de agua. Miré a mi alrededor y suspiré. Hasta entonces no había sido consciente de todo lo que faltaba en el piso: el hervidor de agua de los tés de Álex, las copas que compró en la feria de Luxemburgo, el especiero de madera que compramos en la India, la Alexa a la que pedía que nos contara chistes malísimos cuando era su pinche en las cenas más improvisadas y muchos discos de vinilo. Eran todo tonterías, nada esencial, pero aquellas tonterías habían protagonizado unos recuerdos que jamás volverían.

—¿Estás bien?

Asentí. Germán acababa de aparecer en mi cocina. Caminó hacia mí y me abrazó de la misma forma que cuando éramos críos: enganchó mi nuca con su brazo. En el momento en el que la piel de mi rostro sintió cómo latía su pulso, me vine abajo. Su abrazo protector amortiguó mi angustia y mi dolor, y poco a poco me fui calmando. No sé cuánto tiempo pasó, pero me sentía más ligera cuando dije:

—Dios, lo siento.

—¿Por qué? —Me enjugó una lágrima—. Esto que has hecho me parece lo más normal del mundo. —Y se apoyó en un taburete.

—Es todo tan... —Hice una pausa—. Ag. —Y me dejé caer en el pecho de Germán.

—Ya.

—Joder, te he llenado toda la camiseta de lágrimas.
—Rocío, montas un drama por cosas estúpidas.
—No, Germán, simplemente hago un drama de todo.

Nos arreglamos para salir a cenar. Candela había reservado en el nuevo sitio de moda, que, por cierto, parecía que acababa de abrir. A veces, odiaba Madrid por este tipo de cosas. Si un sitio se ponía de moda, ya podíamos olvidarnos. Hacía ocho años que vivía allí y había lugares a los que llevaba ocho años yendo. Bueno, pues, como hubiese algún tiktoker y consiguiese que su vídeo se hiciese viral, ya podía despedirme. La lista de espera se volvía insoportable. ¿Os he dicho ya lo mucho que odio las listas de espera? ¡Es que no las aguanto!
—Pero ¡si Hannah Montana ha vuelto! —exclamó Fran cuando nos vio entrar por la puerta del restaurante.
Sonreí y negué con la cabeza. Me dejé abrazar por mis amigos. Había echado mucho de menos la forma que tenían de querer cada uno de ellos. El cariño de Fran era tierno y protector, y el de Candela, profundo y sincero. Celia usaba la risa para hacerte olvidar, un poco al igual que David. María y Paula, por el contrario, eran las encargadas de poner la botella de vino delante y animar a cualquiera a vomitar cualquier cosa que pensara o sintiese, tuviese sentido o no. Eran diferentes, pero siempre estaban ahí. En las buenas, en las malas y en las peores.
—Chicas, os presento a Germán.
Mis amigos me miraron atónitos, menos Candela, claro. Jamás les había mencionado a Germán. Cuando los conocí, él era parte de un pasado que trataba de olvidar y puse mucho empeño en conseguirlo. David enganchó a Germán del brazo nada más verlo.
—Anda, Germán. —Sonrió David socarrón—. ¿Y a qué te dedicas?
—Pues era militar, pero ahora soy el entrenador de un equipo de fútbol de adolescentes.
—Ah. —David intentó no mostrarse sorprendido, aunque las caras de todos fueron un cuadro—. Pues te digo una cosa: gordi, tú y yo vamos a hablar mucho esta noche.

35

Madrid, ciudad de contrastes

La cena transcurrió en un ambiente muy agradable. Después nos pasamos por el Sácame, por Dios, nuestro karaoke de confianza, en el que era bastante sencillo encontrar a gente del mundo del espectáculo, como Los Javis, Brays Efe o cualquier triunfito de *OT*. Como siempre pasaba, Fran quiso continuar la noche y no opuse resistencia. Quería que Germán viviera la experiencia completa, que lo viera y lo viviera todo.

Tras zamparnos unos churros en San Ginés a las cinco de la mañana, después de haber dado lo mejor de nuestras experiencias coreográficas en el Marta, Cariño!, volvimos a casa. Los zapatos me estaban matando y solo quería irme a la cama.

—¿Te has divertido?

Su respuesta era importante para mí. No me sorprendió que Germán hubiera encajado con mis amigos, y eso me daba mucha esperanza, porque, a pesar de que hubiese querido desconectar durante un tiempo, este era mi mundo y mi forma de vivir. Se había mostrado encantador y había notado que se lo había pasado bien, pero, como solía ser bastante complaciente y servicial, tenía dudas.

—Mucho —dijo con una gran sonrisa—. Tus amigos son increíbles. Estás bien cuidada.

—Lo son —dije con orgullo.

—Creo que ya he comprendido por qué el pueblo siempre se te ha quedado pequeño. Cuando estábamos comiendo churros, no sé qué te ha dicho Celia, pero te has reído y ahí lo he entendido.
—¿El qué?
—Que estás hecha para vivir con el caos.
—Qué profundo estás, ¿no? —Lo miré con curiosidad.
—No, es que hay gente a la que eso le agobia, gente a la que no y luego hay gente que está hecha para esto. Tú eres del tercer grupo.
—Bueno, me adapto bien a cualquier escenario. —Quise quitarle hierro al asunto, porque algo me decía que esta conversación no se dirigía a un puerto cercano y tenía sueño.
—Sí, pero aquí te iluminas. Es decir, llevas meses en el pueblo y nunca te he visto tan feliz como esta noche. Tu hábitat natural es este, donde puedes ser tú misma sin inhibiciones.
—Pero ¿y tú podrías?
No quería preguntarle eso, joder. Al menos, no en aquel momento. Quería irme a la cama, pero no lo pude evitar. Soy consciente de que era una pregunta a la que tarde o temprano teníamos que plantarle cara. Quizá sería un debate algo difícil, pero necesitaría saberlo.
Por favor, claro que Madrid era mi hábitat natural. Era una ciudad de contrastes en la que equilibrabas risas y lágrimas. Madrid te obligaba a saltar para sobrevivir, a no conformarte y a buscar cuál era tu camino. Aunque no fueses de aquí, era sencillo sentir que sus rincones te pertenecían, y eso era lo bonito. Mis sueños se habían cumplido en sus calles, incluso los que no sabía que tenía. Me había empujado a dejar mis miedos atrás, me había enseñado a reír y a llorar como una niña pequeña a partes iguales y me había regalado a esos amigos que yo llamaba familia. Joder, Madrid me dio a Candela. Madrid me había dado a Fran, a Celia, a María, a David, a Paula. ¿Cómo no iba a ser mi hábitat natural si aquí había dado rienda suelta a mi pasión por crear historias que me habían proporcionado una vida, una identidad y un espíritu que ya no podría abandonar ni siquiera después de morir? Madrid me había dado un legado. Alguien y algo en lo que creer.

—Sí.
—¿Sí? —Quizá no esperaba una respuesta tan decisiva.
—No ahora, claro —suspiró—. Pero sí, en un futuro, podría.
—Bien, porque ya no creo que puedas deshacerte de David.

Germán sonrió a pocos centímetros de mi boca, y, justo cuando pensé que nuestros labios iban a juntarse, los suyos se dirigieron a mi cuello. Gemí. Porque no me lo esperaba y porque me encantaba sentir su tacto en mi piel. Eché la cabeza hacia atrás con los ojos cerrados. Los abrí para encontrarme con su boca. Nuestros besos se aceleraron hasta que nuestros cuerpos tomaron el control de la situación. Ya no había ropa, miedos o dudas que nos separaran. Solo estábamos él y yo quemando el tiempo que habíamos perdido entre caricias, besos y pequeñas marcas de pasión. Aquella noche fuimos dos cuerpos fundidos en uno. Vulnerables, expuestos y entregados al placer de las experiencias completas.

36

Visita sorpresa en la firma de libros

—Buenos días —bostecé.
—Son las cuatro de la tarde. —Me dio una taza de café—. Creo que ya no podemos decir buenos días.
—Eres un aburrido. —Le di un beso.
Era raro, no me terminaba de acostumbrar. Cuando Germán se me acercaba para besarme, cuando lo miraba después de que me hubiese regalado un orgasmo o cuando lo sentía cerca, una parte de mí me recordaba que era Germán, mi vecino, el tío por el que me pillé a los catorce años, que me rompió el corazón varias veces por ser un cobarde, el dementor —como lo llamaba Alexis— que me hacía creer que lo nuestro era posible para después destrozar esa idea con incógnitas y mensajes sin responder.
—Qué.
—Nada. —Negué con la cabeza.
—Madrid te sienta bien, Velasco.
—A ti también, entrenador.
—¿Preparada para triunfar en la feria?
—No te esperes largas colas, ¿eh?
—Rocío, no sé si eres consciente de ello, pero en unas horas vas a arrasar.
Que me dijera aquello hizo que me mordiera el labio. Me sentía culpable. Había llegado el momento. No podía alargarlo más.

—German, tengo que contarte algo. —Chasqueé la lengua.
—¿El qué? —Frunció el ceño.
—En estos seis meses no he escrito lo que mis editores querían.
—¿Y qué has hecho? —Su voz sonaba serena, no había reproche ni sorpresa en ella, solo calma.
—Lamentarme y llamarme fracasada —confesé.
Germán suspiró y se dejó caer sobre la isla de la cocina. Luego se irguió.
—¿Y ahora qué vas a hacer?
—Inventarme una excusa que parezca real.
—No va a funcionar —me advirtió.
—Espero que sí.
—¿Por qué has pasado por esto sola? —me preguntó entonces.
—¿Cómo? —Esta vez, la que frunció el ceño con extrañeza fui yo.
—Podrías haberme dicho que no estabas escribiendo.
—Quería evitar miradas de preocupación y desconfianza.
—Vale.
—¿Te has enfadado? —Aquel tono me preocupó.
—No.
—Yo creo que sí, Germán —insistí.
—Entiendo que tendrías tus motivos para no contármelo, esté de acuerdo con ello o no, pero me he pasado seis meses hablando contigo como si lo estuvieras haciendo. No es que me sienta estafado, pero quizá haya dicho algo inoportuno.
—No lo sabías, por lo que si lo hubieras dicho no importa. Además, estoy acostumbrada a pasar por estas cárceles yo sola.
—Es que no quiero que lo hagas. —Chasqueó la lengua.
—Bueno, tranquilo, Candela lo sabía.
—Y yo tengo que ganarme el puesto, me parece bien —espetó.
—No es eso. —Le cogí del brazo.
—Vale, Rocío.
—Germán...
—Mira, todavía tenemos que aprender mucho el uno del otro, pero, por favor, cuando tengas otra cárcel de estas, como las llamas, plantéate al menos contármelo. No voy a resolver asuntos que tengas que hacer sola, pero al menos podré acompañarte.

Aquella frase me hizo mella porque hacía tiempo que no me sentía así al lado de alguien que no fuera un amigo de toda la vida. Estaba claro que Germán no quería que mi cabeza nos frenara. Asentí.

—Está bien.

—Y ahora arréglate. Tienes una feria entera que conquistar.

La Feria del Libro de Madrid me encanta. Siempre me ha dado buenos recuerdos a los que volver. El Retiro está precioso en esta época y ver cómo las calles se llenan de gente que viene a pasar el día o las colas larguísimas (de incluso horas, aunque llueva) que se forman para conseguir la firma de una persona que les había ilusionado a través de las letras es un sueño hecho realidad para cualquier escritor.

Candela ya estaba allí cuando llegamos. También Miranda. Se alegró de verme, pero me recordó que teníamos que hablar. Germán me miró de reojo y yo asentí asumiendo que no podía retrasar más el momento. Era normal que estuviera preocupada, en su lugar yo también lo estaría, sobre todo teniendo en cuenta que me había pasado meses con evasivas y no contestando a decenas de e-mails. Con todo, aquel no era el día para presionarme, por eso tampoco dudó en comentarme lo mucho que me brillaba la piel. Le presenté a Germán e hizo el mismo comentario que Candela. Él seguía sin entenderlo, pero no me parecía que fuese necesario explicárselo.

La cola daba la vuelta a la caseta. Germán me pellizcó y tuve que morderme la lengua para no darle la razón. Estas cosas me seguían impresionando. Cuando vi a tantos lectores y lectoras con mi libro en la mano, algo en mi corazón vibró. Miré a Germán, me sonrió y me senté llena de orgullo, pero también con cierta congoja, dispuesta a firmar. Al rato, Germán anunció que se iba a tomar un café. No habíamos dormido mucho.

—No me habías dicho que era tan guapo... —dejó caer mi amiga cuando se fue.

—Nunca he ocultado que Germán es guapísimo, Candela. —Puse los ojos en blanco—. Gracias por comprarlo. —Devolví el libro con mi dedicatoria estampada.

—Pues puede que pensara que exagerabas —confesó—. Ahora entiendo que estuvieras celosa. Yo también lo estaría.
—Pero si te he enseñado fotos...
—¿Cómo estás?
—Abrumada —solté con sinceridad—. Anoche, antes de la cena, me quedé sola en la cocina y, al ver la casa sin los trastos de Álex, me vine abajo.
—No te castigues. Es normal.
—Supongo —suspiré—. Germán me abrazó y no me soltó hasta que dejé de llorar.
—Se le ve una buena persona.
—Es buena persona. —Sonreí—. Aún me estoy acostumbrando a... —Hice una breve pausa, no quería que me malinterpretara—. Ya sabes.
—A que sea Germán.
—Eso es. —Cogí el libro que me tendía una chica—. Hola, ¿cómo te llamas?
—Bárbara.
Candela no pudo evitar una risa.
—Qué bonito nombre —disimulé.
—Sí —contestó con ojos culpables. Yo le devolví el libro firmado—. Gracias. Me ha encantado.
—Gracias a ti. Es solo que —me dirigía de nuevo a mi amiga— hemos pasado por tanto y a esta cabeza le ha dado tiempo a crear tantos escenarios que ahora tenerlo a mi lado, que me bese, verlo desnudo, que diga públicamente que soy su novia y que no me haya dado evasivas para hacerlo... No sé. Me explota la cabeza que todo sea tan fácil de repente cuando todo ha sido tan difícil.
—Ya.
—¿Estaré loca?
—Sí, lo estás, pero en este caso creo que es algo completamente normal. Yo estaría igual o peor que tú.
—Pues qué bien.
—¿Habéis hablado?
—¿De qué?

—¿Cómo que de qué? —Frunció el ceño—. ¿De lo que pasó hace años entre vosotros? ¿De la conversación que tenéis pendiente?

Os juro que cuando Candela se pone irónica es de lo más impertinente.

—No creo que sea necesario.

—Rocío, claro que es necesario. No puedes empezar una relación en condiciones con un tío al que le guardas rencor.

—No le guardo rencor —hablaba con un temblor en la voz.

—Pues deberías.

—¿Debería tenerle rencor a Germán, Candela? ¿En serio? —Esta conversación no me estaba gustando un pelo, y no era momento ni lugar, joder. Tenía libros que firmar, y a este paso no acabaríamos nunca—. Hola, ¿cómo te llamas? —Cogí otro libro.

—Laura.

—Genial. —Estampé la firma y se lo devolví—. Solo te pido que me dejes disfrutar de esta luna de miel. —Me volví hacia mi amiga—. Hace años que llevamos pensando en este momento.

—Y yo solo te pido, como amiga que te ha visto llorar por Germán, que tengas en mente que la luna de miel se acabará en algún momento, y ahí pueden salir reproches como el de la pista de fútbol. Tenéis que dejar las cosas cristalinas, y cuanto antes mejor.

Germán volvió al rato. Me dejó un café en un lado de la mesa y se puso a hablar con Candela y Miranda como si las conociera de toda la vida. Era increíble la facilidad que tenía. Era un don. Lo llevaba en la sangre, y eso jugaba a mi favor. Sabía que Candela tenía razón, pero no encontraba el momento. Estábamos bien. No quería revolver la mierda. Quería que todo siguiera como hasta ahora. Además, la noche anterior me había confesado que se veía viviendo aquí. Me daba esperanza de que nuestra relación fuese algo más que un *carpe diem*, de que era real, y pensar en sacar nuestros trapos sucios me daba angustia y ansiedad.

—¿A nombre de quién?

—Álex Castro.

Mis ojos se despegaron rápidamente del libro y se encontraron con los de mi ex. Mi cara debió de ser un poema, porque la primera en darse cuenta fue Miranda, que alertó a Candela, que hizo partícipe de la preocupación a Germán.

—¿Qué quieres, Álex? —Mi voz sonó seca, pero que no esperara una serenata, porque de lo único de lo que tenía ganas era de bailar claqué en su puta cara.

—El libro, lo juro.

—Creía que había perdido mi chispa.

—Ya, con respecto a eso... —tragó saliva—, lo siento.

—Y yo siento que tus disculpas no me valgan, Álex. —Me levanté.

Candela quiso acercarse, pero Germán no la dejó.

—Vamos, Rocío, estaba enfadado, esta...

—Cualquier cosa que digas ahora no va a cubrir ni por asomo la mierda que me has hecho pasar estos meses. —Fui tajante—. Así que te sugiero que des media vuelta y te vayas.

—¡Lo siento! ¿Vale? —gritó tanto que me sobresalté.

—Vale, Álex; ahora vete.

—Álex —esa voz era la de Candela—, Rocío tiene razón. Será mejor que te vayas.

—¿Se puede saber por qué has cambiado la cerradura de nuestra casa?

Mi cabeza colapsó.

—Porque siempre ha sido *mi* casa —le recordé—. Además, ¿para qué quieres entrar? Te vas a casar. ¿Sabe Bárbara que estás aquí montando este numerito?

—¿Crees de verdad que me voy a casar con esa? Solo era para ponerte celosa.

¿Qué? O sea, perdona un momento, ¿qué? Os juro que no sabía dónde meterme. Menos mal que la amenaza de Candela me despertó:

—Álex, no quiero tener que llamar a la policía. Ahórranos a todos un escándalo y...

—Tú —señaló a Germán entonces—, es él.

—Álex, vete a casa —le rogué.

—Es tu ex —insistió.

Obviamente, le había hablado de Germán. Ahora me arrepentía porque no reconocía a esa persona con la que había pasado tantos años de mi vida. Pero se lo conté porque, cuando conoces a alguien, es lo que hay que hacer, ¿no? Contar aquello que te ha marcado, la persona que se ha llevado una parte de ti y ha dejado cicatrices con las que tendrá que convivir para los restos. Así que una tarde cualquiera Álex habló de Patricia y yo hablé de Germán. ¿Qué probabilidades había de que pasara lo que estaba pasando? Maldita sea.

—Mira, tío, te agradecería muchísimo que hicieras caso de las recomendaciones que estas dos chicas te están dando, porque estás haciendo el ridículo y nos estás haciendo pasar un mal rato a todos. —La voz de Germán sonó serena.

—¿Tan bajo has caído, Rocío? —Álex estaba flipando y yo no entendía su desquicie—. ¿De verdad estás con el tío que tantas veces te ha roto el corazón?

—Cállate, Álex. No tienes ni idea. —Soné más dura. Me estaba enfadando.

—¿No? ¿Acaso no pasó de ti el día que le confesaste todo lo que sentías?

—Tío, lárgate.

—¿O qué? ¿Me vas a pegar, soldadito? —Este tono de Álex hacia Germán no me estaba haciendo ni pizca de gracia.

Miré a Candela preocupada. Ahora sí. Este tipo de situaciones me generaban mucha ansiedad.

—No.

—Claro, porque mucho Ejército y mucho ladrar, pero luego a la hora de la verdad eres un cobarde.

—No, el cobarde eres tú. —Salí de la caseta y me enfrenté a él—. El cobarde eres tú si piensas que después de lo que has hecho, ser el mayor cabronazo de la historia, vas a venir a solucionar lo mucho que la cagaste con un «lo siento» con la boca chica y que no te crees ni tú. Pero también eres un ridículo si de verdad crees que tienes potestad para opinar sobre con quién salgo, a quién dejo entrar en mi vida o a quién le doy una segunda oportunidad. Hace mucho tiempo que dejé de estar enamorada de ti, Álex, y hace mucho tiempo que a todos nos importa una mierda lo que opines. Así que haznos un favor a todos y vete a tomar por culo si no quieres que llame a la policía, y entonces tendremos un problema serio de verdad.

La gente de alrededor empezó a aplaudir. A Álex le horrorizaba hacer el ridículo y, ante la marabunta de aplausos, agachó la cabeza y se fue. Cerré los ojos y suspiré largo y profundo. No entendía cómo estaba pasando todo esto. ¿Por qué Álex se comportaba ahora así? ¿Habría estado ciega y no habría sido capaz de ver su verdadero yo, su verdadera naturaleza? ¿Por qué era tan injusto y tan bruto? ¿Por qué no se cansaba de hacerme daño? Había pasado seis años con él. Quizá mamá tuvo razón desde el principio, o tendría que haber hecho caso a mi voz interna cuando me decía que las cosas no iban bien. Puede que las señales sí habían estado ahí, y yo había sido incapaz de verlas. Al final, ese viejo refrán no erraba: el amor es ciego, los vecinos no. Oh, Dios. Quería meter la cabeza a diez metros bajo tierra. La voz de mi editora fue la que me devolvió a la realidad.

—Disculpad la escenita. La magia del directo. —Sonrió y la gente asintió comprensiva—. Rocío seguirá firmando libros y se hará una foto con todo aquel que quiera, ¿verdad, Rocío?

—Claro. —Me forcé a sonreír—. Claro que sí.

Miré a Germán a los ojos y le presioné el brazo. Candela se lo llevó a dar una vuelta. Por sus gestos y por lo mucho que estaba apretando los puños, sé que se hubiera lanzado hacia mi ex como si fuera un animal. Motivos no le habrían faltado. Yo también lo habría hecho. Obviamente, Álex sabía todo lo que viví con Germán, que había sido muy importante en mi adolescencia, pero, joder, las personas cambian y tienen derecho a evolucionar. Mierda, me dolía reconocerlo, pero Alexis no se equivocaba. Yo tampoco había sido una santa en nuestra relación. La verdad es que podría haber hecho las cosas mejor. Esto me iba a costar una conversación profunda e intensa de cojones que no me apetecía una mierda. Estábamos bien, era todo idílico, ni siquiera habíamos echado la vista atrás a nuestro pasado. No era necesario. Así que gracias, Álex. Gracias por seguir jodiendo mi felicidad.

La firma se extendió más de lo que esperaba. La escenita atrajo a curiosos que decidieron comprar el libro. Un par de horas después, puse la tapa al boli.

—¿Y Germán? —le pregunté a Candela al verla volver sin él.

—Se ha pillado un Uber y se ha ido a tu casa. Le he dado mis llaves.

—Joder —masculló.

—Déjalo. Se le pasará. Simplemente, necesita un tiempo a solas con sus pensamientos. Tu querido exnovio le ha metido una patada en los huevos.

—Jodiendo la marrana hasta el último momento.

—Desde luego.

—Y me jode, porque no es verdad, Can...

—Rocío, sí lo es —me interrumpió—. Es lo que te he dicho antes. Germán se ha dado cuenta de sus sentimientos con el tiempo, habéis podido solucionarlo y coincidir en un momento que es bueno para los dos. Pero yo también te conocí jodida por él y por no ser correspondida. Si hasta te dije que lo disfrutaras mientras durase.

—Mierda.

—Él no lo niega —me dijo entonces. Desvié mi mirada hacia la suya—. Hemos estado hablando un rato y no niega que fuera un imbécil. Le ha repateado que tu ex se lo diga públicamente, pero sabe que, en el fondo, es verdad.

—En su momento me ofreció que lo hablásemos —confesé, y Candela me miró sorprendida—, pero le dije que no porque pensaba que ya no lo necesitábamos. No me apetecía remover la mierda.

—Bueno, pues como amiga y como agente te aconsejo que es hora de que te apetezca. No quiero meter el dedo en la llaga, pero esto...

—Mañana está en TikTok, lo sé —la interrumpí.

Candela asintió.

—Va a estar esta noche. Si es que no está ya.

—No seas positiva, no. —Me mordí el labio.

Joder, mi suegra me iba a matar.

—Por cierto, tengo que darte una mala noticia.

—Tía, te voy a despedir —me quejé—. Siempre estás igual.

—¡Oye! Me encantaría ver cómo te las apañas sin mí.

—¿Qué pasa ahora, Candela?

—Pues que Miranda no ha querido decirte nada porque el momento le ha robado todo el protagonismo, pero ha llegado la hora de dar explicaciones.

—Ya, ya lo sé… —dejé caer con un suspiro.

—Y el lunes.

—Estupendo, pues a ver qué me invento ahora.

—No, amiga. —Negó con la cabeza—. Se acabaron las excusas. Es hora de hablar con ella y decirle la verdad.

—¿Me querrás cuando viva debajo de un puente?

—Te querré cuando vivas debajo de un puente, aunque no lo harás porque antes vivirías conmigo, imbécil.

—Siempre he tenido madera de mujer florero.

—Eso no te lo crees ni tú, chata.

—Candela.

—¿Qué?

—Gracias.

—De nada, amiga. —Me rodeó con el brazo—. Vamos, te acompaño a casa.

—Antes creo que necesito un vino.

—Pues yo necesito dos. Vamos.

37

El mensaje

Esto de hacerme la fuerte y no derrumbarme era agotador. Llevaba siete minutos frente a mi puerta sin tener los ovarios de abrir. No sabía cómo estaría Germán, pero lo cierto era que tampoco sabía cómo me sentía yo. Aún no había asimilado lo que había pasado. Había alargado los vinos con Candela todo lo que había podido, pero, tras tres copas de chardonnay, habíamos asumido que seguiría tiesa como el palo de una escoba hasta que comprobase cómo estaban las cosas en casa. Así que allí estaba, practicando respiraciones profundas como si fuera a parir.

Las luces estaban apagadas cuando entré. No encontré a Germán ni en el salón ni en la cocina. Tampoco en el baño ni en mi habitación. Justo cuando pensaba en llamarle por teléfono, se me ocurrió que tal vez hubiera salido a la terraza.

—Por fin algo de drama en tu vida. —Sonreí.

—Ah, hola. —Forzó una sonrisa.

Me senté en el sillón al lado de él.

—Conque has descubierto mi lugar secreto. —Quise quitarle hierro al asunto acercando mi sillón al suyo.

—Se está bien aquí.

—Ya lo creo —reconocí—. Aquí he pasado varias crisis mirando un cielo que no se ve y bebiendo cerveza caliente y vino barato.

—Una chica de pueblo total —soltó, y yo sonreí contagiándolo.

—Hey. —Le cogí la mano.
—Hey —suspiró.
—Siento lo de antes.
—Más lo siento yo.
—¿Qué sientes? ¿Que mi ex sea gilipollas y no me haya dado cuenta antes?
—No, el no haberte respondido a los mensajes.
—No pasa nada. —Me forcé a sonreír—. Pasado pisado, ¿verdad?
—Sí los contesté —soltó, y yo fruncí el ceño. «¿Ah, sí?», pensé—. Pero no me atreví a mandártelos.
—Vale, no pasa nada. —No quería darle más vueltas al asunto. Más después de todo lo que había pasado—. Lo único es que mañana…
—Posiblemente sea una estrella del rock en TikTok.
—Posiblemente lo seas ya —me apresuré a decir.
Germán me miró a los ojos.
—¿Este es el precio que pagar por salir con una escritora de éxito?
—Veremos a ver si a tu madre le hace la misma ilusión. —Puse los ojos en blanco y él sonrió.
—No sé si es tarde, pero sobre la cama te he dejado uno de esos mensajes que nunca te llegaron.
—No quiero leerlo. —Fui sincera.
—¿No?
—No. —Alcé los hombros—. Yo tampoco hice las cosas bien del todo, Germán. Escribirte esos mensajes fue egoísta. Lo hice porque lo necesitaba, pero no pensé en ti y en cómo te afectarían.
—Ya —hizo una breve pausa—, pero puede que en cierto modo te ayude a entender por qué hice lo que hice.
—Entonces, cuéntamelo —le pedí—. Si hay algo que creas que tenga que saber, dímelo ahora. Si no, da igual. No importa.
Germán se concentró en mis ojos y, justo cuando pensé que iba a decir algo, negó con la cabeza.
—No hay nada por lo que merezca la pena abrir el cajón de mierda.
—Entonces vamos a disfrutar de las pocas horas que te quedan de anonimato. —Tiré de él.

38

Quizá no debería decirte esto, pero voy a enamorarme (y no de ti)

Estaba claro que la Feria del Libro de Valencia estaba maldita para Germán y para mí, y, a pesar de que yo era la que no quería hablar, también tenía que reconocer que aquellos dos e-mails que nunca tuvieron respuesta me los sabía de memoria. Y me los sabía de memoria porque pasé horas buscando las palabras adecuadas. Me esforcé por ser asertiva, por no usar ninguna palabra por la que se considerara atacado y por tratar de explicarle cómo me hacía sentir. Ahora sabía que Germán solo necesitaba tiempo para dejar atrás la adolescencia, aclarar sus ideas, mejorar su relación con Marcos, descubrir quién quería ser, averiguar que ni Violeta ni Judith era a quienes estaba buscando... Ahora sabía que yo también necesitaba salir del pueblo, pasar el duelo de papá, lidiar con el viaje de mamá, averiguar cuál era mi sueño y cumplirlo. Dios, Germán y yo simplemente necesitábamos madurar nuestros traumas para que eso no matara lo que sentíamos el uno por el otro.

Sin embargo, ya que Álex ha sacado el tema, creo que necesitáis saber a qué se refiere. Así que ahí va un trocito de mi corazón roto:

Mensaje enviado a Germán Castillo
De Rocío Velasco
28 de septiembre de 2017
15:34

Quiero que sepas que sé que no estás en tu mejor momento, pero estoy harta, Germán. Esto me supera y no puedo más. He visto cómo me miras, nos he visto juntos y nos han visto juntos desde fuera. Sé que te hago sentir cosas. Y no voy a insistir más con esto, pero es que lo sé. Tienes que poner tu vida en orden. No puedes pedirme que te cuente todo lo que siento y dejar que me embale sin decirme todo lo que sientes tú ni explicarme todo lo que se te pasa por la cabeza si luego vas a intentar recoger cuerda. Eso tiene un efecto en mí. Tronco, no soy de piedra. Soy humana.

Estoy muy frustrada, pero, hasta que no sepas qué quieres y si yo estoy dentro de la ecuación o no, tengo que protegerme, porque de alguna forma, consciente o no, estás siendo egoísta, o tienes miedo... No lo sé. Porque de verdad no sé lo que piensas. Ni siquiera haces el intento de explicarte. Simplemente desapareces. Y me duele, y, aunque no lo entiendo, respeto que, por el momento, así es mejor. Sobreviviré, y tú sin mí también.

Insistir en esto me hace sentir patética, pero te he dicho mil veces que no buscaba una relación porque tenía claro que me piraba a Madrid y que tú también te irías. Así que necesito que me respetes y que finjas que estás de acuerdo; déjame que me vaya, porque, aunque no quiero marcharme, necesito salir de aquí. No sé por qué a nosotros nos cuesta tanto. Debería ser fácil, ¿no? Entonces ¿por qué no lo es? ¿Por qué todo nos cuesta tanto, Germán?

Dices que no quieres una relación, que este tema te tiene ausente, que no estás preparado, que no me mereces, pero... ¿de verdad que no te has dado cuenta de lo que tenemos tú y yo? ¿Recuerdas todos los momentos que hemos vivido? Ir de excursión, conocer a la novia de Marcos, ir a cenar a la playa, colarnos en la cocina del restaurante del hotel, salir simplemente a ver las estrellas... Entiende que me he cansado de dar explicaciones a todo el mundo, porque no las tengo ni para mí.

No puedo ser valiente para todo. No quiero serlo para todo. No quiero que rememos siempre a contracorriente, porque si soy una de las pocas cosas ahora mismo que merecen la pena en tu vida y no eres capaz de elegirme es que las cosas ni siquiera se acercan a como deberían ir. Confieso que una parte de mí solo quería fluir y fingir que no pasaba nada entre los dos, pero, llegados a este punto, ¿de qué sirve fluir y hacer como si nada si estamos como al principio?

Espero que este tiempo en el Ejército o donde vayas te sirva para madurar y que te vaya bien; pero, por favor, haznos un favor a los dos y no me llames, no me escribas y olvida que existo. Violeta no se merece esto. Y yo tampoco.

Mensaje enviado a Germán Castillo
De Rocío Velasco
15 de noviembre de 2017
23:34

Llevo unas horas pensando en que ojalá me hubieras dicho que me echabas de menos. Porque yo me he dado cuenta de que te echo de menos. Y no sabes cuánto me jode reconocerlo. Te había olvidado. Te juro que te había olvidado, pero ahora que nos hemos visto y Valencia nos ha reencontrado no dejo de pensar en ti, Germán, en lo que me dijiste, en lo de si alguna vez será nuestro momento. Sé que no debería estar escribiéndote, pero bueno, es lo que siento y me está costando mucho que hagamos vidas separadas, porque no quiero tenerlas.

Necesito saber que no estás dejando que «se me pase», porque necesito que te quede claro que no se me va a pasar. Necesito que seas sincero conmigo, y que lo seas cuanto antes, porque yo he tratado de serlo, pero no he sentido que tú hayas hecho lo mismo. Necesito que hagas el ejercicio de tratar de darme una respuesta, porque tus famosas señales no son suficientes.

Si tienes miedo, dímelo; si no quieres compromiso, dímelo; si te da miedo perderme, dímelo; si hay otra, dímelo; si no sabes lo que es, dímelo. Creo que me merezco que por lo menos intentes darme una respuesta, porque desde que nos conocemos no paro de tratar de pensar cuál es el problema: si soy yo, si hay alguien o si simplemente esto no es lo que quieres y se te complicó el argumento de la historia. No entiendo qué nos pasa ni qué ha salido mal. No me vengas con lo de que no estás en tu mejor momento, lo sé. Lo sé mejor que nadie, porque en muchas ocasiones he sido tu pilar y no me ha importado serlo, porque somos un equipo, pero tú has actuado al revés muchas veces. Que tu mundo esté patas arriba, y aun así prefieras perderme, me pone triste y me frustra, porque me hace pensar que no me valoras y que todo este tiempo he hecho el ridículo.

Este paréntesis que nos hemos dado no tiene sentido si te manifiestas en redes sociales; si me escribes porque quieres saber qué tal han ido las clases; si vienes a verme a Valencia y me dices que ojalá tengamos un futuro algún día... Me haces pensar que te importo, y no te puedo importar si lo único que estás haciendo es dejarme ir, que es lo que estás haciendo. Por Dios, Germán, ¿tengo que decírtelo otra vez? Si fuera por mí, no me iría.

Quizá no debería decirte esto, pero voy a enamorarme. Hay una parte de mí que no quiere, pero Álex es un buen chico y me valora. Sí, asumo que no me da la misma sensación de paz cuando tú y yo nos vemos, cuando nos reímos o cuando me pongo a pensar en las escapadas que hemos hecho. Y así era también con los chicos con los que he salido hasta ahora, pero ha llegado él... Sé que no me vas a responder, por eso te recuerdo una cosa que creo que has olvidado: no busco encontrarme con la perfección, sino un sentimiento de casa y paz. Tú lo eras, pero he decidido que ya es hora de que dejes de ser el único. Hay una parte de mí que sigue aferrada a ti, que tiene fe en nosotros, pero hay otra que literalmente quiere matarla, porque el marcador ahora mismo no está equilibrado y tú no quieres hacer nada al respecto.

    Sabes como yo que no merezco que esta situación sea injusta. No todo es blanco o negro, claro que no; pero esta escala de grises empieza a no tener sentido y quiero acabar el año sabiendo que he hecho todo lo posible por hacer las cosas bien. Por ti y, sobre todo, por mí. Me debes sinceridad y bondad por todo lo que nos une. Sé que eres capaz. Nunca te he pedido nada, pero ahora lo único que necesito, Germán, es que seas sincero y fiel a lo que sientes. El resto vendrá solo.

39
Amalgama

Eran las once y media cuando llegué a mi piso. Había salido a correr para tratar de despejar la cabeza, aunque no había tenido mucho éxito. En una hora tenía una reunión con mis editores y todavía no sabía cómo iba a enfrentarme a ella. Además, nuestro tren salía al día siguiente a primera hora y eso me tenía un poco triste. Me hubiese gustado estar más con mis amigos. Me había encantado pasear por el Retiro (sin contar el encontronazo con Álex) y que algunas de las personas que más quería me hubieran puesto los puntos sobre las íes. Aún tenía mucho por hacer, pero bueno, en Madrid el tiempo siempre pasaba más deprisa. Y no pasaba nada, porque ahora tenía más claro que nunca que volvería.

Germán estaba en la cocina. Llevaba los cascos puestos. Sonaban tan fuerte que pude escuchar la canción: «Abril sin anestesia», de Pablo López. Cuando me acerqué, lo pilló totalmente de sorpresa:

—¡Qué susto, joder!

—Oye, perdóname, pero he gritado como una posesa cuando he llegado —me defendí—. No es mi problema que te guste escuchar la música como si estuvieras en primera línea de un concierto de punkies hippies —solté, y él puso los ojos en blanco.

—¿Has ido ya a la reunión?

—No, es en una hora. —Me llené un vaso de agua.

—¿Y qué vas a decirles? —Me ofreció una taza de café.
—Mi versión. —Me senté en un taburete.
—¿Que no vas a escribirla?
—Sí, pero quiero escribir una historia igual de buena.
—¿Tan malo sería para ti escribir una segunda parte? —me preguntó de repente.

No quise llevármelo a lo personal, pero me dolió. No esperaba que también intentara disuadirme. ¿Era la única que pensaba que *No sin París* no necesitaba una segunda parte? Hice lo que mejor sé: contestar con evasivas.

—No lo sé. Dímelo tú —le pedí—. Te lo has leído. ¿Piensas que la necesita?
—¿Quieres que te diga qué es lo que pienso de todo esto?
—Adelante.
—Lo que pasa es que quieres olvidarlo.
—¿Cómo? —Lo miré a los ojos. No entendía adónde quería llegar.
—Le has cogido manía al libro, y, ojo, lo entiendo —confesó apartando un taburete para sentarse. Lo miré patidifusa—. No quieres continuar la historia de Nina y Álex, precisamente porque te recuerda todo lo que pasó con el imbécil de tu ex.
—Te equivocas. —Apreté los labios.
—Pero, si fuera así —alzó los hombros—, solo quiero que sepas que es completamente comprensible y nadie te va a juzgar por ello.
—No es por eso.
—Vale —asintió.
—¿Por qué piensas eso? —Me estaba empezando a alterar.
—Porque esta novela iba a ser tu novela estrella —le miré a los ojos mientras hablaba—, y de hecho lo es. Todo el mundo habla de ella menos tú. No has querido hacer promo, aunque Candela te prometió que solo te preguntarían por el libro, y no has presumido, y tú presumes de todo.
—No presumo de todo. —Puse los ojos en blanco.
—Sí lo haces —insistió—. Rocío, solo digo que se ha convertido en una de las más leídas del país, pero no me parece que la

estés valorando. Es más, no me parece que estés valorando el trabajo que has hecho.

—Es un buen libro —articulé con la boca pequeña.

—Lo es.

—Y no es fácil.

—Nadie ha dicho que lo sea, pero desde que se publicó no has dejado de huir.

—¿De quién? ¿De Álex? —Mi voz se volvió aguda. Es lo único que me faltaba—. No seas ridículo.

—Rocío —suspiró y guardó silencio durante unos segundos que a mí se me hicieron eternos—, te has obligado a superar vuestra ruptura, aunque no estabas preparada para hacerlo, y lo has hecho con la estúpida excusa de que ya llevabas tiempo de luto y no sentías nada por él. Pero dejar a una persona duele; que te haga lo que te ha hecho duele; que ahora quiera volver contigo, porque se ha dado cuenta de que la cagó, duele.

—Ger...

—Que sacara nuestros trapos sucios también dolió.

—Es lo que más siento. —Me mordí el labio.

—¿Lo sientes? ¿Por mí? No lo hagas —me pidió, y yo fruncí el ceño. No entendía nada—. Yo es algo que tengo más que asumido, pero necesito que entiendas que veros puede ser traumático para ti. —Me cogió la mano, pero yo no era capaz de reaccionar—. No pasa nada. La ausencia de sus cosas en tu casa te recuerda a él, Madrid te recuerda a él y este libro, lo quieras o no, te recuerda a él y a lo que te ha hecho.

—Me siento mal por eso —confesé.

—¿Por qué?

—Porque estás cargando con un peso extraño, con estímulos extraños, y porque te he hecho partícipe de una burbuja extraña —traté de explicarme—. Y encima no soy yo, Germán, esta que ves aquí no soy yo al cien por cien. Me jode, porque estoy en un momento emocional complicado y aun así estás siendo un santo conmigo.

—Rocío, ¿tú estás segura de lo que sientes por mí? —me preguntó entonces. Volví a quedarme estática sin saber qué decir—. Porque yo estoy seguro de que lo que tenemos ahora merece la pena —añadió al ver que no decía nada—. Y solo por eso estoy dispuesto a pasar por toda esta mierda que tú defines como «extraña». No voy a abrir el cajón de mierda, porque ambos hemos decidido que no lo vamos a abrir, pero tú estuviste en las malas, en esos momentos en los que yo no sabía quién era, y que ahora estés perdida no va a hacer que me vaya. Así que déjame decirte que estás en todo tu derecho de querer dejar aparcada la historia y escribir algo completamente diferente, pero a Candela no la engañas y a mí tampoco. No es una cuestión de ego, no es una pelea de creer o no en los finales humanos; es una cuestión de duelo.

—Mi nuevo libro puede ser tan best seller como el anterior.

—No lo pongo en duda —esbozó una sonrisa—, pero no te pelees con nadie por no querer ser sincera con lo que te pasa.

—Dios. —Enterré la cabeza entre mis brazos y suspiré. Me dolía todo—. ¿Se puede saber qué hacías exactamente en el Ejército, Germán Castillo? ¿Mediar con terroristas? —Mi comentario le arrancó una carcajada.

—Eso es un secreto de Estado —me guiñó un ojo—, aunque las suicidas literarias se me dan bien.

Me había calado. Pero bien calada que me tenía. Este ataque no me lo esperaba y ahora mismo estaba KO. Había puesto palabras a una amalgama de sentimientos desordenados que no sabía ni de dónde venían. Me levanté dispuesta a ir a la ducha y llegar a la editorial a tiempo y con el rabo entre las piernas. Esta historia necesitaba ondear la bandera blanca por algún lado. La guerra que había montado mi cabeza ya había durado lo suficiente y no tenía sentido. Además, tenía muchas personas con las que disculparme.

—Voy a la editorial.

—Pues saca tus mejores armas de seducción.

—Buen trabajo, soldado.

—No hay de qué, canija.

Mis pasos se detuvieron y miré a Germán con una sonrisa inconsciente en los labios. ¿Cómo era posible que en menos de media hora me hubiera noqueado dos veces? ¿Esto iba a ser así todo el tiempo?

—Qué.

—Nada. —Ladeé la cabeza—. Es solo que no me llamas canija desde que teníamos catorce años y me traías caldo de tu madre cuando me ponía malísima.

—¿Te molesta?

—Para nada.

—Bien. —Se irguió—. A veces viene bien recordar que, aunque torpe, bobo e imbécil, el que llegó a tu vida primero fui yo.

40

¿Qué te ha pasado?

Soy más de finales humanos que de finales felices, pero Miranda lo entendió, y los de la editorial también. Pedí perdón por las formas que me habían llevado a parecer una niñata con un arranque de ego y firmamos el tratado de paz. O sea, una prórroga de otros seis meses. Era hora de sanar. Y de escribir como una posesa. Al salir de la editorial, supe que tenía otra cosa que hacer. Saqué mi teléfono.

—Eres muy lista.

—¿Yo? ¿Por qué? —Candela no entendía nada.

—Ya sabía yo que el que Germán y tú os alinearais iba a ser mi ruina.

—¿Ha funcionado?

—Acabo de salir de la editorial —confesé—. He pedido perdón a Miranda y me han dado una prórroga de seis meses.

—¿Eso quiere decir que...?

—Escribiré la segunda parte —suspiré.

—OK. ¿Me puedes decir por qué tengo cinco becarios inútiles a los que me esfuerzo en formar, pero solo la cagan, y un tío al que le cuento cuáles son mis sospechas consigue lo que yo no he conseguido en cinco meses?

—A veces solo hay que dar en la tecla correcta. —Alcé los hombros.

—Tu hombre no estará buscando trabajo como agente, ¿verdad? Porque es bueno.

—No, lo siento.

—Mierda —bramó, y yo sonreí—. Bueno, os veo esta noche, ¿verdad?

—Sí.

—Genial. Pues te dejo.

—Candela, una cosa más —me apresuré.

—Dime.

—Lo siento —suspiré—. No ha sido fácil aguantarme estos meses, pero te agradezco que hayas estado ahí y que hayas velado por mis intereses para que, ya sabes —resoplé—, no acabara en la calle y eso me obligara a vivir bajo un puente, porque ni muerta vendería mis Manolo Blahnik.

—No hay nada que sentir —me aseguró—. Llevas cinco meses siendo la nueva Lydia Lozano. Ni siquiera sé cómo hubiera reaccionado yo.

—Ya.

—Además, que siempre has sido insoportable, por lo que... —ironizó, y yo sonreí—. Eeeh...

—Dime.

—¿Te acuerdas cuando Abel me dejó y me pasé tres semanas yendo a tu casa a las cuatro de la tarde en pleno verano para comer aceitunas y beber vino?

—Sí.

—Pues eso. Hoy por ti y mañana por mí.

—Te quiero.

—Yo también. Ah, y dile a Germán Castillo que los penes hoy suman un punto.

—Lo haré.

—Por cierto, ¿cómo lo lleva?

—¿La verdad? Lo lleva. Él dice que bien, porque, claro, ha sobrevivido a maniobras donde ha pasado frío, hambre y sueño y donde, ¿cómo dice él?, ah, sí, donde ha dormido a la intemperie, pero que artículos con titulares como «El hombre misterioso que ha conquistado el corazón de Rocío Velasco», «Del Ejército al corazón de la reina del posromance» o «La nueva ilusión de Rocío Velasco lleva uniforme» saquen a resarcir todo tu historial no tiene que hacerle ni puta gracia. Creo que hablará de nuestro pasado antes contigo que conmigo —confesé.

—¿Por qué dices eso? —Pareció no entenderme.

—¿Porque es un exmilitar con un sentido de la protección y de la entereza estúpido? —¿En serio no estaba claro? Porque, para mí, blanco y en botella—. No va a perder los nervios. No está entrenado para eso.

—Ya los pierdes tú por los dos. —Su comentario me hizo abrir los ojos.

—Te juro que al que escribió «La nueva ilusión de Rocío Velasco...» le pegaba un puñetazo.

—Ya somos dos. —No pude por menos que soltar una carcajada.

Dejé el bolso en el sofá. Eran las cuatro de la tarde y Germán había salido a correr. Solo a un loco como a él se le ocurre salir a correr a estas horas. La casa estaba en el más absoluto silencio y parecía más grande. Había muebles que no me encajaban. No tenía sentido que el sillón estuviera en ese lado de la pared. Apenas le daba la luz. Al moverlo, me di cuenta de que la mesita ya no estaba alineada con la estantería. Una cosa me llevó a la otra y, cuando Germán llegó, había hecho un feng shui radical. No dijo nada. Me dio un beso en la cabeza y se fue directamente a la ducha. Apestaba.

Por la noche quedamos con Candela y toda la tropa. Fue una noche de diez. No sé cuánto me reí, pero tenía la sensación de que estaba donde debía estar. Brindamos por mi prórroga, pero no nos quedamos mucho porque al día siguiente Germán y yo madrugábamos. Aunque, cuando nos metimos en la cama, el entrenador volvió a exponer sus pensamientos:

—¿Puedo sugerir algo?

—Estoy muy cansada, Germán. —Hice un puchero—. Mañana, si quieres, cuando volvamos a casa...

—Por muy tentadora que suene esa propuesta, no iba por ahí —me interrumpió.

—Ah —me incorporé—, pues tú dirás.

—¿Por qué no te quedas hasta el viernes?

—¿Ya quieres librarte de mí? —Alcé las cejas.

—No, pero no das clase hasta el viernes a las tres y creo que te va a venir bien estar estos días con tus amigos —opinó—. Aprovecha para cambiar todos los muebles que quieras, para ir a eventos, hacer promo, ponerte a escribir...

—¿Por qué insistes tanto con las cosas del libro?

La verdad es que ya llevaba tiempo queriéndolo hacer.

—Porque creo que lo necesitas.

—No te entiendo —confesé.

—Antes has dicho que no estás al cien por cien a nivel emocional, algo que, insisto, es lógico —comentó—. Por eso creo que necesitas recordarte quién eras antes de toda esta vorágine. Y es algo que necesitas hacer sola.

—¿Seguro que no quieres deshacerte de mí? —Lo miré de reojo.

—Palabrita del Niño Jesús.

—No sé, Ger...

—Vuelve al ruedo, Rocío —no me dejó continuar—. Y déjate sanar; llora, sal a tomar unas copas un martes por la noche y vuelve a las seis de la mañana, grítale a un turista porque se ha puesto en el lado izquierdo de las escaleras del metro... Haz cualquiera de las cosas que hacías en tu casa, con tus amigos, en tu intimidad... Permítetelo.

—¿Y qué vas a hacer tú esta semana sin mí?

—¿Yo? Yo estaré esperándote el viernes a las nueve treinta y dos en la estación de tren, con los brazos abiertos y muchas ganas de saber qué propuestas tentadoras tienes en mente.

Solté una sonora carcajada que lo contagió y, justo ahí, en ese momento en el que sentí el dolor de la tripa y traté de coger aire para normalizar mi respiración, lo supe. Mis ojos se encontraron con los de Germán y simplemente lo supe.

—¿Te puedo confesar algo?

—Claro.
—No me acostumbro.
—¿A qué? —Germán frunció el ceño.
—A ti. —Al escuchar eso, relajó sus rasgos—. A veces, te miro y digo: «Guau, es Germán».
—Créeme, me pasa lo mismo.
—¿Sí?
—Sí. Por eso sé que esta vez no puedo permitirme dejarte ir y por eso quiero que vuelvas a ser tú con todas tus versiones. Estás sobrepasada, Rocío. —Me obligó a que lo mirara—. Tú dices que estás bien, pero no lo estás. Creo que necesitas un tiempo de adaptación y quiero que te lo tomes. Te lo he dicho antes e insisto ahora: no me importa estar acompañándote y, de hecho, quiero hacerlo, pero no quiero que tu mundo ahora te cohíba —soltó.

Guardé silencio. Me estaba tomando muy en serio todo lo que me estaba diciendo y estaba bastante sorprendida.

—Sé que dices que eres fuerte, porque no te queda otra, pero es lo que te toca y sé que lo vas a conseguir. Así que quiero que vuelvas a plantarle cara, que te rías de esos vídeos virales de mierda y que escribas la mejor segunda historia del mundo.
—Germán.
—Dime.
—¿A ti qué te ha pasado?
—¿A mí? —Lo acababa de descolocar.
—Sí. ¿Desde cuándo eres tan profundo, tan sabio y tan responsable?
—Simplemente, me di cuenta de una cosa.
—De qué.
—De que, o me ponía las pilas, o te perdía.

41
Volver

Dos horas después de que Germán se fuera sonó mi despertador. Traté de convencerlo para que me dejara acompañarlo, pero disuadirme se le daba bien y, con un último beso que prácticamente me dejó sin respiración, me hizo prometerle que cumpliría con todo lo que habíamos hablado. Así que allí me quedé, delante de mi vestidor, recién duchada, tratando de escoger unos zapatos que me ayudasen a atravesar este día al que Candela ni siquiera le había puesto un parón para la comida.

—¿Preparada? —Mi amiga abrió la puerta de mi casa.

—Tía, acabo de poner la cafetera. Dame diez minutos.

—Ni de puta coña. ¡Vámonos!

Radios (y pódcast), platós de televisión e incluso dos entrevistas con editoriales de fotos. Me entró un síndrome del impostor que me moría, pero, cuando volví a mirar el reloj, eran las nueve de la noche y me sentía exhausta. Mi única salvación fue ver cómo ese barman de ojos azules prometía mejorar mi día con el rocío de la uva francesa.

—He de reconocer que me alegra haber vuelto al ruedo. —La voz de mi amiga sonó en mis oídos.

—Qué bien, porque yo solo siento que digo estupideces y cosas sin sentido.

—Es lo que haces, pero ese es tu sello —soltó, y puse los ojos en blanco—. Vamos a brindar, Velasco. Por tu regreso. —Alzó su copa.

—Por el regreso. —Brindamos, apoyamos la copa en la barra y ambas nos llevamos la copa a los labios.

Riesgos, amigas, los justos.

—Mañana tienes dos entrevistas y un directo en Instagram a las cinco.

—Fenomenal.

—Luego tienes varias opciones.

—¿De qué? —le pregunté con curiosidad.

—De fiestas.

—No quiero ir de fiesta, Candela —me quejé.

—Ya, pero vas a ir. —Su contundencia me hizo resoplar—. Tenemos la fiesta de primavera de un hotel, la presentación del disco de una nueva banda tontipop o el lanzamiento de un coche.

—¿Tontipop en plan La La Love You o tontipop del que nadie recuerda?

—No son La La Love You.

—Pues vamos a la del lanzamiento del coche.

—Vale, pero irás con Fran y estos… —Yo la miré como si me hubiera hablado en chino mandarín—. No me mires así. Te dejo a buen recaudo.

—¿Qué se supone que tienes que hacer mañana? —Entrecerré los ojos.

Candela siempre se apuntaba a un bombardeo.

—Tengo una cita.

—¿Perdona?

—A ver —suspiró—, en realidad, tengo una relación.

—¿Cómo? —Parpadeé.

—Sí —confesó con ojos culpables—. Es un buen tío, te encantaría.

—¿Y por qué no sé nada de esto?

—Porque ya tenías suficiente entre el libro, TikTok, Álex y la vuelta de Germán a tu vida.

—Eh, no —la apunté con el dedo—, no hagas esto. Que sea un imán para el drama no quiere decir que tú creas que puedes ocultarme con quién sales. A ver, foto.

—Rocío...

—Foto, y después de eso quiero sus apellidos, dirección y, a ser posible, sus huellas.

—Estás chalada.

Mi amiga protestó por mi drama habitual, pero me pasó su móvil. Pablo. Se llamaba Pablo, Pabs para los amigos, y era rubio, ejecutivo, estilo cayetano y con sonrisa complaciente. Practicaba surf y era medio gallego.

—Vale, pues ahora quiero saberlo todo con pelos y señales. Y no escatimes en detalles, es de lo que vivimos las dos —concluí.

No se lo dije porque no estaba en la posición de hacerlo, pero me dolió un poco que pensara que no era momento de contarme que había encontrado a alguien que la hacía feliz. En un contexto donde cada vez era más complicado toparse con alguien que mereciese la pena, noticias como estas daban esperanza a todas las demás.

Me deshice de la ropa al llegar a casa horas más tarde y me dejé caer en la cama. Estaba agotada. No recordaba que todo esto me chupara hasta el último resquicio de mi alma, y mucho menos cómo conseguía ponerme a escribir después de todo esto. Había perdido forma.

> Me echas de menos ya?

> Pues sí, pero que me mandes este mensaje ahora y no a las dos horas de irme me deja tranquilo

> Siento desilusionarte, pero ha sido porque el último beso que me has dado me ha dejado sin aire y me he quedado inconsciente

> Vaya, entonces no estás haciendo lo correcto?

Veamos, por hacer lo correcto te refieres a dar entrevistas hasta desfallecer?

> Sí

Conseguido

> Buena chica

Qué tal tu día?

> Doña Carmen me ha asaltado por la calle

Su sobrina también quiere saber si estás desquiciado?

> Más o menos

Lo siento, Germán

> Oh, no.
> No lo sientas.
> Me encanta ser "la nueva ilusión de Rocío Velasco".
> He nacido para ser un novio florero

Has nacido para hacer muchas cosas, Germán, pero ser novio florero no es una de ellas. Eres demasiado mandón

> Por eso,
> tú tienes la fama y el dinero,
> y yo soy realmente el que mando

> Tú sí que sabes, colega.
> Cómo se lo ha tomado
> tu madre?

> Digamos que no estás cerca
> de la receta del tiramisú

> Me cago en TikTok,
> la prensa y en la madre
> que los parió

> Pero los del equipo de fútbol
> me han dicho que te diga que tú sí sabes
> enfrentarte a las adversidades.
> Y que ojalá le hubieras pegado un guantazo
> a tu exnovio

> Lo del guantazo también
> ha sido cosa de los chicos?

> Ya lo creo

> Diles que su coach
> me ha enseñado a hacerlo

> Qué quieres hacer el finde,
> escritora de éxito?

> A este paso,
> no salir de la cama

> Qué vaga te estás volviendo

> Oh, no. Créeme: vamos a tener mucha actividad

La rutina al día siguiente no fue distinta: quince minutos frente a mi vestidor debatiendo sobre mis inquietudes estilísticas, cafés, gritos de Candela porque estaba lloviendo y llegábamos tarde, un tráfico horroroso porque el centro de Madrid siempre se colapsa en los días de lluvia y más entrevistas. No me había dado tiempo a escribir, pero junto con los de la editorial decidimos que el libro se titularía *Madrid tiene los ojos verdes*.

Los periodistas me preguntaron si estaba pensando en llevar mis libros a la gran o pequeña pantalla, y, sí, alguna vez lo había pensado, aunque evité mojar más, porque eso no estaba en mis manos. También me preguntaron por Germán. Confesé que teníamos una relación y que estaba ilusionada. No quise ahondar mucho más porque todavía no sabía cómo le estaba afectando esto. Decía que estaba encantado, pero quería andarme con pies de plomo por si acaso. El día pasó rápido y, de pronto, me vi de camino al gran evento al que Candela prácticamente me había obligado a ir.

—Oficialmente la reina de los eventos ha vuelto —dijo Fran al verme llegar.

—¿Una fiesta de un coche? —remarqué—. No me la pierdo por nada.

—Di que sí, canapera —bromeó Paula.

—¿Es verdad que va a cantar Dani Fernández?

—¿Qué? —exclamó Celia con los ojos muy abiertos—. Dime que no es una broma.

—Alguien se lo ha soplado a Candela.

—¡Vamos! —Mi amiga hizo un gesto triunfal con el brazo y todos reímos—. ¿Dónde está Candela?

—Con el titi —le contesté rápido.

—Anda, la amiga… Qué suerte tiene. Es un buenazo —confesó Fran.
—¿Lo conoces?
—Sí, lo trajo a cenar un día que fuimos al Marta —soltó—. Ahora que caigo esa noche salió disparada a hablar contigo. Creíamos que había pasado algo, pero me dijo que no era nada que ella no pudiera controlar.
—Esa noche le dije que estaba celosa de las chicas con las que salía Germán.
—Pues sí que ha llovido… —dejó caer.
—La verdad es que sí. —Aquello me puso bastante triste, aunque no permití que se me notara—. ¿Qué tal estás?
—¿Tienes tiempo?
—Fran, estamos en el lanzamiento de un coche con barra libre —le recordé—. Claro que tengo tiempo. Y aguante. Así que dispara.
Estos meses no había sido del todo justa con Madrid ni con mi estilo de vida. No se trataba de la fiesta o el evento en sí. Lo que me encantaban era la magia y el glamour romántico, la exclusividad de compartir un espacio con los amigos y la confianza para aprovechar una barra libre y confesar nuestros mayores miedos e inquietudes. Así que sí, en medio del concierto de Dani Fernández, con los gritos de Celia ensordeciéndonos mientras sonaba «Clima tropical», miré a Fran a los ojos y sonreí. Había vuelto, una parte pequeña de mí había regresado por fin.
—Y esta es mi historia, Patricia, ¿puedo bailar? —me soltó con guasa, porque quién puede olvidar ese mítico programa de la televisión.
—Después de haber coincidido con ese semejante neandertal, puedes hacer lo que quieras —le respondí.
—Me alegro tanto de que estés aquí, Rocío…
—Yo también me alegro de haber vuelto, Fran. Mucho.

42

Un regreso inesperado

El resto de la semana pasó mucho más rápido de lo que me hubiera gustado. Volvía a estar subida en un AVE con unas gafas de culo de vaso y unos parches de colágeno para que no se me notaran las ojeras. Esa noche no había podido dormir de lo nerviosa que estaba al saber que hoy volvería a ver a Germán. ¿Qué edad tenía? ¿Quince años? Os juro que a veces me avergonzaba de mí misma.

Tenía razón si os lo preguntáis. Es decir, tenía que reconciliarme con lo que él llamaba mi hábitat natural. Cuando meses atrás pensaba en Madrid, creía que no echaba de menos los eventos y despotriqué de mi existencia como escritora, pero, en realidad, solo estaba huyendo. Perdonarme, no victimizarme y plantar cara a Álex y a todo lo que había pasado este tiempo había conseguido un efecto sanador. A ver, salir, beberme hasta el agua de los floreros, reírme con mis amigos y remodelar mi casa con un feng shui de la leche también había ayudado. Pero públicamente me quedaré en la versión oficial. Era la más elegante.

Durante esa semana, escribí. Y mucho. Tenía una fe ciega en que la historia sería maravillosa, que es lo que se merecía. Conocí a Pablo, la nueva ilusión de Candela, y Pablo era un tío genial. Tendríais que haber visto cómo miraba a mi amiga... Lo primero que pensé es que Germán y él congeniarían muy bien. Eso sí, aquí el arquitecto tenía un aguante... Nos lo llevamos de copas creyendo que lo íbamos a tumbar, y casi acabó recogiéndome del suelo. Por cierto, un consejo: nunca vayáis con un vestido palabra de honor, largo, blanco de lentejuelas si tenéis intenciones de perrear. Spoiler: no es posible. Diréis que es un dato inútil, pero os aseguro que me lo agradeceréis. Tampoco os pongáis un lazo. Volveréis sin él.

A las nueve treinta y dos, llegamos a la estación, y, mientras el resto de los pasajeros se desperezaba en sus asientos y procrastinaba todo lo que podía su llegada a reuniones y trabajos varios, yo ya estaba en primera línea, augurando el momento en que las puertas se abrieran. Cuando lo hicieron, mi pulso se aceleró al mismo tiempo que mis piernas. En mis oídos sonaba «Los domingos no se toman decisiones», de Pole y Pablo Alborán, y segundos después, mientras dejaba atrás a diferentes transeúntes, vi a Germán, aunque la sorpresa fue mayúscula al ver que no estaba solo.

—¿Mamá?

Distinguir la silueta de mi madre seis años después me puso el vello de punta. Sobra decir que tiré la maleta y el bolso con el ordenador y corrí hasta ella. La primera colisión de nuestros cuerpos fue brusca, pero, a medida que nuestras siluetas iban recuperando la sensibilidad y reconociendo el tacto de a quién abrazaba, nos pusimos a llorar las dos. Le cogí la cara, la miré durante unos segundos y volví a estrechar su cuerpo contra el mío. Estaba morena, más delgada y guapísima. Se había cortado el pelo, algo que ya intuía por nuestros intentos de videollamada, y ahora lo tenía más rubito.

—¿Ha terminado? —le pregunté.

Ella me miró con los ojos llorosos de la emoción y asintió.

—Sí, cariño. —Me acarició la barbilla—. El viaje ha terminado.

Nunca me había permitido pensarlo con honestidad, porque sabía que ella lo necesitaba, pero no tener disponible a mi madre tanto como me hubiera gustado todos estos años había sido complicado. Empezó por Europa, y ahí no hubo problema. Me llamaba todos los días, me pasaba fotos, me enviaba recuerdos… Pero, cuando traspasó el continente y se fue a Asia, todo se complicó. No había cobertura, conseguía wifi una vez a la semana y, aunque, cuando era posible, siempre estaba para mí, hubo un tiempo en el que me sentí abandonada. Menos mal que en terapia aprendí a canalizarlo. Qué importante es ir al psicólogo, la verdad.

Germán recogió mi maleta y el bolso y se puso a nuestra vera, lo miré y él me correspondió con una sonrisa. Le di un beso corto en los labios.

—Ay —suspiró mi madre—. Si supierais cuánto tiempo llevábamos Marta y yo esperando que pasara esto.

Ambos sonreímos y me volví a enganchar al brazo de mi madre. En el coche, le pedí que me lo contara todo. Quería saber por qué había decidido volver. Llevaba seis años dando vueltas por el mundo.

—¿Ha sido por dinero? —Fue lo primero que pensé.

—Claro que no —me respondió con rapidez—. Pero creo que, tras seis años viajando por el mundo, por fin empecé a echar de menos el mío.

Sabía perfectamente de qué estaba hablando. No quise indagar mucho más. No era el momento. Germán nos llevó a nuestra casa y se despidió para dejarnos un poco de intimidad. Yo tenía que dar clase en cuatro horas. Quedaban pocas sesiones, y, para ser sincera, eso me tenía algo nostálgica, aunque también preservaría el drama para cuando llegara.

Mamá propuso preparar café mientras yo dejaba mis cosas en la habitación. No dudó en decirme lo mucho que le gustaba la nueva distribución de los muebles y, ya con una taza de cafeína colombiana entre las manos, empezó a contarme anécdotas, a enseñarme fotos, postales y souvenirs que se había traído. Nunca hubiera dicho que el top tres de mi madre en cuanto a lugares del mundo sería Luang Prabang, Bután y la bahía de Ha-Long. Me dio envidia. Y también me sentí patética al pensar que los míos son Londres, París y Nueva York.

Miré el reloj y me maldije por dentro. Era la hora de ir al instituto.

—Me tengo que ir.

—Claro, vete tranquila.

—Pero luego seguimos.

—Claro que sí. —Sonrió.
—Me sabe fatal dejarte aquí.
—Rocío, he sobrevivido seis años sola por el mundo, aguantaré un par de horas.
—Ya.
—Además, en cuanto me vea doña Carmen, quizá la que no vuelve hasta la noche soy yo.

No me podía creer que mi madre estuviera aquí. No podía. Mi pulso seguía acelerado y, a pesar de que me había dado razones coherentes y precisas para explicarme su retorno, no pude evitar pensar que quizá habría algo más. Overthinkinear era una puta mierda.

En clase, mis chicos estaban bastante contrariados. Creo que albergaban el mismo sentimiento que yo; sabían que esto se acababa. No obstante, las novelas cortas que cada uno de ellos habían puesto en marcha y que ya iban llegando a su fin tenían una pinta brutal.

—¿Cómo se escribe un buen final?

Acababa de descolocarlos a todos. Pepe me miraba con esa expresión tan suya de «Gracias por volver a hacernos una pregunta que no sabes responder ni tú». Inconscientemente, miré a Bárbara. Jamás lo diría en voz alta, pero se había convertido en mi favorita. La vida a veces tiene estas cosas.

—¿Bárbara? —la animé.
—Creo que, cuando haces las cosas bien, los finales llegan solos.

Esta cría de diecisiete años me acababa de dar un bofetón a modo de lección de vida. Retiro lo dicho, me cae fatal.

—Necesito que desarrolles.
—Creo que una historia bien escrita asume el final que le pertenece.
—Pero los libros predecibles son un rollo —intervino Pepe.
—¿A qué te refieres? —Quise que hablara más, ya que era un chico que no solía participar.
—Por lo que nos has contado, hay muchos tipos de libros, pero a mí los que acaban bien, con bodas, perdices y florituras, me parecen poco realistas.

—Creo que hablas de que prefieres los finales humanos —les expliqué—. Esos finales de algunos libros que llegan, aunque la gente no es lo que espera.

—Yo creo que es importante que los libros acaben bien. —Esta vez fue Marta quien tomó la palabra.

—¿Por qué? —la animé.

—Para eso leen una historia inventada, ¿no? —Su pregunta me hizo cruzar los brazos—. Quiero decir, no tienen por qué acabar en una boda, pero la gente lee para evadirse y pasar el rato. Si el final no tiene sentido o es un descoloque total, tiras el libro y lo estrellas contra la pared.

—Vale, levantaos de las sillas. —Me erguí y ellos me hicieron caso—. ¿Cuántos de vosotros habéis visto *La boda de mi mejor amigo* o la película *One Day*?

La clase me miró un poco desconcertada. No me podía creer que estos niñatos acabaran de llamarme vieja en toda la cara.

—Vale —puse los ojos en blanco—, pues ¿cuántos habéis visto *Cómo conocí a vuestra madre* o *Juego de tronos*?

Casi toda la clase levantó la mano. Son clásicos. No fallan.

—Los que opinen que el final de alguna de las dos series fue una auténtica basura, que se pongan en el lado derecho; los que piensen que estuvo bien, que se vayan al izquierdo.

Los chicos empezaron a moverse por la clase. Ganaron los que pensaban que el desenlace no estuvo a la altura, y por goleada. Sonreí.

—No sé si habéis leído alguna vez a Lauren Izquierdo, pero en uno de sus libros cuenta que más del ochenta por ciento de la población odia cuando un libro no tiene un final feliz. Sin embargo, los finales humanos son necesarios porque nos recuerdan que a veces las cosas no salen, y punto. Bárbara antes ha dicho algo muy interesante: la historia te lleva a su final. Y tiene razón, porque sucede como en la vida, hay que ser consecuente con nuestras acciones.

—¿Y si quiero que mi historia de amor tenga un final feliz? —me preguntó Marta.

—Entonces, haz que tus personajes sean felices —sentencié al mismo tiempo que sonaba el timbre—. El timbre, siempre tan oportuno. —Los chicos sonrieron—. Lo dejamos aquí. Hasta la semana que viene.

Mientras recogían sus cosas y se despedían entre ellos, saqué el móvil dispuesta a llamar a mi madre y rescatarla de las garras de doña Carmen, pero antes respondí a mi mejor amiga:

> Todo bien o es que no has salido de la cama, cerda?

>> Mira que eres malpensada. Estaba dando clase, y perdona que no te haya avisado, pero, tía, mi madre ha vuelto

> Tu madre?

>> Sí

> Dios, pensaba que este día no llegaría nunca

>> Ya, lo mismo pensaba yo

> Y cómo está? Cómo estás tú?

>> Ella morena, delgada y rubia. Yo hecha un manojo de nervios y con cara de no haber dormido en toda la noche

> Cómo no, tú siempre tienes que ser la versión dramática de los hechos

> Esa soy yo

> Tía, pues ahora disfruta mucho de tu madre.
> Os lo merecéis

> Gracias, amiga.
> Te quiero

> Y yo

—Hey.
—Hey, entrenador.
Germán caminó hasta mí y juntó sus labios con los míos. No habíamos tenido tiempo ni oportunidad de darnos la bienvenida que nos merecíamos.
—¿Desde cuándo lleva aquí? —le pregunté con las manos sobre su pecho.
—Desde el martes —suspiró.
—Buen trabajo no diciéndome nada. —Le di en el brazo.
—Fueron órdenes explícitas de mi suegra, que lo sepas —confesó, y yo dibujé una sonrisa de oreja a oreja.
—Se la ve feliz, ¿verdad?
—Sí, a mí también me ha dado esa sensación.
—Me alegro tanto por ella.
—A ti también se te ve muy feliz —me dijo entonces—. Creo que has hecho un buen trabajo en la capi.
—Sí, lo necesitaba. Gracias. —Volví a sonreír.
—A mí no me tienes que dar las gracias. Eso lo has hecho tú. Vamos, te devuelvo con tu madre.
Me mordí el labio. Hasta hacía tan solo unas horas estaba contando los segundos para volver a ver a Germán, pero, tras el regreso sorpresa de mi madre, solo me apetecía sentarme en el porche con ella, beber vino y que me siguiera relatando anécdotas de sus viajes. Al llegar a casa, encontramos a Marta y Gonzalo en el porche con mamá. Estaban riéndose sin parar y bebiendo.

Supongo que, al final, las cosas más simples llovían a gusto de todos. Germán y yo cerramos las puertas de su coche al mismo tiempo y nos acercamos a nuestros respectivos padres.

—Mirad quiénes vienen por aquí... —dejó caer su padre.

—Dice que se ha perdido, ¿lo conocéis? —Apunté con el dedo a su hijo.

Yo me senté al lado de mamá y me apoyé en su brazo.

—¿Yo, a este vikingo? —La madre de Germán sobreactuó y él abrió los ojos—. Para nada. ¿A ti te parece bien que lleve esa barba, Rocío? Porque yo que tú le dejaba a solas con esa mofeta en la cara.

—Mamá, por mucho que creas que no hago nada en todo el día, hay veces en las que no tengo tiempo ni para afeitarme.

—Ya, claro.

Su hijo se sentó a su lado y le pasó un brazo por el hombro. Marta sonrió, y mamá y yo también.

—Quién nos lo iba a decir... —dejó caer mi madre.

Se refería a nosotros.

—Bueno, ya era hora, la verdad —saltó Marta—. Os habéis tomado vuestro tiempo.

—¿Queréis dejar a los chavales en paz? —opinó Gonzalo.

—¿Cómo pasó? —Marta miró a su hijo—. Porque no me lo habéis contado.

—Eso es algo que solo le voy a contar a mis hijos —soltó Germán.

—Y seguro que tu hija te dirá que, por hombres como tú, el mercado para las mujeres está tan mal.

—Aquí lo importante es —interrumpí a mi suegra tratando de salvar a su hijo— que ya es hora de que me des la receta del tiramisú, suegra —bromeé y les arranqué una carcajada a todos.

—De eso nada. Hasta que no vea un anillo o me hagáis abuela, de esta boca no sale nada.

Todos volvimos a sonreír, pero algo en mi interior se removió al buscar la mirada de Germán. ¿Era posible? Claro que era pronto para pensar en eso, por Dios, pero, después de todo, ¿habría anillo? ¿Habría posibilidad de que formáramos una familia?

Me parecía difícil de creer, pero también debo confesar que sería la chica más feliz del planeta.

Siempre me han fascinado las vueltas que da la vida y cómo puede cambiar todo de la noche a la mañana. Llevaba catorce años soñando con un momento de porche como el que habíamos pasado, y, de repente, había ocurrido. No era como lo imaginé porque faltaba papá, pero sé que, de alguna forma, también estuvo allí alegrándose por nosotros, alegrándose de que nos hiciéramos felices. A Germán le hubiese dado una palmadita en el hombro, y a mí, un beso en la frente.

Una cosa llevó a la otra y cenamos todos juntos. Fue una cena muy agradable y distendida, llena de anécdotas buenísimas de mamá —os juro que ahora me parecía la persona más interesante del planeta—, pullas entre Marta y Germán cargadas de cariño y comentarios conciliadores por parte de Gonzalo a los que yo me sumaba por pura intuición. No paré de sonreír, y eso me hizo entender que la felicidad no dependía de lo que pasaba, sino de cómo percibíamos aquello que pasaba.

Se hizo tarde, los padres de Germán se despidieron y yo empecé a ayudar a mamá a recoger.

—¿Bromeas? —Alzó las cejas con tono amenazante.

—¿Qué pasa?

—¿Podéis iros ya, por favor? —dijo, y yo miré a Germán un poco desconcertada—. No os habéis visto en una semana, he acaparado todo vuestro día, idos.

—Pero...

—Idos —insistió—. Sois muy jóvenes. Hacednos un favor a todos y disfrutad de todo el tiempo que tengáis.

43

Nina, Valentina y, por supuesto, Luis

Qué chocante era cruzar el jardín de la que había sido mi casa de toda la vida para entrar en la del vecino que, a efectos prácticos, también era medio mía. Sobre todo, asimilar la naturalidad de movimientos familiares que siempre imaginé, pero que nunca pensé que pasarían, como bajarme de los tacones nada más cruzar el umbral de la puerta, dejar el bolso sobre el mármol de la cocina con un suspiro que reflejaba el cansancio acumulado de todo el día o recibir los brazos y los besos de una persona que ahora formaba parte de mi vida. Cepillarnos los dientes mirándonos de reojo en el espejo, vernos desnudos sin sentir vergüenza o sin una intención sexual o tener asignado el lado de la cama. Sí, era una movida extraña que todo fuese tan genuino y familiar.

—Qué día más intenso... —me quejé.

—Desde luego. —Estaba sonriendo.

—Te has dado cuenta de que ha sido nuestra primera cena de suegros, ¿verdad?

—En realidad, solo ha sido una cena como las que hemos hecho durante años.

—Aunque ahora mi madre nos echa de *tu* casa.

—De *su* casa —remarcó el pronombre.

—Ya. —Me mordí el labio.

—Antes he dicho una cosa que no sé si te ha rayado.

Su comentario me hizo darme la vuelta y concentrarme en sus rasgos.

—¿El qué?

—Lo de los hijos.

—Ah —esbocé una tímida sonrisa—, eso.

—Nunca lo hemos hablado y ahora que caigo no sé si quieres tenerlos.

—A ver —miré al techo—, no creo que tenga el instinto maternal tan desarrollado, pero sí quiero formar una familia. Bueno, me gustaría. —Alcé los hombros y mis ojos se encontraron con los de Germán—. Quiero decir, si encuentro a alguien con el que sienta que quiero pasar el resto de mi vida, que se quiera casar, si estamos en un buen momento y él también quiere, sí, tener una niña o un niño sería una bendición —traté de explicarme—. Aspiro al pack completo: quiero tener una familia y quiero sentir que tengo el amor que me merezco. Es lo que llevo soñando desde que tengo uso de razón. No sé si eso contesta tu pregunta.

—Sí lo hace, pero me preocupa que hayas dicho «si encuentro a alguien con el que sienta que quiero pasar el resto de mi vida».

—¿Por qué? —Enarqué el ceño.

—¿Cómo que por qué? Porque yo siento que para mí esa persona eres tú.

—Bien, porque yo también lo siento. Solo quería que lo dijeras tú primero —me justifiqué, aunque no era del todo cierto.

—A veces, me da miedo que no creas que lo nuestro es serio. —Germán ladeó el cuerpo hacia mí y apoyó el codo sobre el colchón y la cabeza sobre una mano—. Sé que nos ha costado un huevo, Rocío. Y sé que es chocante, porque a mí también me choca, pero necesito que te lo creas.

—Lo hago.

—A veces pienso que no —confesó—. Y no pasa nada, pero, mientras lo procesas, creo que lo justo es que sepas que te veo como la persona con la que quiero pasar el resto de mi vida. Es más, en el fondo siempre te he visto así.

—Ya.

—Sé que es pronto para hablar de esto, pero necesito que tengas presente la imagen que tengo de nosotros y que me tomo muy en serio cómo estás, porque quiero que seas la madre de mis hijos, Rocío. —Me cogió la mano—. Y, si no quieres tenerlos, pues tendremos un perro; aunque creo que seremos capaces de aspirar a tener las dos cosas.

Nina. Valentina. Y, por supuesto, Luis. Así es como quería llamar a mis hijos. Desde muy pequeña siempre tuve claro que quería casarme antes de los treinta, ser madre antes de los treinta y cinco y tener dos perros: una labrador llamado Charlie y un *cavalier king charles spaniel* llamado Margot. Desde los catorce guardaba un álbum de boda escondido debajo de la cama (que en aquel momento estaba en el trastero de mi casa de Madrid) con todos los detalles de mi boda soñada, como un puro cliché de las *romcom* de antes. La música, las invitaciones, el vestido y el color de los trajes de las damas de honor. Me encantaban las bodas y la mía quería que fuese la más especial de todas.

Germán pensaba que no me tomaba lo nuestro en serio o que no era consciente de la formalidad de nuestra relación, porque teníamos una historia accidentada que ahora disfrutaba de una llanura verde en pleno verano. Sin embargo, lo que él no sabía era que llevaba soñando con el día de nuestra boda desde que fui consciente de que estaba loquita por él. Es decir, desde los catorce años.

Siempre había estado en contra de su idea loca y absurda de ser militar, aunque me calmé al saber que podría tener una boda con espadas. Lo vi en la boda de un primo de mi madre y me pareció precioso. De esa forma, volví a proyectar. Sabía que Germán sería un padre estupendo. Apuntaría a nuestros hijos a clases marciales, porque tendría la estúpida obsesión de que deberían saber defenderse, pero también estaba segura de que se desviviría por ellos, que los recogería del cole, que los ayudaría con los deberes y que se encargaría de que tuviesen la mejor fiesta de cumpleaños. Podría dudar de muchas cosas, pero sabía que su único objetivo sería que fuesen felices y se sintiesen queridos toda la vida, incluso si nuestro matrimonio no sobrevivía o si nosotros nos fuésemos antes de tiempo.

No respondí con palabras a aquella declaración. No tenía las suficientes. Y tampoco las quería. Solo me apetecía fundirme en sus miles de besos fugaces que recorrían mis lunares haciéndome cosquillas en la piel. Temblaba de deseo, y nunca nadie me había hecho sentir así.

Aquella noche fue especial, íntima, sensual. Compartimos un dormitorio en la penumbra, exploramos nuestros cuerpos con caricias y recorrimos los puntos erógenos del otro, nos besamos, alimentándonos de nuestros alientos mezclados, y disfrutamos de la sensación de los dedos en la piel. Poco a poco, las emociones cedieron su lugar a la más pura necesidad carnal. Y justo en el momento en el que me dejé caer sobre su pulso profundo, que ansiaba volver a un ritmo normal, tomé la decisión más importante de nuestras vidas: creer. Y confiar.

—Germán.
—¿Qué?
—Te quiero.
—Yo también te quiero, Rocío.

44

Me debes una

—Me debes una —me dijo Claudia.
—Yo a ti no te debo nada, perdona —me quejé.
—Díselo a la carta.
—¿Qué carta? —preguntó Alexis desorientado.
—Nada —le resté importancia—. Tu novia se ha dado un golpe en la cabeza.

Aquella tarde Germán y yo habíamos quedado con Alexis y Claudia para salir a cenar, como en los viejos tiempos, solo que mi novio llegaba tarde, para variar. Mientras esperábamos, Claudia había tenido la brillante idea de centrar nuestra conversación en mi historia de amor con Germán.

—Solo digo que fui la que te dije que vivieras tu vida.
—En realidad, yo se lo dije a mis alumnos y tú me parafraseaste —le pinché.
—Vete a tomar por culo, zorra.
—Oye, que eres profesora de instituto y tienes una imagen que mantener... —le recordó Alexis.
—Mi horario ha acabado hace cuatro horas, Alexis. —Señaló su reloj.
—Eres insoportable. —Puso los ojos en blanco y ella se enganchó de su brazo.
—Pero me quieres, ¿a que sí?

—Qué remedio...

Yo sonreí. Me hacía muy feliz que mis amigos se quisieran tanto y que tuvieran una relación tan bonita. Quién nos diría a la Claudia y Rocío de catorce años que al final acabaríamos con estos dos...

—Lo siento, lo siento. —Germán se sentó a mi lado. Tenía el pulso acelerado, se notaba que había venido rápido.

—A buenas horas, tardón —se quejó Claudia.

—Estaba ayudando a mi suegra a mover unos baúles que le han llegado de la India —se explicó. Yo lo miré con el ceño fruncido.

—¿Y por qué te ha llamado a ti y no me ha pedido ayuda a mí? —Lo miré extrañada.

—Rocío, necesito que entiendas que, por lo que sea, a mí me ve con más posibilidades de mover un baúl de madera maciza.

—¿Me estás llamando floja? —Alcé las cejas.

—¿Floja tú? Jamás me atrevería...

Germán negó con la cabeza de forma exagerada y yo sonreí todo lo que me dio la dentadura. Me miró a los ojos y me dio un beso corto.

—No es que me debas una. ¡Es que me las debes hasta el día que te mueras, Velasco! —Claudia se levantó.

—¿Qué dice esta ahora? —preguntó Germán.

—Ni lo intentes... —le recomendó Alexis.

—Vámonos. —Me enganché del brazo de mi amiga—. Esta noche invita la Lovato.

45

Fiestas devotas

Habían pasado seis meses desde la última conversación con Germán en su casa y, desde aquella noche que decidí creer en lo que estábamos viviendo y lo que nos estaba pasando, me resultaba mucho más fácil aceptar la transformación que experimentaba nuestra relación. Estuve muy cohibida durante los primeros meses. A ver, no me malinterpretéis. Cohibida en el sentido de que sí, pasar tiempo con Germán era como vivir en una burbuja de opio y absenta, pero después, cuando me quedaba sola, una voz dentro de mí me pedía que fuera con pies de plomo por si todo se iba al traste. Una parte de mí creía que un día me miraría y me diría que se había dado cuenta de que lo nuestro no era posible y que era mejor que lo dejáramos. Era un pensamiento injusto para él y triste para nosotros, pero controlar mi mente, a veces, no era tan sencillo. Supongo que el hecho de que nos hubiese costado tanto también hacía que mis pensamientos elucubraran y se preguntaran por qué iba a ser tan distinto esta vez. Pues porque sí, y punto.

Nuestra relación había avanzado a pasos agigantados. Nos conocíamos muy bien, nos queríamos y teníamos muy claro qué era lo que el uno esperaba del otro. Yo tenía la mitad de mi casa en la suya y él la mitad de su casa en la mía. Nos pasábamos la vida en tren, pero el resultado siempre nos merecía (y mucho) la pena. Ambos éramos muy independientes, y eso me gustaba. Porque sí, estábamos juntos y teníamos una relación formal que de vez en cuando daba titulares a la prensa nacional, pero entre semana yo hacía mi vida y él la suya.

Por cierto, la clase de escritura creativa resultó ser un éxito completo. Me costó mucho decirles adiós a los chicos. El primer viernes que no tuve que ir al instituto casi me eché a llorar por el sentimiento de nostalgia que sentí. Por otro lado, el equipo de fútbol estaba en la final. Nadie en el pueblo podía creérselo, ni siquiera Germán.

Los fines de semana él subía a Madrid a ver a mis amigos y a acompañarme si yo tenía algún compromiso, y, si no, yo bajaba a casa y quedaba con Claudia y Alexis, pasaba tiempo con mi madre o comíamos todos juntos en el hotel de los padres de Germán. Todo iba bien. Todo estaba donde debía estar, mi sentimiento de plenitud era fuerte.

Aquel viernes por la noche habíamos quedado a cenar con Pablo y Candela en un asador argentino que cumplió con todo lo que prometía. Nos divertimos mucho, y la verdad es que mis predicciones fueron acertadas: Pabs y Germán congeniaron. Eran dos *gymbros* hablando de fútbol, coches y política. Un horror bañado de un manto espeso de aburrimiento, pero ellos eran felices, y a Candela y a mí, que fueran afines, nos iba a facilitar mucho la vida. Todos salíamos ganando.

—Entonces ¿tu equipo va a ganar, Germán? —le pinchó Candela—. Porque, como bajemos y no gane, va a ser muy decepcionante.

—Eso no se puede saber, Candela. —Alzó los hombros—. Solo puedo asegurarte que mis chicos darán lo mejor de ellos mismos.

—Eso no me vale. —Puso los ojos en blanco.

—No te preocupes, tío. Allí estaremos.

Miré a mi amiga de reojo y esta hizo todo lo que estuvo en su mano para no sonreír. En ese momento, dejó una mano en mi pierna y yo puse la mía encima de la suya. Pablo y él siguieron hablando del Barça-Madrid, y mi amiga y yo aprovechamos nuestro momento y seguimos discutiendo *gossips* del mundillo mientras terminábamos nuestras margaritas y tratábamos de buscarle un novio rico a Fran entre los candidatos que pasaban por la plaza de Santa Ana.

Llegó el sábado siguiente y el escenario cambió de forma radical. De copas finas y olor a brasa pasamos al griterío de los hinchas y al olor a césped recién cortado. Candela y yo bajamos con dos bandejas bien grandes cargadas de perritos calientes y cerveza. Habían venido todos: Claudia, Alexis, mamá, los padres de Germán, Candela, Pablo y mis amigos de Madrid. Os juro que si había algo más sorprendente que el hecho de que yo asistiera a un partido fue ver a David. Siempre había pensado que algo así solo sería posible en la ficción. Y vaya, aquí estaba.

—¿Qué se supone que tengo que hacer? —me preguntó cuando pasé por su lado y le di un perrito caliente.

—No te preocupes —le resté importancia—. Tú solo alégrate cuando jaleen y abuchea cuando abucheen.

—Estupendo.

Fue muy divertido y cómico ver fusionados mis mundos de esta forma tan abstracta y en un escenario tan surrealista. Por un momento pensé que así sería mi boda, con gente antagónica, brillante y que había dado sentido a mi vida. Me puse entre mamá y Candela, y comenzó el espectáculo.

Ganamos. ¡Cómo no íbamos a ganar, por favor! Fue un partido intenso, pero al final los chicos levantaron su trofeo con honor y orgullo. Hacía seis años que no lo hacían y la victoria volvía al pueblo. Germán estaba casi más feliz que los chicos. Se le veía en esos ojos que se achinaban cada vez que sonreía todo lo que le daba la dentadura, en esas manos con las que pegaba abrazos y palmadas de aliento y también en esa emoción latente que se transformaba en movimientos llenos de energía.

Acabamos todos en la pizzería del pueblo, y, mientras el entrenador seguía reunido con sus chicos, mis amigos y yo hicimos un corrito.

—Gordis, creo que es el escenario más raro al que me he enfrentado nunca —confesó David.

—Desde luego, amigo. Quién te ha visto y quién te ve —comentó Celia.

—Cari, no me verás en otra como esta.

—¡Hey, pero a quién tenemos aquí! —exclamó Pablo al ver que Germán se acercaba a nosotros.

—Oye, entrenador, felicidades —le dijo Fran.

—Gracias, ha sido cosa de los chicos —se excusó.

—Y tuya también, ¿no? —saltó Candela.

—Hombre, te dije que mis chicos darían lo mejor de ellos y han cumplido…

—Eso es porque sabían que veníamos —espetó, y todos sonreímos.

—¿Estáis bien? ¿Queréis algo más? —les preguntó.

—No, tranquilo, tío. Estamos bien. —Le dio una palmada en la espalda.

—Muy servicial, muy servicial, pero ¿no le vas a dar un beso a tu novia? —le chinchó Fran.

—Ya me tiene muy vista. —Le guiñé un ojo.

En ese momento, Germán tiró de mí y mis labios cayeron sobre los suyos. Podría decir muchas cosas, así que lo resumiré todo en que ese beso me dejó seca.

Nuestros amigos jalearon y, cuando nos separamos por decoro, se giró hacia ellos y confesó algo que llevábamos meses ocultando:

—¿Os ha dicho ya que vamos a ser padres?

—¡¿Qué?!

Todos prorrumpieron en un grito atronador, por lo que no tardé en añadir:

—Ah, sí… Por fin he terminado la novela.

46

Madrid tiene los ojos verdes (y el cielo añil)

Me desperté. No sabía qué hora era, pero estaba segura de que aún sería temprano. Notaba mis ojos pesados, pero era sábado, por lo que no había necesidad de empezar el día todavía. En ese momento, noté la presencia de Germán a mi lado. Simplemente estaba ahí, durmiendo, supongo. Esa sensación me gustaba, era íntima, familiar y ya nuestra. Cogí su brazo y lo pasé por encima de mí, estrechando nuestros cuerpos. Quería acurrucarme junto a él, quería sentir su pulso, su aroma y su respiración el tiempo que me quedara remoloneando en la cama. No tardó mucho en reaccionar, aunque no lo hizo de forma brusca, sino más bien suave. Apretó su brazo en mi vientre y buscó sentir mi piel, escurriendo la mano debajo de mi camisón. Lo escuché gruñir contra mi pelo.

—Nunca pensé que estos camisones serían tan prácticos.

—Sabía que no tardarías mucho en cogerles el tranquillo... —bromeé.

Los dedos de Germán empezaron a hacerme cosquillas en la piel de forma inocente, pero tardaron poco en bajar buscando en mí una reacción evidente.

—Por Dios, Germán —articulé con la voz entrecortada—. Me estás torturando.

—¿Paro?

—Ni se te ocurra.

Germán sonrió en mi oreja y me besó el lóbulo y bajó por mi cuello. Aumentó el ritmo de sus movimientos y, aunque al principio arqueé la espalda en busca de mayor profundidad, terminé restregando mi trasero en su erección. Lo escuché maldecir y sonreí por ser yo la que provocaba esa sensación en él. Minutos después, mis emociones contaron el final de una historia llena de lujuria, pasión y deseo.

—Ahora mismo creo que tengo la mente tan nublada que, si me pides que me case contigo, lo haré —suspiré soltando toda la tensión.

—Cásate conmigo.

—Buen intento. —Le apunté con el dedo y él soltó un resoplido parecido a una risa—. Esto sí que es empezar bien el día... —Junté mis labios con los suyos.

—Ha sido un placer. —Sonrió todo lo que le dio la dentadura—. ¿Sabes qué día es hoy?

—Sí. Si no recuerdo mal, una loca se ha escapado de un manicomio para presentar una novela que escribió en medio de un brote psicótico.

—Te has informado mal.

—Te recuerdo que soy yo la periodista. —Acurruqué mi mejilla sobre su torso—. Creo que el que se ha informado mal eres tú, entrenador.

—Eh. —Deslizó su barbilla hacia mí.

—Qué.

—Que no hagas eso.

—El qué.

—Menospreciarte.

—No lo hago, Germán. —No me estaba menospreciando, simplemente estaba quitándole importancia al asunto.

¿Presentaba mi nueva novela? Sí, pero no era para tanto. Ya había hecho esto otras veces.

—Rocío.

—¿Qué? —suspiré.

—Repite conmigo: soy.
—Ger...
—Soy —me interrumpió.
—Soy... —Puse los ojos en blanco.
—La.
—La.
—Mejor.
—Mejor.
—Escritora.
—Germán...
—No me valen los reproches, Velasco —me dijo—. ¿No tenías la mente nublada?
—Ya se me ha pasado el efecto —solté.
Germán sonrió y nuestros cuerpos vibraron.
—Eres insoportable, ¿lo sabías?
—Prefiero el término «insaciable» —me quejé.
—Venga —insistió—: escritora.
—Escritora.
—Del.
—Del.
—Mundo.
—Mundo.
—Y ahora todo junto —propuso, y yo sonreí haciendo que él copiara mi gesto—. No te estoy oyendo...
—Soy la mejor escritora del mundo —claudiqué.
—Buah, qué bien suena.
Volví a sonreír. La última vez que presenté una novela fue un día muy diferente a este. Tenía miedo, dudas y una confusión desbordante. Cuando me levanté, Álex se había ido a trabajar y no vino hasta quince minutos antes de que el coche saliera hacia el hotel. Tener a Germán a mi lado en un día como este y que creyera en mí me hacía sentir la tía más especial y afortunada del planeta; que se esforzara en valorarme me reconfortaba.

—¿Seguro que no podemos quedarnos aquí todo el día y fingir que me han secuestrado o algo?

—Claro que no. —Me pellizcó el culo—. ¿Crees que puedes quitarme el derecho a presumir de ti? Eres muy egoísta.
—Lo que soy es muy afortunada —espeté.
—Pues ya somos dos.

Fue la mejor mañana de mi vida. Tardamos un poco más en levantarnos, y, cuando lo hicimos, llamaron a la puerta. Candela y mis amigos me habían enviado una cesta con un desayuno y una nota que decía: «La mejor escritora del mundo piensa que Madrid tiene los ojos verdes. Nos vemos esta tarde. Te queremos». Me hizo mucha ilusión, y Germán debió notármelo en los ojos, porque mientras desayunábamos no me quitó la vista de encima. Salimos a dar un paseo; al volver, tenía la casa llena de ramos de claveles rojos. Lo miré un poco desconcertada con los ojos vidriosos y le pregunté:

—¿Por qué claveles?
—Porque son la flor de la guerra, y esta la hemos ganado.

Concretamente, había veintidós ramos de flores y en todos ponía: «Para la mejor escritora del mundo, te quiero». Me sentí abrumada, pero esa sensación se me pasó enseguida y me lo comí a besos. Y porque no teníamos tiempo para más, si no...

Sobre las cuatro de la tarde empezamos a ducharnos y a adentrarnos en el ritmo de los preparativos de mi presentación. La verdad es que siempre sentía esos días como si fuesen el día de mi boda, solo que con esta ya hacía seis.

Estaba feliz y me sentía con el pecho lleno de orgullo y de gloria. Al ver la cara de Germán cuando aparecí con el vestido verde que había escogido para la ocasión, supe que las mariposas que sentía en el estómago y la vergüenza adolescente que subía en forma de adrenalina al fin tenían sentido.

Quizá por eso no fui del todo consciente del camino que hicimos de mi casa a la azotea donde Miranda, Candela y todo mi equipo habían organizado la fiesta para familiares, amigos y prensa. El lunes siguiente *Madrid tiene los ojos verdes* estaría disponible para todos los lectores. Por fin vería la luz la obra en la que había invertido todo este tiempo y donde había fusionado dos historias que merecían la pena ser contadas: una de amor propio y otra de segundas oportunidades.

Me entregaron el micro y, por primera vez en toda mi vida, dejé a un lado el piloto automático y hablé con el corazón en un puño.

—Bueno, en primer lugar, muchísimas gracias por haber venido este sábado a celebrar otro hijo literario —dije y vi cómo todos los que me querían sonrieron—. Hoy debo reconocer que estoy muy nerviosa. Son nervios buenos, pero, no sé, estoy emocionada. Así que, de verdad, muchas gracias a todos por haber decidido invertir este sábado en estar aquí, acompañándome en un día tan especial.

La marabunta de aplausos me hizo parar mi *speech*. Miré a mis seres queridos a los ojos y quise llorar de alegría, pero me contuve con una sonrisa en el rostro que ya era imborrable.

Mis mundos se habían cohesionado en esta presentación. Estaban todos: Germán; mis amigos de Madrid, tan despampanantes y orgullosos como siempre; mis amigos del pueblo, alucinando con admiración con que todo esto fuera para mí; mi madre en carne y hueso, y aquella era la primera vez que vivía una presentación de un libro; los padres de Germán… Sentía los ojos llenos de lágrimas de felicidad y sabía que tenía que decir unas palabras, pero es que no sabía si iba a ser capaz.

—Vale, creo que voy a hablar de mi libro para que la gente de mi editorial no me mate. Os prometo que después podréis seguir bebiendo tranquilos. —Provoqué una risa general—. Eh, a ver. Hace un año presenté una historia de la que estaba muy orgullosa, aunque no salió como ninguno esperaba —confesé—. Eso me ha llevado a vivir un año inesperado, accidentado y abrupto en muchos aspectos. Los que no sabéis a qué me refiero, no es difícil, meteos en TikTok, que he dejado herencia —bromeé, y la gente sonrió—. Y a los que lo sabéis os lanzo una pregunta simple: ¿qué posibilidades había de que pasara algo como todo lo que he vivido? —Hice una breve pausa—. Os lo diré, porque he hecho el estudio: menos del tres por ciento. Fuerte, ¿eh? Eso me ha llevado a pensar un poco en todo lo que he vivido aquí en Madrid desde que llegué con dieciocho años. Y es acojonante. —Mis amigos no pudieron por menos que sonreír ante mi comentario—.

Han pasado muchas cosas. Algunas me han hecho ilusionarme, otras me han hecho llorar, reconvertirme, renacer y adaptarme. Sin embargo, sigo siendo la misma y de eso estoy muy orgullosa. Según algunos estudios, menos del tres por ciento de la población mundial tiene los ojos verdes, por lo que podríamos decir que es algo extraordinario. Madrid me hace sentir un poco así, y, teniendo en cuenta que no quería escribir esta historia, que he huido todo lo que he podido hasta que me he enfrentado a mis miedos, he querido rendir un tributo merecidísimo a esta ciudad que un día dio alas a mi sueño y que a día de hoy todavía continúa sorprendiéndome, animándome y metiéndome en vereda cuando más lo necesito. Esta historia habla de dos amores muy importantes en la vida de cualquier persona: el amor propio y el amor hacia las segundas oportunidades. Muchas veces somos muy injustos con nosotros mismos y, a veces, hay que darse una segunda oportunidad. Y una tercera. Y una cuarta. E incluso una quinta si crees que lo necesitas. ¿Por qué no? Dicho esto, me gustaría dar las gracias a mi editorial por la paciencia; a Candela, mi agente, por ser el cielo hecho persona, y a mis amigos y a mi familia por el apoyo y el cobijo. Pero, sobre todo, me gustaría dar las gracias a Germán Castillo, a quien he dedicado el libro —al mencionar su nombre, la gente abrió paso para que ambos nos pudiéramos mirar a los ojos sin obstáculos ni mirones—, por ser esa persona que lleva cuidando de mí desde que tengo uso de razón, la que me obliga a diario a no menospreciarme, la que me ha enseñado a no ser tan injusta conmigo misma y la que me ha demostrado que se puede llegar tarde, pero también a tiempo. Así que muchas gracias a todos, y, ahora sí que sí, que empiece la fiesta.

    La gente empezó a aplaudir y de mi estómago brotó una risa que me hizo sonreír y ladear la cabeza. Hice una reverencia, como si la función hubiese acabado, y busqué los ojos de Germán, que no se habían movido de donde estaban. Me acerqué a él y, antes de que pudiera decir nada, buscó mis labios haciendo que el público ovacionara su ansiado final feliz.

    Minutos después, el ambiente tomó otro color, más festivo, menos cauto y más exagerado. Mi madre y los padres de Germán parecían que habían rejuvenecido diez años, y me hacía muy feliz verlos con una copa de vino en la mano y con un libro y un clavel rojo bajo el brazo. Claudia y Alexis se habían integrado muy bien con mis amigos y también parecía que se lo estuvieran pasando bien. Suspiré de plenitud.

—Así es como debería haber sido la anterior… —La voz de Miranda llegó a través de mis oídos. Me di la vuelta para mirarla a los ojos y asentí.

—¿Esta también estará en TikTok?

—Oh, ya lo creo… —dejó caer con un tono irónico—. Pero será muy diferente, te lo prometo.

—Lo siento tanto, Miranda. Perdí los nervios, el norte, me perdí a mí misma… Y casi os arrastro a vosotros también.

—Rocío, eres insultantemente joven para pedir perdón por perder los nervios —espetó. Yo la miré con súplica—. Aun así, disculpas aceptadas.

—Genial, ya voy a poder dormir el resto de mi vida… —espeté, y ella soltó una carcajada que me hizo sonreír.

—Algún día, cuando te lo merezcas, te contaré cómo alguno de mis exnovios me hizo perder los nervios a mí…

—Uf… —resoplé.

—Ya lo creo. De momento, seguiremos escribiendo.

—Sobre mujeres desquiciadas y complejas.

—Amén. —Chocó mi copa con la suya.

—¿Puedo robarte a la prota un momento? —Germán apareció por mi costado.

—Claro que sí, toda tuya. —Me presionó el brazo a modo de despedida.

—¿Qué tal te lo estás pasando? —le pregunté con una sonrisa en los labios.

—¿Qué tal te lo estás pasando tú, escritora de éxito?

—Bien, entrenador —asentí—. Muy bien.

—Me alegro, porque tenemos que hablar.

—No irás a dejarme, ¿verdad?

—Más quisieras. —Puso los ojos en blanco, y yo sonreí atreviéndome a ser irónica.

—Menos mal, porque no me quedan más pueblos remotos a los que ir.

—Toma. —Me dio un sobre.

—¿Qué es esto? —Fruncí el ceño.

—Antes has dicho que te había enseñado que se podía llegar tarde, pero también a tiempo.

—Sí...

No sabía muy bien hacia dónde se dirigía esta conversación.

—Es hora de que sepas por qué lo he hecho.

Germán me dio un beso en la frente y volvió con mis amigos. Yo lo miré un par de segundos hasta que decidí empezar a mirar ese sobre misterioso. Al abrirlo lo supe: era el famoso mensaje que Germán me escribió, pero que nunca se atrevió a mandarme.

47

De Venus (a)Marte

Mensaje NO enviado a Rocío Velasco
De Germán Castillo
31 de diciembre de 2017
23:54

No sé si es el alcohol, pero he de reconocer que, cada vez que bajo la guardia, ahí estás, intentando que sea sincero, que me arriesgue y que deje de ser el gilipollas que siento que estoy siendo, pero no puedo, Rocío. Y no porque no quiera. Simplemente no puedo.

    Estoy cabreado contigo. Muy cabreado por los mensajes a los que no te respondo. Entiendo que los necesites, entiendo que lo has hecho por ti y cargo con el peso de que yo te pedí que te abrieras. Pero, joder, tía, sé que no estoy en posición de quejarme, pero yo también soy humano. Hacerlo así, tan bruscamente, dándome en todos mis puntos débiles... ¿Qué quieres que te diga, Rocío? No tengo el don con las palabras que tú tienes. Quizá debería haberme reído menos de ti cuando te veía leyendo esos libros y haberme puesto a leerlos. Haga lo que haga, sé que no voy a darte una respuesta a la altura de lo que te mereces.

    No sé por qué fui a verte a la Feria de Valencia, lo único que sé es que, cuando te vi, te hubiera besado allí mismo.

Estabas preciosa. Irradiabas una luz que nada ni nadie conseguía opacar. Me rompió el corazón que me contaras que estabas conociendo a alguien y, aunque ahora tiene nombre, solo espero que ese Álex te trate mejor que yo. Mientras, esperaré, haré tonterías, trataré de madurar y de darme muchas oportunidades.

Voy a ser sincero por una vez en nuestras vidas, Rocío: no estás loca. No te has armado ninguna película. Lo nuestro es real. Real porque, como bien dices, lo ven todos; y real porque tú lo ves, pero yo también lo veo.

¿Por qué no lo hemos intentado? Lo siento, pero es una pregunta para la que no tengo una respuesta. Sé qué eres la mujer de mi vida, Rocío Velasco. Sé que quieres una boda con espadas, porque vas de dura, pero te encanta sentirte una princesa. Sé que va a ser la boda más elegante y divertida jamás soñada. Sé que va a costarnos una fortuna y sé que probablemente tenga que pedirte matrimonio con unos zapatos azules que tienen nombre de un señor que toma calimocho a las seis de la mañana. Pero también quiero que sepas que lo haré.

¿Sabes por qué? Porque sé que vas a ser la madre de mis hijos. Sé que si es niño querrás ponerle el nombre de tu padre, y me parecerá bien; y que si es niña yo no tendré voz ni voto, porque piensas que soy un hortera. Quiero que sepas que también lo aceptaré, porque lo único que sé con certeza es que voy a tener que aprender a controlar muchos problemas de ira cuando nuestra hija sea adolescente y estemos bendecidos con que tenga la mitad de tu belleza y la mitad de tu carácter.

Sé que todo esto ahora mismo te parece un disparate sin sentido, porque tú piensas que para mí eres invisible; pero, mientras tú piensas eso, yo he comprado la casa de tu madre por dos cosas: porque quiero que ella cumpla su sueño y sane y porque en un futuro sé que una de nuestras dos casas será la de nuestros hijos. Es una inversión. Mis padres lo saben y, tranquila, tu madre también. Cuando le conté mis planes, lloró, me abrazó y me dijo que sería un honor guardar el secreto y nuestros recuerdos cuando volviera. Ellos saben que tenemos que hacer nuestro propio viaje. Qué irónico me parece que lo tengan más claro que nosotros.

Por Dios, Rocío. Siempre has sido mi mejor amiga, mi mayor apoyo, la luz frente a todo este batiburrillo de asignaturas pendientes. No sé en qué momento pasó ni por qué, pero ahora sé que no puedo estar cerca tuyo sin tocarte, sin llamar tu atención o sin tratar de memorizar todos esos lunares de tus brazos a los que les dibujaría constelaciones si no supiera lo que es el autocontrol. Ahora sé que eres mi mejor amiga a la que quiero besar. Y no sé cómo afrontarlo, porque claramente no estoy a tu nivel.

Rocío, mírate, eres un puto espectáculo de tía. Eres preciosa. Sueño con tus ojos cuando me miras, con cómo luchas contra tus mechones rebeldes cuando estás concentrada y ese lunar que tienes encima del labio. Tú crees que no me gustas lo suficiente, pero no sabes la agonía que siento cada día al saber que estás fuera de mi puñetero alcance, porque tú mereces más que un tío que no tiene nada claro.

No me da miedo que seas complicada, como crees. No me da miedo que seas un desastre, sensible, frágil o vulnerable, como dices. Me da miedo que descubras que no soy el tío que piensas; que solo soy un adolescente tratando de aparentar que no le da miedo nada y que está a la altura de cualquier situación. Solo soy un tío con problemas de autoestima, Rocío. Solo soy un tío con problemas de seguridad en sí mismo, con problemas a la hora de tomar decisiones importantes. Con cientos de miedos, en general. No puedes cargar con todo eso, porque tengo que ser yo el que se encuentre. Tengo que conseguir ser el tío que quiero ser. El tío que te mereces. Así que no, no es que quiera dejarte ir, es que tengo que hacerlo porque no quiero arrastrarte a que tengas una vida mediocre, a que te conformes o a que te des cuenta de que lo nuestro no iba a ser como tú creías.

Sé que ahora no lo entiendes. Sé que ahora te duelo, pero es lo mejor para los dos. Quiero que triunfes. Quiero que vivas tu mejor vida. Quiero que consigas cada uno de tus puñeteros sueños. Mientras tanto, yo te prometo que trataré de averiguar cuáles son los míos. Y, si algún día Dios decide volver a alinear nuestros caminos, juro por nuestros futuros hijos que no volveré a dejarte escapar.

Epílogo

Algo que he aprendido de esta historia, además de que las tecnologías no están siempre de nuestro lado, es que mi abuela tenía razón con ese viejo refrán: «Si es pa ti, ni aunque te quites, y, si no es pa ti, ni aunque te pongas». Supongo que Germán y yo estábamos destinados a estar juntos. Pero cada historia es diferente y empeñarse en vivir algo cuando no toca, porque no es el momento o porque no tiene que pasar, no va a hacer que eso suceda.

Supongo que a la Rocío de catorce años le hubiera encantado escribir una historia sobre llegar tarde. Una historia que hubiera llenado de drama y rencor por lo que pudo ser y no fue; por lo que sufrió, por las lágrimas de incomprensión y el sentimiento de no ser suficiente. Pero a veces no es que no seamos suficiente, sino que no somos lo que la otra persona necesita. Por eso, debes saber cuándo irte, pero también cuándo volver. Volver a casa, mirar unos ojos que te apaciguan y dejar que te rodeen unos brazos que te hacen sentir a salvo siempre será un acierto.

Eso es lo que siento cuando abrazo a mi madre, a Claudia, a Alexis, a Candela, y por supuesto a Germán. Ser vulnerable no es ser débil, no saber quiénes somos no es permanente y reconocer lo que sentimos no juega en nuestra contra, juega a nuestro favor. Eso es mirar a la vida a los ojos. Eso es ser valiente, sensata… Tías, eso es vivir con la certeza de que hemos sido lo más auténticas que hemos podido mientras nuestro destino nos deje seguir respirando. Le debemos a la vida eso. Nos lo debemos a nosotras mismas.

Pero tranquilas, porque ahora no voy a deciros que tener un casi algo no es una puta mierda, porque lo es. Sin embargo, la sobrina de doña Carmen tenía razón cuando dijo que cómo escribas una historia es lo que deriva en un desenlace u otro, porque, al final, todas debemos ser consecuentes con nuestros actos. Yo también cometí muchos errores con Germán y probablemente lo seguiré haciendo mientras permanezcamos en la vida del otro.

Años después, seguimos descubriéndonos. Seguimos compaginando nuestras vidas entre Madrid y Alicante. Él sigue entrenando a adolescentes y ganando ligas, y yo sigo dejando que las letras (y las historias de amor) presenten la mía. Por cierto, la clase de escritura creativa se retomó y ahora es un curso de verano que también cuenta con un club de lectura capitaneado por mi querida suegra, la cual todavía no me ha dado la receta del tiramisú, todo sea dicho de paso.

Mamá volvió al Ayuntamiento y a organizar todos los saraos del pueblo. Los parroquianos no se han visto en otra como esa. Han vuelto las ferias estatales y no hay semana que doña Carmen no tenga material para alimentar los cotilleos de todos los vecinos.

Por eso también creo que os alegrará saber que Alexis y Claudia se casan. Estoy llorando mientras escribo esto, pero sí, por fin. Mi amigo se lo pidió en el salón de su casa, justo un viernes, cuando se arreglaban para salir a cenar. Será la próxima primavera, Germán será el padrino y yo la dama de honor. Cuánto voy a llorar en esa boda, Dios mío.

Candela sigue siendo mi agente y su relación con Pabs va viento en popa. En cuanto al resto de mis amigos de la capital… Creo que puedo resumirlo en que todos continuamos remando con el objetivo de encontrarnos y saber qué es lo que queremos. Madrid te obliga a hacerlo. No hay otra opción. De vez en cuando, en algún evento, con dos copas de más y mientras suena alguna canción nostálgica como «Yo quiero bailar», de Sonia y Selena, nos venimos abajo, lloramos vestidos de gala sentados en la escalera de cualquier hotel lujoso y nos quejamos. Nos quejamos de que vivimos en una era frágil, porque lo que no es frágil es nuestra generación. Nos quejamos de nuestros trabajos, de nuestros sueldos, de ligues, de no entendernos cuando un pensamiento intrusivo altera nuestra aparente estabilidad… Pero también estamos aprendiendo a reconciliarnos con esa angustia, y nos abrazamos y miramos la carta de Demi Lovato que le robé a mi amiga porque los madrileños la necesitaban más que nosotras…

La vida es una montaña rusa de emociones cambiantes que suben y que bajan constantemente. Así que, por si os lo preguntabais, sí, este también es un final humano. Solo que esta historia de amor no habla de imposibles, no habla de hacernos daño o de dejar cosas en el tintero. Habla de mirarnos a los ojos, de parar cuando lo necesitamos, de darle la vuelta al móvil, de (sobre)vivir en tiempos de TikTok y, por supuesto, habla de llegar a tiempo y no quedarnos con las ganas de nada.

Agradecimientos

No me puedo creer que esté aquí. Y creo que me debo a mí misma empezar con esta frase. Porque es la verdad. Estoy emocionada, quizá un poco atónita, y con la obligación de pellizcarme todavía para recordarme que esto es real.

Siempre soñé con pasear frente a una librería y ver una de las películas que rueda mi cabeza con una portada bonita y una historia que trate de haceros soñar, cuestionaros preguntas que yo también me hago, y sonreír y creer (o volver a hacerlo) en el amor.

Ahora *Madrid tiene los ojos verdes* está en vuestras manos. Y ha sido un viaje maravilloso, pero no he estado sola (gracias a Dios), y tengo a muchas personas a las que dar las gracias. Empezaré por la que ha dado alas a mi sueño, mi editora, Ana Lozano. Gracias por creer en mí, por la confianza y por la infinita paciencia. Por hacerlo todo tan fácil y por darme la bienvenida a la familia de Suma, a la que ya considero mi hogar.

A mi familia, y en concreto a mi madre y a mi madrina, a quienes he dedicado este libro. Ellas siempre van cogidas de la mano y me han ayudado a estar aquí con su fe ciega y su amor eterno. A mi hermana Ana y a Sergio, ¿qué deciros? Gracias por creer en mí más de lo que yo misma me permito a veces. Os quiero muchísimo.

A todos mis amigos, pero en especial a Fran Gómez, por ser el mejor marido gay de la historia y por tu amor infinito, por no dejarme nunca sola y por ser el mejor George que una Julianne como yo podría desear. A María Muñoz, a la que ya considero una extensión de mí. Gracias por todos esos abrazos cargados de amor, por ser el pañuelo de mis lágrimas y por haberte convertido en la red que frena cualquier pensamiento intrusivo a base de *stickers* y copas de vino. A Celia Gijón, por su risa en sol sostenido y por ser la compañera perfecta de cualquier viaje improvisado. También a Sara Ullate, Ana Díaz, Andrea García, Lucía Izquierdo, Esther Gallego, Adrián Giménez, María Gancedo, Miriam Martínez, Rut Garrido, Quique Vidal... Gracias, gracias por haberme acompañado estos meses, por vuestros ánimos y por las risas en los momentos en los que más lo necesitaba.

A Esaú y Kris, por recordarme que «lo mejor solo se merece lo mejor»; y a los que me dieron fe, esperanza y algo por lo que luchar.

A Alexis Aragó, por demostrarme una vez más que nuestra relación es como un buen vino que mejora con los años; y a Candela Noverques, una vez más, por tus señales, por haberte convertido en mi intuición y por darme las fuerzas que necesito desde el otro lado del mundo.

No podría terminar estas líneas sin agradeceros a vosotras, mis lectoras. Por haberme dado la que espero que sea la primera de muchas oportunidades. Deseo de todo corazón que hayáis disfrutado. Prometo volver a escribir. Y muy pronto.

«Para viajar lejos no hay mejor nave que un libro».
EMILY DICKINSON

Gracias por tu lectura de este libro.

En **penguinlibros.club** encontrarás las mejores recomendaciones de lectura.

Únete a nuestra comunidad y viaja con nosotros.

penguinlibros.club